왜
떠나는지
묻는다면

I am dedicating this book to George Whitman of
Shakespeare and Company Paris.
You are my Don Quixote, forever.

파리 셰익스피어 & 컴퍼니 서점 조지 휘트먼에게
이 책을 헌정합니다.
당신은 나의 영원한 돈키호테입니다.

일러두기:

* 책 속에 삽입된 사진은 달리 표기되지 않는 한 저자가 직접 찍은 것이다.
* 책 내용과 문장은 모두 저자의 글이며, 단 한 문장도 AI의 도움을 받지 않았음을 밝힌다.
* 책 속에 인용된 영어 문장 일부는 번역 과정에서 DeepL의 도움을 받아 저자가 감수했다.
* 책 속에 삽입된 삽화는 달리 표기되지 않는 한 DALL-E2에서 생성되었다.
* 사용 폰트: 제주한라산 서체, 양재난초체, KoPubWorld바탕체

왜
떠나는지
묻는다면

최범석
여행문학집

지도없는
여행

목 차

프랑스 파리
셰익스피어 & 컴퍼니 서점
I

France

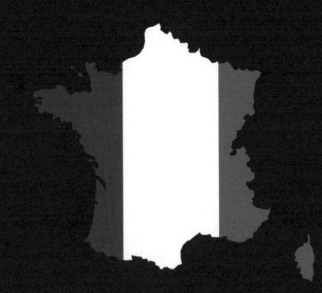

프랑스 파리 셰익스피어 & 컴퍼니 서점 Ⅰ

Serendipity. 세렌디피티. 뜻밖의 행운, 우연한 발견, 예기치
못한 기쁨. 단어가 담고 있는 의미다. 인간의 삶은 인연의 연속
이고, 그런 인연 중에는 기대하지 않았던 행운과 기쁨을 안겨주
는 경우가 있다. 물론, 두고두고 후회되는 악연도 존재한다. 인
연은 특정 장소, 공간 혹은 물건과도 맺을 수 있지만, 대부분은
타인이 그 대상이다. 그리고 사람들 간의 모든 인연은 첫 만남에
서 시작한다. 신생아와 생모의 첫 스킨십, 평생 친구와의 첫인
사, 첫사랑의 눈맞춤, 마음 맞는 동업자와의 첫 미팅 등. 물론 그

렇게 시작한 인연이 애초에 기대했던 결과로 이어지지 않을 수도 있다. 기간 또한 짧을 수도, 평생 지속될 수도 있다. 악연에 대한 기억은 외과 수술로 지울 수만 있다면 그렇게 하는 것이 건강에 이로울 수 있다. 반면, 아름다운 추억은 어떤 비용을 지불하더라고 평생 간직하고 싶다. 아마도 적지 않은 사람이 내 말에 동의할 것이다.

결코 잊을 수 없는 내 인생의 세렌디피티 중 하나는, 조지 휘트먼George Whitman이란 남자와의 인연이다. 미국인이지만 프랑스 파리에서 처음 만났다. 그는 지구촌에서 가장 유명한 독립서점 '셰익스피어 & 컴퍼니Shakespeare & Company'의 영원한 주인이자 나의 세렌디피티 주인공이다. 내가 그를 파리에서 처음 만나기 전에 또 다른 뜻밖의 인연이 있었다. 프랑스와는 전혀 무관하고 거리상으로도 먼 다른 나라, 라트비아에서 나의 행운이 시작되었다고 말하는 게 옳다. 라트비아의 수도 리가 공원 벤치에서 낯선 노인에게 건넨 한마디가, 프랑스 파리로 연결되어 나와 조지 휘트먼의 인연을 맺어주었다. 우리 삶에서는 가끔, 우연과 우연이 겹치면서 마술 같은 인연이 탄생한다.

나는 당시 미국 동부 보스턴 근교 케임브리지Cambridge라는 도시에서 유학 중이었다. 학업에 지치기도 했고, 타고난 역마살의 아우성을 견디다 못해 대학원에 휴학계를 제출한 뒤 유럽으로 날아갔다. 학위과정은 잠시 멈췄어도 장래를 포기할 정도로 번아웃된 건 아니어서, 스위스 제네바에 있는 국제기구에서 3개월 동안 여름 인턴 경험을 성실히 쌓았다. 제네바 생활을 정리하고 서울로 돌아가 부모님 곁에 한 달간 머문 뒤, 프랑스 파리에서 휴학 기간 12개월을 보내는 게 나의 원래 계획이었다. 스위스-한국 편도 항공편을 알아보던 어느 날, 엉뚱한 발상이 뇌리를 스쳤다. 하늘길 대신 육로를 이용하면 어떨까? 유럽대륙과 아시아 대륙은 붙어있지 않은가? 약 13시간의 비행 대신, 시간은 조금 더 걸리겠지만 기차와 배를 이용해 제네바에서 서울까지 가보면 어떨까? 퇴근길에 르망 호수^{Lac Leman}가를 걸으면서 떠올린 하나의 단순한 가능성이, 꼬리에 꼬리를 물더니 결국 구체적인 계획으로 발전했다.

제네바 중앙역을 출발해 독일, 프랑스, 폴란드, 발틱 3국, 핀란드, 러시아, 시베리아 횡단열차, 몽골, 중국 그리고 칭다오에서 페리로 인천까지. 인천항에 도착하면 1호선 전철로 서울에 있는 우리 집까지. 멋진 여행이 되겠는걸! 단순한 귀국 계획이 어느 순간 일생일대의 모험 가득한 여행 구상으로 대체됐다. 13시간의 평범한 비행이 33일간의 특별한 육지, 바다 여행으로 바뀌었지만, 가진 시간은 충분했고 몸과 마음도 준비는 이미 끝났다. 당시 나는 미국 대학원에서 등록금과 생활비 전액을 장학금으로 받고 있었는데, 생활비를 아껴 저축해 놓았던 돈으로 여행경비를 충당하기에 충분했다. 유학을 떠나기 전 서울에서 대학원 재학 중에 영어/독일어 통역, 강남 외국어학원 영어 강사 등으로 아르바이트하면서 은행 통장에 모아놓은 돈도 적지 않아서, 여행경비는 물론 파리 체재비용도 걱정할 필요가 없었다. 어느덧 익숙해지고 편해진 제네바 생활을 정리하는 동시에 나는, 서울로 출발할 날을 손꼽아 기다렸다.

우연, 라트비아, 리가 1.1

유엔^{UN} 본부가 있고, 세계무역기구^{WTO}, 세계보건기구^{WHO}, 국제노동기구^{ILO} 등 대표적인 국제기구들과 북한을 비롯해 전 세계 다수의 국가 대표부 그리고 외교관들이 밀집해 있는 제네바. 이 코스모폴리탄 시티 중앙역을 출발한 지 열흘째 되던 날 나는, 북유럽 발틱 3국 중 하나인 라트비아의 수도 리가에 도착해 있었다.

국토 면적은 한국의 2/3 정도지만, 인구는 대구광역시보다도 적은 200만으로 조용하고 아름다운 나라. 동시에 지정학적인 이유로 뼈아픈 과거를 가지고 있는 나라. 라트비아는 13세기 이후 여러 이웃 국가에 의해 점령당하고 지배를 받았다. 처음에는 남서쪽에 위치한 게르만족에게, 16세기에는 남쪽의 폴란드, 17세기에는 서쪽의 스웨덴, 그리고 18세기와 19세기에는 동쪽의 제정 러시아에 점령당하는 서러움을 겪어야 했다. 1917년 러시아 혁명 직후 드디어 얻어낸 독립(1918년 11월 19일)도 잠시, 1940년에 소련에 의해 재차 점령당하게 되고, 1941년에는 급기야 독일 나치의 손에 들어가게 되었다. 그 당시 독일이 자신들의 고국을 소련으로부터 영원히 해방해 줄 것으로 믿고, 소련에

Photo Credit: Makalu

대항하기 위해 독일군에 입대했던 라트비아인이 무려 20만 명이나 된다고 한다. 그러나 그러한 기대는 불과 3년 후인 1944년 소련이 독일을 라트비아에서 후퇴시키면서 산산조각 났다. 라트비아는 그때부터 소련 연방에 강제 점령 합병되어, 1991년 8월 다시 한번 독립을 되찾을 때까지 소련의 혹독한 지배를 받아야만 했다.

도착 이튿날, 나는 구시가를 산책하다가 700년 역사의 리가 대성당Riga Cathedral 안으로 들어갔다. 1226년에 처음 지어진 이후 여러 번의 개축을 거치면서 15세기에는 고딕 양식으로, 그리고 18세기에는 오늘날의 바로크 양식으로 바뀐 이 성당은 발트 지역에서 가장 큰 교회 건물이다. 성당의 원형은 로마네스크 양식으로 동쪽의 광장을 향한 부분은 원형 그대로 남아 있었다. 내부에는 아침 햇살에 진가를 발휘하는 스테인드글라스의 화려한 색채와 어울려 6,786개의 파이프로 된 오르간이 교회의 웅장함을 더해줬다. 세계에서 가장 크고 진귀한 악기 중 하나로 알려진 이 파이프오르간은 1844년에 독일에서 제작되었다. 연주자 없이 침묵을 지키고 있는 거대한 파이프오르간을 바라보면서 나는 문득, 알버트 슈바이처Albert Schweitzer 박사(1875~1965)가 이 악기를 연주하는 모습을 잠시 상상해 봤다. 아프리카로 떠나기 전까지 유럽에서 오르간 연주자로도 명성을 날렸던 위인은, 이 홀

륭한 악기 앞에 앉아본 적이 있었을까?

리가 대성당을 나와 오전의 맑은 공기와 화창한 가을 날씨를 만끽하며, 시내 중심에 자리 잡은 삼림 공원에 갔다. 푸른 잔디와 연못 사이에서 노인들과 아이를 데리고 온 젊은 여성들이 산책을 즐기고 있었다. 나는 휴식을 취하기 위해 빈 벤치에 앉았다. 그러고는 잠시 눈을 감은 채 고개를 뒤로 젖히고 햇볕을 쬈다. 앞으로 남은 일정을 따라 지구의 북극 방향으로 여행하게 된다. 그럴수록 햇살이 더 귀해질 것 같은 예감이 들었다.

바로 옆에서 인기척이 느껴져 눈을 떠보니, 어느 노인이 같은 벤치 끝에 앉는다. 그는 나에게 눈길도 주지 않고 라트비아어로 된 신문을 펼쳐 읽기 시작했다. 나는 다시 눈을 감고, 옆에 앉아 있는 할아버지는 지금까지 살아오면서 과연 어떤 역사의 불운한 현장들을 목격했을까 상상해 본다. 말을 걸어보고 싶었지만, 노인이 모국어인 라트비아어와 러시아어만 할 줄 안다면 대화는 불가능하리라는 생각이 들었다. 나는 백팩에서 꺼낸 시내 관광 지도를 펼쳐 들고 공원을 벗어나 찾아갈 다음 목적지를 찾았다. 역사박물관, 여기를 가봐야겠군. 근데 공원 어느 방향으로 나가야 하지? 잠시 주저하던 나는, 밑져야 본전이라는 생각에 결국 옆에 앉은 남자에게 말을 꺼냈다.

"어르신, 실례지만 영어나 독일어 하실 줄 아세요?"

최대한 또박또박 느리게 영어를 발음하려고 애썼다. 같은 질문을 독일어로 반복하려는데,

"둘 다 좀 합니다."

신문에 고정돼 있던 시선을 내게로 옮기면서 남자는 유창한 영어로 답했다. 그냥 유창한 게 아니라 발음이 원어민 수준이었다. 이분 혹시 외국인이신가?

"다행이군요, 반갑습니다. 혹시 여기서 라트비아 점령 박물관에 가려면 공원 어느 방향으로 나가야 하는지요?"

나는 그에게 시내 지도를 내밀었다. 육십 대 후반에서 칠십 대 초반으로 보이는 남자는 주머니에서 돋보기안경을 꺼내 지도를 잠시 들여다보고는, 우리가 있는 위치와 박물관이 있는 지점을 검지손가락으로 가리키며 찾아가는 방법을 설명해 줬다. 그의 영어 실력이 원어민 수준이라는 사실이 더 확실해졌다.

"여행 왔나 봅니다?"

돋보기안경을 접어 재킷 안주머니에 넣으면서 남자가 물었다.

"네, 그렇습니다."

"어느 나라에서 왔습니까?"

"한국에서 왔습니다."

"그럼, 영어는 어디서 배웠습니까? 미국 억양이 있는데……."

"네, 사실은 지금 미국에서 공부하고 있습니다."

"미국 어디?"

"보스턴입니다. 정확히 말하면 보스턴 근교 케임브리지라는 대학도시죠."

"아 그러시군. 그럼, 하버드 아니면 MIT를 다니시나?"

나는 이 질문을 받고 깜짝 놀랐다. 웬만한 미국인도 케임브리지시를 잘 모르고, 더군다나 하버드와 매사추세츠공대^{MIT}가 이 대학도시에 나란히 자리 잡고 있다는 사실을 아는 이는 더욱 드물기 때문이다.

"하버드를 다닙니다만, 어르신도 미국에서 사신 경험이 있으신가요?"

"좀 살았죠. 그럼, 학부도 미국에서 했습니까?"

"네, 캘리포니아주에서 학부를 마쳤습니다."

"캘리포니아 어느 대학이었습니까?"

"UC 버클리를 졸업했습니다."

노인은 고개를 끄덕이며 알 수 없는 미소를 지었다. 나는 점차 노인의 정체가 궁금해지기 시작했다. 은퇴한 평범한 라트비아인으로 가정했는데, 내 추측이 많이 빗나간 것만은 틀림이 없었다.

"라트비아 다음엔 어디로 갈 계획입니까?"

"에스토니아요. 그리고 핀란드를 거쳐 러시아로 가려고요."

"그런 다음은?"

"모스크바에서 오는 13일에 시베리아 횡단열차를 타려고 승차권을 미리 예매해 뒀습니다."

"요즘도 그 열차가 잘 다니고 있는지 모르겠네."

"어르신도 그 열차 타보셨다는 말씀이세요?"

귀가 쫑긋해진 내가 놀라서 물었다.

"한 20년 전인가? 시베리아 횡단열차를 탄 적이 있지요."

"20년 전이요? 와, 여행하신 건가요? 혹시 중국은 가보셨어요?"

"중국은 서너 번 정도 가보았지요."

"무슨 일로 가셨는지 여쭤봐도 될까요?"

나는 어느새 남자에게 묻고 싶은 질문이 머릿속에 쌓이기 시작했다.

"하하. 사실 전에 대학에서 지리학을 가르쳤어요. 그래서 여행에 관심이 많았죠. 지금도 종종 여행을 하지만."

처음으로 환하게 웃는 노인의 얼굴.

"여기 라트비아에서 교수 생활을 하신 건가요?"

"아니, 캘리포니아에서."

"정말이세요?"

드디어 그의 유창한 영어가 설명됐다.

"이번 여행에 대해 좀 얘기해 봐요. 흥미로운데."

"그냥 약 한 달간 여행을 겸해서 집에 가는 길이에요. 기차를

타고 제네바에서 출발해서 중국 칭다오까지 간 다음, 그곳에서 배로 인천이란 한국의 항구도시로 가려고요."

"인천. 한국전쟁 때 맥아더 장군 지휘 아래 미군이 상륙한 항구도시."

"맞아요! 정말 많이 아시네요."

나는 우연히 한 벤치에 나란히 앉게 된 낯선 노인과 나누고 있는 대화 내용이 믿기지 않았다. 그것도 라트비아의 수도 리가의 처음 와본 공원에서! 노인은 나와는 대조적으로 무덤덤한 표정이었지만, 대화를 즐기는 듯 보였다.

"점심 식사 했어요?"

"아직 안 했습니다."

"그럼 나와 함께 점심 먹는 거 어때요? 요 근처 내가 가끔 가는 셀프서비스 식당이 있는데 가격도 저렴하고 깨끗하지."

"물론 좋습니다."

우리는 벤치에서 일어나 공원을 가로질러 도로로 나갔다. 점심시간이라 그런지 시내 거리는 사람들로 붐볐다. 그러나 서울이나 보스턴에서 흔히 보는 빠른 발걸음은 보이지 않았다. 사람들이 대체로 여유로워 보였다. 노인을 따라 들어간 식당은 내부 구조가 심플하면서도 쾌적했다. 손님들은 일렬로 줄을 서서 카운터에서 먼저 메뉴를 주문한 다음 계산을 했다. 나는 남자가 권하는 라트비아식 요리 '스프라츠와 마이제스 주파'에 검은 보리빵 한쪽을 주문했다. 일회용 그릇에 담겨 나오는 음식을 플라스틱 식판에 담아 그를 따라 테이블에 앉았다.

"이게 마이제스라는 라트비아식 수프인데 한번 들어봐요. 옥수수빵과 건포도, 크림 등이 들어간 건데, 먹을만해요?"

"맛있는데요. 수프가 꽤 걸쭉하군요."

평생 처음 먹어보는 수프였지만 내 입맛에는 맞았다.

"이곳은 날씨가 추워서 걸쭉한 걸 먹어야 겨울을 건강하게 날 수 있지요."

"어르신께서는 언제 라트비아로 돌아오신 거예요?"

나는 궁금증을 참지 못하고 질문을 다시 시작했다.

"라트비아가 독립하자마자 돌아왔지요. 1992년 초에. 그때 리가 시내에 아파트를 하나 구입해서, 지금은 일 년 중 3, 4개월은 이곳에서 생활합니다."

"그럼 나머지 기간은요?"

"파리 센강변에 배가 한 척 있고, 캘리포니아에도 작은 아파트가 하나 있어서 왔다 갔다 하면서 지냅니다."

"일 년에 적어도 몇 번씩 그렇게 여행하실 수 있어 좋으시겠어요. 참, 그런데, 캘리포니아 어느 대학의 교수님이셨나요? 여쭤봐도 괜찮다면……."

노인이 살며시 미소를 지으며 잠시 머뭇거렸다.

"사실은 버클리에 있었어요."

나는 그 순간 내가 잘 못 들었거나, 노인의 말이 거짓말처럼 들렸다. 우연치고는 너무 뜻밖이었다.

"네? 저의 모교 교수님이셨다고요! 참, 어떻게 이런 우연이……. 그러면 언제 버클리에 계셨나요?"

"50년대 말부터 70년대 초반까지. 샌프란시스코의 히피 문화가 전성기를 누릴 때였지요. 그리고 버클리 대학생들의 반전 운동이 한창일 때였고."

"그럼, 미국엔 언제 가신 거예요?"

나의 질문 공세가 이어졌다.

"얘기가 좀 길어질 텐데, 우리 어디 가서 커피 한잔할까요? 시간 있어요?"

"아 그럼요. 좋습니다."

리가 시내의 공원에서 우연히 만나게 된 낯선 노인이 내가 졸업한 대학의 교수였다니! 그런 일이 실제로 일어날 확률을 따질 필요도 없이, 신기하면서도 흥분은 쉽게 가라앉지 않았다. 또 어떤 흥미로운 이야기를 듣게 될지, 내 마음은 주체할 수 없을 만큼 들떠 있었다.

"그래서 언제 처음 미국에 가신 건가요?"

근처 카페에 자리를 잡자마자 재촉하다시피 노인, 아니 교수

UC Berkeley

에게 물었다.

"미국에 처음 간 게 1947년이었지 아마. 2차 세계대전이 끝나고 얼마 지나지 않아서였지요."

"라트비아에서 곧바로 미국으로 가신 거예요?"

"아니, 독일로 먼저 갔지요. 1944년에."

"아, 그래서 독일어를 하시는군요. 저도 사실은 중, 고등학교를 독일에서 다녔거든요. 부모님을 따라 중학교 때 독일로 갔습니다."

"그래요?"

처음으로 교수가 약간 놀랍다는 표정을 지었다.

"그럼, 가족들이 다 독일로 이주했나요?"

"아닙니다. 사실은 나 혼자 독일로 갔어요."

"혼자서요?"

"그렇지. 내가 독일로 떠날 때는 이미 독일이 패전해서, 라트비아가 소련에 또다시 강제 합병될 즈음이었지요. 역사적으로 라트비아 사람들은 소련에 대한 불신이 컸거든. 그래서 부모님이 나를 혼자 독일로 보낸 거지. 나를 피난시킨 셈이지. 나보다 네 살 어린 여동생은 집에 남아 있게 되었고. 독일 함부르크에 먼 친척이 살고 있어서 그리로 처음 가게 된 겁니다."

"한국전쟁 당시 가족들과 헤어진 한국의 이산가족 얘기 같네요. 그럼, 독일에서 대학에 다니셨나요?"

"2학년까지 다니다가 미국 정부 장학금을 받고 시애틀에 있는 워싱턴 주립대학에 입학하게 되었지요. 당시 미국 정부는 라트비아를 여전히 독립국으로 인정하고 있었기 때문에, 나에게 그런 혜택을 주었던 것 같습니다."

"워싱턴 주립대를 졸업하신 뒤에 계속 미국에서 사셨나요?"

"내 얘기가 너무 길어지는 것 같은데 괜찮아요?"

나의 질문 공세가 부담되거나 불편해져, 에둘러 질문하는 게 아닌지 나는 잠시 자문했다. 그러나 그의 표정에서는 그런 기미가 전혀 감지되지 않았다.

"그럼요! 지금 교수님의 인생 이야기를 듣는 게 저한테는 얼마나 흥미로운지 모르실 거예요."

교수는 자상한 미소를 지으며 말을 이었다.

"학부에서 화학을 전공했지만, 졸업 후에는 경영대학원에 갔어요. 지금 학생이 다닌다는 하버드 대학의 비즈니스 스쿨에 입학했지요."

"네? 정말이세요? 대단하시네요!"

또 한 번의 전혀 예상치 못한 놀라움! 마주 보고 있는 노인이 하버드 비즈니스 스쿨 출신이라는 사실에 놀라고, 학교 선배라는 사실에 또 한 번 놀랐다. 거기다 내가 졸업한 대학교의 전직 교수님이 아니었던가! 소설이나 영화 속에서 이런 만남이 일어났다면, 너무 억지라고 욕먹을지도 모를 만큼 정말 묘하고 신기한 우연이라고 표현할 수밖에!

"비즈니스 스쿨을 졸업한 뒤 뉴욕 월가에 있는 어느 큰 금융회사에 취직했지요."

"정말 대단하세요! 1950년대라면 미국 경제가 최대의 호황기를 누릴 때인데, 그때 월가는 정말 대단했겠는데요?"

"나쁘지 않았지. 맨해튼 시내의 고급 아파트에 살면서 좋다는 식당과 술집은 다 단골이었으니까. 하하하."

"혹시 미혼이셨나요?"

"총각이었지."

나는 교수의 얼굴을 유심히 관찰했다. 지금은 백발에 주름이 많은 얼굴이지만, 젊었을 땐 분명 잘생긴 남자였으리라. 턱수염을 기른 헤밍웨이와 비슷한 인상이었다.

"그런데 어떻게 월가의 금융전문가로 계시다가 버클리대학 지리학과 교수님이 되신 거죠?"

짧은 순간, 노인의 얘기가 앞뒤가 맞지 않는다는 생각이 들었다.

"뉴욕에서 한 5년 일했나, 내가 개인적으로 투자했던 회사가 하루아침에 부도를 내고 경영인은 회사 자금을 챙겨 잠적해 버렸지요. 그동안 저축해 놓았던 돈은 그렇게 한순간에 다 날아가고. 허허."

노인의 얼굴에 씁쓸한 미소가 번졌다.

"세상에……."

"더 이상 뉴욕에서 일할 의욕을 잃은 나는, 직장을 관두고 오래전부터 마음에 품고 있었던 지리학 공부를 하기 위해 버클리대학 박사과정에 입학했어요. 그때 내 나이가 서른둘이었으니까, 늦깎이 대학원생이 된 거지."

"정말 대단하시네요. 그런 결단을 내리시기가 쉽지 않았을 텐데요."

"뭐 그리 어렵지도 않았지. 처음부터 직장 생활이 썩 마음에 들었다고는 할 수 없으니까. 단지 직장을 뛰쳐나올 수 있는 명분이나 계기가 필요했던 거지."

"그래도……."

"새로 시작한 대학원 생활이 매우 즐거웠거든. 공부도 재미있고, 그 당시 버클리와 샌프란시스코의 자유분방한 분위기도 좋았지. 6년 후에 나는 박사 학위를 받았고 곧 버클리대학 부교수가 되었어요. 그리고 정교수가 되기 바로 직전에 같은 과 대학원의 여학생과 결혼도 했고. 나보다 열네 살 연하였지. 우리 둘은 매우 행복했지요. 그러나 시간이 갈수록 나는 교수 생활에, 아내는 캘리포니아에 싫증을 내기 시작했어요. 그녀는 캘리포니아에서 태어나 대학원을 졸업할 때까지 쭉 그곳에서 살았으니, 싫증이 날 만했지. 그래서 우리는 어느 날 버클리를 떠나기로 결심한 거야. 교수직을 그만두고 재산을 정리해서 아내와 함께 유럽으로 떠났어요. 내 나이가 그때 마흔여섯이었지.”

“정말 놀랍습니다. 그게 언제였죠?”

“닉슨 대통령과 키신저가 마오쩌둥을 만나기 위해 베이징을 방문한 해였으니까, 1972년이었겠군.”

“그럼, 유럽에서 계속 사셨나요?”

“아니지. 우리가 제일 먼저 도착한 곳이 네덜란드 암스테르담이었는데, 일단 가져간 돈으로 배를 한 척 샀어요. 그리고 그 배를 타고 갈 수 있는 유럽 구석구석을 여행했지. 암스테르담을 떠난 지 몇 달 뒤 파리에 도착한 우리는, 배를 센강변에 정박시키고 다시 긴 육지여행을 시작했지요. 유럽에서 시작해 당시 소련, 중국, 일본, 한국, 홍콩을 거쳐 동남아, 호주, 아프리카, 중남미 등 평소에 가고 싶었던 모든 곳을 여행한 거야. 약 13년 동안.”

“네? 13년 동안이나요?”

내가 만약 비슷한 얘기를 어느 서양인이 쓴 자서전에서 읽었다면, 그때처럼 그렇게 놀라거나 흥분하지 않았을 것이다. 그러나 나는 낯선 나라 라트비아, 낯선 도시 리가에 있는 작은 카페에서 한 남자의 파란만장한 인생 스토리를 직접 듣고 있었다. 시내 공원에서 우연히 만나게 된 라트비아 사람에게서 말이다. 정말 놀라울 따름이었다.

"물론 중간중간에 여행 자금을 벌기 위해 잠시 정착해 영어도 가르치고, 신문이나 잡지에 글을 기고하기도 했지. 하지만 우리는 언제든지 원하면 직장을 그만둘 수 있었고, 또 언제든지 떠나고 싶을 때 자유롭게 떠났어요."

"아이는 없었나요?"

"없었어요. 나중에 아내는 아이를 원했지만, 나는 자식 때문에 우리의 자유를 방해받기는 싫었거든……."

교수의 얼굴에 쓸쓸한 그림자가 스쳐 지나가는 듯 보였다. 지금 와서 자식이 없다는 사실이 후회스러운 걸까? 하지만 이는 어디까지나 나의 주관적 추측이었다. 그와 관련해 더 이상의 질문은 하지 않았다.

"그럼, 부인께서는 지금?"

"그녀는 나를 떠났어."

나는 잠시 당황했다. 그리고 아무 말도 하지 않았다.

"버클리를 떠난 지 13년 만인 1985년, 우리는 처음으로 캘리포니아로 돌아갔지요. 처의 아버지, 그러니까 내 장인은 이미 세상을 떠났고, 우리는 그녀 어머니의 집에 몇 달 머물렀어요. 그러던 어느 날, 친구 소개로 만난 콜로라도 출신 억만장자의 초대를 받아 그와 함께 그의 호화스러운 요트를 타고 3주간 멕시코를 여행하게 됐지요. 정말 멋진 여행이었는데……. 돈을 최대한 아끼면서 여행을 해오던 우리에게는, 아주 고급스러운 경험이었지. 이 여행에서 돌아온 지 2주 정도 되었을까, 어느 날 아내는 편지 한 장을 남기고 떠나버렸어. 그 억만장자에게로 가버린 거야. 나를 자기 어머니 집에 홀로 남겨두고. 이제 떠돌이 생활에 신물이 난다고 편지에 적었더군. 정착하고 싶다고. 단지 돈 때문에 그 남자에게로 가는 건 아니라고. 그저 평범한 생활이 그리워 나를 떠난다고."

나는 입을 다물지 못하고 멍하니 자리에 앉아있었다. 평생 지우고 싶은 기억일 수도 있는데, 지난날을 술회하는 교수의 목소리는 유난히 차분했다. 배신감에서 오는 분노나 증오 같은 건 느낄 수 없었다. 배신감은 오히려 내가 더 실감하는 것 같았다. 어떻게 사랑했던 사람을 그렇게 쉽게 떠날 수 있었을까? 같은 꿈과 이상을 공유하며 함께 살다가, 한순간에 혼자만 그처럼 도피할 수 있단 말인가? 한 남자의 파란만장한 인생 이야기. 너무도 비현실적으로 느껴졌다. 그 세부 내용이 아니라, 내가 그날 오전에 공원 벤치에서 우연히 만나게 된 사람의 실제 인생이었다는 사실이 말이다. 대화 내내 평정심을 잃지 않는 교수의 표정과 태도가, 산전수전을 다 겪은 노장의 지혜로운 모습 그 자체였다.

"학생은 아직 젊어서 잘 모를 수도 있지만, 자유는 외로운 거야. 외로움을 이겨낼 수 있는 자만이 자유를 선택해야 해."

힘이 들어간 그의 눈빛이 내 두 눈과 마주쳤다. 그의 강한 시선이 어떤 경고를 하는 것 같아, 나는 순간적으로 긴장했다.

"내가 괜히 바쁜 사람 붙잡고 긴 얘기를 늘어놓은 건 아닌지 모르겠네."

"아닙니다. 절대 아닙니다. 큰 감동을 받았습니다. 진심입니다."

"앞으로 남은 여행 잘하고 10월에 파리에 온다니 그때 한번 들러요. 나도 그때쯤이면 파리에 있을 것 같으니까. 내 배는 센강 퐁네프와 퐁데자르 사이에 정박해 있으니 찾기는 그리 어렵지 않을 거요. 둘 다 파리에서 가장 유명한 다리니까. 내 배 이름은 클라우디아, K.L.A.U.D.I.A."

"감사합니다. 이렇게 우연히 만나 뵙게 되어 정말 반가웠습니다. 파리에 가면 꼭 찾아뵙겠습니다."

그날 밤 나는, 에스토니아의 수도 탈린으로 출발하는 열차에 올랐다. 컴파트먼트의 불을 끄고 침대에 누웠지만 좀처럼 잠을 이룰 수 없었다. 눈을 감고 기차의 쇠바퀴가 철로 위를 서서히 굴러가는 소리를 들으면서, 문득 그날 낮에 만났던 교수의 모습이 다시 떠올랐다.

"자유는 외로운 거야. 외로움을 이겨낼 수 있는 자만이 자유를

선택해야 해."

이 말을 하는 교수의 모습이 꿈인지 현실인지 순간 혼란스러웠다. 미니 녹음기를 꺼내 재생 버튼을 눌렀다.

"실례지만 우리 대화를 녹음해도 되겠습니까?"

"하하, 나도 오래전 여행할 때 미니 녹음기로 종종 녹음했었지. 일기 쓸 때 도움이 되지요. 그렇게 하세요. 난 괜찮아요."

"감사합니다."

"하버드 비즈니스 스쿨을 나오셨다고요?"

"학부에서 화학을 전공했지만, 졸업 후에는 경영대학원에 갔어요. 지금 학생이 다닌다는 하버드 대학의 비즈니스 스쿨에 입학했지요."

(……)

생생하게 재생되는 우리 두 사람의 목소리를 들으면서, 내가 불과 몇 시간 전 체험했던 리가의 모습 하나하나가 기억 속에서 되살아났다. 그리고 10월에 파리로 돌아가면 반드시 교수를 만나러 가겠다고 다짐했다.

인연, 파리, 센강 1.2

라트비아의 수도 리가를 떠난 나는, 약 3주 뒤 인천항에 무사히 도착했다. 일 년 만에 서울에 있는 집, 부모님 품에 안기면서 33일간의 귀향 여정을 무사히 마친 것이다. 유럽의 중심부에서 출발해 북유럽, 시베리아, 몽골, 중국을 지나고 서해를 넘은 뒤에야 스위트 홈^{Sweet Home}에 도착할 수 있었다. 11개국, 그보다 더 많은 도시, 그보다 더 다양한 풍경들……. 보고, 듣고, 읽고, 체험한 셀 수 없이 많은 기억의 조각들은 잠시 일기장과 녹음기 그리고 뇌에 보관해 두고, 오랜만에 맛보는 어머니의 집밥과 친구들과 나누는 대화, 삼겹살과 소주를 즐기며 서울에서 2주를 보냈다. 이제 다시 집을, 한반도를 떠날 시간. 이번엔 첨단 문명의 혜택을 마다하지 않았다. 13시간의 비행 끝에 내가 탄 항공기는 프랑스 파리의 샤를 드골 공항 활주로에 착륙했다.

학업을 중단하고 일 년이라는 소중한 시간이 주어졌는데, 나는 왜 하필 전 세계 많은 도시 중에 파리를 선택한 걸까? 그곳에는 특별한 연고가 있는 것도 아니고, 함께 살고 싶은 사람도 없었다. 내가 머물 수 있는 집이 있다거나, 해야 할 일이 있었던 것도 물론 아니다. 사후 발간된 헤밍웨이의 소설 『움직이는 향연』

의 영향일 수도 있고, 무의식에 남아 있는 특정 이미지나 인상이 나를 유혹하고 있었는지도 모른다. 나는 오로지 파리에서 한번 살아보고 싶었다. 그전에 짧은 일정으로 몇 차례 이 도시를 방문한 적은 있었지만, 내가 알고 있던 지구상에서 가장 아름답고 예술적인 도시 파리에서 좀 더 오래 머물고 싶었다. 그리고 무엇에 홀린 듯 어느새 파리에 와 있었다.

파리에서 제일 먼저 해결해야 할 문제가 거처를 찾는 일이었다. 단 며칠 여행을 왔다면 저렴한 호텔이나 에어비앤비AirBnB를 통해 쉽게 방을 예약할 수 있었겠지만, 나는 일 년간 머물 공간이 필요했다. 이왕이면 집세가 저렴하고 시내 중심에서 크게 벗어나지 않은 지역을 고집하고 싶었다. 물론 이런 조건들은 희망 사항에 불과했고, 마주한 현실과는 괴리가 컸다. 당시 파리에서 유학하던 친구 집에 잠시 신세를 지면서, 아침에 눈을 뜨기가 무섭게 방을 보러 다녔다. 샹젤리제 거리와 룩셈부르그 공원을 산책하고, 루브르 박물관과 퐁피두 센터에서 느긋한 시간을 보내고, 드 플로르Cafe de Flore 같은 유명한 카페 노천 테이블에 앉아 에스프레소를 마시며 지나가는 파리지앵들을 구경하려던 계획은 온데간데없었다. 대신, 부동산 매물 주소를 찾아다니고, 주인을 만나고, 빈집을 구경하며 하루, 이틀, 일주일을 보냈다. 마음에 드는 매물은 집세가 내가 감당할 수 없을 만큼 비쌌고, 임대료가 적당하다 싶으면 단 하루일지라도 머물고 싶은 마음이 안 생기는 그런 공간이었다.

반복되는 실망감, 가중되는 초조함으로 축 처진 몸을 이끌고 다음 매물을 보러 가기 위해 센강변을 걷고 있었다. 파리에서 가장 유명한 다리 중 하나인 퐁네프Pont Neuf 위에서 환한 미소를 지으며 기념사진을 찍고 있는 관광객들이 보였다. 그 너머에는 센강의 또 다른 대표적인 다리 퐁데자르Pont des Arts가 눈에 들어왔다. 순간 라트비아의 수도 리가에서 만났던 교수의 말이 생각났다. "내 배는 센강 퐁네프와 퐁데자르 사이에 정박해 있으니 찾기는 그리 어렵지 않을 거요. 두 개 다 파리에서 가장 유명한 다리니까. 내 배 이름은 클라우디아, K.L.A.U.D.I.A."

거짓말같이 그 이름이 선체 하부에 도색된 배가 눈에 띄었다. 센강변에 늘어선 넓적한 주거용 배 중 한 척이었다. 파리 도착 후 정신이 온통 집 찾기에 팔려, 리가에서 만났던 교수를 까맣게 잊고 지냈던 나는 반가운 마음에 배에 다가갔다. 선체와 육지를 연결하는 간이 다리 앞에 설치된 작은 쪽문은 자물쇠로 굳게 잠겨 있었다. 아, 아직 파리에 돌아오지 않으셨구나! 낙심한 나는 잠시 쪽문 너머로 배 겉모습을 구경한 뒤, 가던 길을 계속 가려고 돌아섰다. 그때, 한 노인이 자전거를 타고 나를 향해 접근해

왔다. 아 교수님!

"하하, 파리에 오셨군! 다시 만나게 되어 반갑습니다."

"교수님, 안녕하세요? 자물쇠가 잠겨 있어 파리에 안 계신 줄 알고 막 돌아가려던 참이었습니다"

"열흘 전에 파리에 왔어요. 여행은 즐거웠어요? 서울에서 가족과 친구들도 잘 만났고? 들어와요."

교수는 자물쇠를 풀고 나를 배 안으로 초대했다. 내부는 생각보다 훨씬 넓었다. 그리고 외관으론 배가 납작해 내부 천장이 낮을 걸로 짐작했는데, 실제로 보니 그렇지 않았다. 전기가 들어오는지 어두웠던 공간이 전등을 켜자 밝아졌다.

"이렇게 다시 만나게 됐는데, 우리 와인 한잔해야지."

교수는 보르도 레드와인 한 병을 부엌 수납장에서 꺼내 와인잔 두 개와 함께 식탁에 올려놓았다.

"내가 조금만 늦게 도착했어도 서로 길이 어긋날뻔했네."

"그러게요!"

"파리 온 지는 얼마나 됐어요?"

"오늘이 딱 일주일째 되는 날입니다."

"그럼, 숙소는?"

"지금은 임시로 친구 자췻집에 신세 지고 있는데, 열심히 거처를 찾아다니고 있습니다. 쉽지 않네요."

"파리에서 집 구하기가 쉽지 않을 거예요. 특히 지금은 대학

학기가 이미 시작돼, 학생들이 임대할 만한 원룸들은 다 나가고 없을 텐데."

열 평 남짓한 거실과 부엌 겸용 공간 한쪽에 캔버스와 널려있는 미술 도구들이 눈에 들어왔다.

"그림을 그리시나 봐요?"

"취미로 유화를 그리는데, 시간 보내기 좋아요."

우리는 리가 공원에서 우연히 이루어진 만남을 시작으로 나의 여행, 파리, 미국 등을 주제로 대화를 나누었다. 교수가 요리한 이른 저녁까지 얻어먹고 배를 떠나려는데, 내게는 생소한 서점 이름을 그가 언급했다.

"혹시 셰익스피어 앤드 컴퍼니라는 서점 알아요?"

"아니요, 처음 들어보는데요."

"여기서 나가서 퐁네프 다리를 지나 쭉 걸어가다 보면 왼쪽으로 노트르담 대성당이 보이고, 센강 오른편에 서점이 하나 있어요. '셰익스피어 앤드 컴퍼니'라고 적힌 간판이 금방 눈에 띌 거예요. 거기 주인이 미국인인데, 조지 휘트먼이라고. 나도 개인적으론 잘 모르는 사람인데, 내가 듣기론 그 노인이 잘 곳 없는 젊은 친구들을 종종 서점 안에 재워준다고 하던데, 혹시 임대할 방이 있는지 문의해 봐요."

나는 펜과 일기장을 백팩에서 꺼내 서점 이름과 주인 이름을 나란히 메모했다.

Shakespeare and Company, George Whitman.

"지나가다 한번 들러보겠습니다."

"그래요. 집 구해서 정착하면 다시 놀러 와요. 앞으로 두 달 정도는 여기서 지낼 것 같으니까."

"교수님, 저녁과 와인 감사합니다. 또 찾아뵙겠습니다."

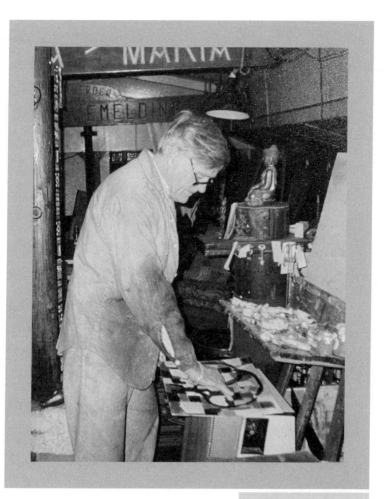

센강변, 교수, 배 내부

만남, 조지 휘트먼 1.3

"젊었을 때 파리에서 살아볼 수 있는 행운이 있다면, 평생 어디를 가든지 파리는 항상 당신과 함께 머무를 것입니다. 파리는 하나의 움직이는 향연이기 때문입니다."

"If you are lucky enough to have lived in Paris as a young man, then wherever you go for the rest of your life, it stays with you, for Paris is a moveable feast."

- 어니스트 헤밍웨이[Ernest Hemingway]

1층에 있는 서점 내부를 통해 건물 계단을 걸어 올라갔다. 4층 아파트의 출입문 앞에 서서 노크하자 잠시 후, 깡마른 체격의 백발노인이 낡은 나무 문을 활짝 열며 소리치듯 영어로 물었다.

"뭘 원하지?[What do you want?]"

노인의 갑작스러운 등장과 냉정한 말투에 당황한 나는, 입을 열지 못하고 망설였다.

"혹시 임대할 원룸이나 방이 있나요?"

"당신 뭐 하는 사람이야? 얼마나 묵을 건데?"

"저는 한국인이고 대학원생인데요, 6개월이나 1년……."

"밑에 내려가서 자서전적 에세이 두 페이지 써서 다시 와."

쾅. 명령조의 한 문장이 끝남과 동시에 낡은 나무 문은 다시 굳게 닫혔다. 영화 속에서 애원하는 남자 얼굴에 대고 여자가 냉정하게 문을 닫듯, 판매원이 손에 물건을 들고 설명을 시작할 때 집주인이 짜증 난 표정으로 문을 닫듯, 쾅.

이건 뭐지? 고약한 늙은이가 따로 없네. 자서전적 에세이? 어이가 없군. 내가 방을 구하고 있지, 무슨 일자리를 찾는 것도 아니고. 얼떨떨하고 불쾌한 느낌을 지우려고 애를 쓰며 삐그덕거리는 목조계단을 내려온 나는, 가을 햇살이 따스하게 비치는 서점 앞 벤치에 앉았다. 센강변 가로수의 무성한 가지에 달린 잎들은 르누아르의 유화처럼 밝게 물들어 가고 있었지만, 나의 기분은 대조적으로 흑백 사진을 닮아있었다. 이제 또 어디 가서 집을 알아보지? 머물 곳 없는 자의 서러움이 몰려왔다.

그때 갑자기 4층 창문으로 고개를 내민 고약한 늙은이의 고함이 들려왔다.

"거기 너, 빨리 이리로 올라와! 건물 출입구가 닫혀 있으면 서점 안의 통로로 와!"

저건 또 뭐야? 내가 좀 어수룩하게 보인다고 바가지 임대료라도 받을 속셈인가? 저런 노인은 될 수 있으면 상대하지 않는 게 좋아. 나는 4층 창문을 잠시 올려다보던 시선을 제자리로 돌려 센강 건너편 노트르담 대성당을 바라봤다.

"뭐 해, 빨리 올라오지 않고. 어서!"

서점 입구에서 서성이는 사람들과 행인들의 시선이 일제히 4층과 나를 오갔다. 나 참, 지나다니는 사람들이 이렇게 많은데 창피하게 왜 저렇게 고함을 지르는 거야! 서점 앞을 떠나려고 잠시 망설이던 나는 결국, 삐거덕거리는 목조계단을 다시 걸어 올라 4층 문 앞에 섰다.

"빨리 올라오라고 했는데 왜 이렇게 늦었어!"

아니, 나한테 화를 내는 건 또 뭐야. 이제 더는 못 참겠다는 생각이 들려고 할 때, 노인은 바지 주머니를 급히 뒤지더니 노트르담의 꼽추가 들고 다녔을 법한 골동품 같은 큰 열쇠를 하나 꺼내들고 나에게 내밀었다.

"2층에 있는 원룸인데, 우리는 '작가의 방'이라고 부르지. 일단 거기서 좀 지내봐."

쾅.

어, 근데 임대료가? 다른 계약조건은요? 같이 내려가서 방을 보며 얘기를 좀 나눠야 하는 것 아닌가요? 나는 다시 문을 노크하려다 동작을 멈췄다. 차가운 인상의 노인과 다시 대면하기가 싫었다. 두려웠는지도 모른다. 거기다 벌써 8일째 온종일 집을 보러 다녔기 때문에 몸은 지쳐있는 상태였다. 솔직히, 어디를 더 이상 걸어가기조차 귀찮은 지경이었다. 터벅터벅 다시 계단을 내려온 나는, 2층의 낡은 문을 열쇠로 열었다.

방안에서 나를 맞은 것은 다름 아닌 세월이었다. 방을 가득 메우고 있는 고서적들이 풍기는 낯설지만 불쾌하지 않은 냄새, 창가의 낡은 나무 책상, 색이 바란 담요에 뒤덮인 침대, 그리고 책장들 사이에 걸린 커다란 거울 두 개. 방 안으로 들어서기 전까지는 상상도 못 했던 신기하고 특별한 광경이 눈 앞에 펼쳐졌다. 마치 이 모두가 수수께끼 같은 과거로 나를 안내하는 것 같이 느껴졌다. 어깨에 메고 있던 백팩을 먼지가 소복이 쌓인 책상 위에 올려놓으며 의자에 앉았다. 방의 유일한 창문이 정면으로 보였다. 그리고 유리 너머로 내가 조금 전에 앉아 있던 강변의 벤치와 강변도로, 센강이 한눈에 들어왔다. 리모컨의 뮤트^{Mute} 버튼을 누른 뒤 무음 상태의 TV 화면을 바라보듯 나는, 방안의 적막 속에서 강변을 걷는 사람들과 강 주위를 날아다니는 갈매기들을 한동안 넋을 잃고 바라보았다.

의자에서 일어나 좁은 방을 찬찬히 관찰하기 시작했다. 제일 먼저 내 시선이 닿은 건 책장을 가득 메운 수백 권의 책들이었다. 귀스타브 플로베르의 『마담 보바리^{Madame Bovary}』, 라이너 릴케의 『삶과 노래^{Leben und Lieder}』, 아르튀르 랭보의 『지옥에서 보낸 한

철$^{Une\ Saison\ en\ enfer}$』, 아나이스 닌의 『아나이스 닌의 일기$^{The\ Diary\ of}$ $^{Anaïs\ Nin}$』, 제임스 조이스의 『율리시스^{Ulysses}』, F. 스콧 피츠제럴드의 『위대한 개츠비$^{The\ Great\ Gatsby}$』, 어니스트 헤밍웨이의 『누구를 위하여 종은 울리나$^{For\ Whom\ the\ Bell\ Tolls}$』 …… . 대부분 하드커버로 된 책들은 얼핏 보기에도 아주 오래된, 앤틱 수준의 상태였다. 마치 빈티지 분위기의 실내 장식을 위해 제작된 모형물처럼 보였지만, 실제로 출판되고 본문이 종이에 인쇄된 책들이 분명했다. 고서적 수집가들이 소장할 것 같은 그런 귀한 책들일 것 같았다.

침대에 앉아봤다. 쿠션이 거의 못 느껴지는 매트리스. 그래도 두 다리를 뻗고 잘 수 있는 크기의 침대였다. 벽에 걸린 내 몸집만 한 크기의 거울 두 개. 왜 이 좁은 공간에 거울이, 그것도 두 개씩이나 있는지 문득 궁금해졌다. 거울에 비친, 약간의 충격에 놀라서 어리둥절해 있는 내 얼굴이 보였다. 책상 앞 의자로 돌아가 유일하게 빛이 스며드는 유리창을 내다보고 있을 때, 강 건너편 노트르담 대성당에서 종소리가 울려 퍼졌다. 마치 자욱한 안개 속에서 들려오는 듯한 가깝고도 먼, 깊으면서도 넓은 아름다운 소리였다.

건물이 14세기에 완성되고, 1804년 나폴레옹 1세의 대관식이 열렸으며, 프랑스의 배꼽이라 불리는 노트르담 대성당! 아,

내가 진짜 파리에 와있구나! 도착한 지 일주일이 지나서야, 셰익스피어 서점 '작가의 방Writer's Studio'에서 비로소 나는 이 도시를 제대로 실감할 수 있었다. 19세기의 프랑스 시인 샤를 크로가 "지구상에 파리보다 더 아름다운 곳은 없다!"라고 자신 있게 외쳤던 도시. 유길준 선생이 "런던처럼 웅장하거나 뉴욕처럼 부유한 도시도 파리에는 사흘 거리쯤 뒤떨어진다"라며 극찬했던 도시. 에펠 탑, 개선문, 샹젤리제 거리, 노트르담 대성당, 루브르 박물관, 몽마르트르 언덕과 퐁피두 센터가 있으며, 과거 제리코, 코로, 반 고흐, 피카소 등 수많은 화가와 위고, 보들레르, 랭보, 발레리, 릴케, 헤밍웨이, 제임스 조이스 등 수많은 문인이 정열적으로 살다 떠났던 도시. '빠리' '패리스' '파리', 그 어느 언어로 불려도 낭만에 굶주린 전 세계 수많은 이들이, 아! 하고 감탄할 만큼 사랑과 예술과 아름다움이 하나가 되어 존재하는 바로 그 '빛의 도시City of Light'. 비로소 나는 파리에 와 있었다! 그리고 가슴은 하염없이 설렜다. 친구 자취방에 맡겨놓은 짐도 잊은 채, 17세기 건물 안에 있는 '작가의 방' 낡은 침대에서 꿈만 같은 첫날 밤을 보냈다.

다음날 이른 아침, 나를 잠에서 깨운 건 알람도 아니고 인기척도 아니었다. 센강 건너편에서 메아리치는 종소리였다. 노트르담 대성당의 종소리를 들으며 잠에서 깨다니, 얼마나 낭만적인

가! 그러나 행복한 순간, 황홀한 시간은 언제나 그렇듯 짧았다. 현실적인 고민의 먹구름이 밀려왔다. 유럽에서도 물가가 비싸기로 유명한 파리, 그것도 시내 가장 중심에 위치한 곳이라면 집세가 내가 상상하는, 아니 내가 지불할 수 있는 수준 이상일 것이 분명했다. 사람이 성숙해진다는 것은 자신이 가질 수 없는 것을 알아차리고 미련 없이 포기하는 것이라고 누군가 말했지만, 나는 그날 아침만은 그 고약한 할아버지를 붙들고 어린아이처럼 엉엉 울며 떼를 쓰고 싶은 심정이었다. 하지만 그렇게 해본들 소용이 없다는 걸 잘 알고 있었고, 내 자존심이 허락하지도 않았다. 단 하룻밤만이라도 이런 환상적인 경험을 해볼 수 있었다는 사실에 감사하고, 지급해야 할 하룻밤 숙박료가 제발 너무 비싸지 않기만을 바랐다.

나는 1층 서점에서 책들을 정리하며 하루의 시작을 준비하는 휘트먼 할아버지를 찾아갔다. 들떠있던 마음은 어느새 차분히 가라앉아 있었다.

"굿 모닝, 휘트먼 씨! 어젯밤 작가의 방에서 푹 잘 잤습니다. 정말 멋진 방이던데요! 어쨌든 감사합니다. 숙박료로 얼마를 드리면 되나요?"

"숙박료? 그런 거 신경 쓰지 마."

"네? 무슨 말씀인지……."

"그냥 거기서 계속 지내!"

그는 내게 눈길 한번 안 주고 하던 일을 계속하면서 퉁명스럽게 말했다.

"작가의 방에서 계속 있으라고요?"

"왜, 싫어?"

그가 나를 째려보듯 쳐다봤다.

"아니 그게 아니라……. 월세가 얼만지 알아야 저도 결정을 하지요."

"월세? 그딴 거 필요 없고, 그냥 거기서 지내."

"네? 공짜로 그 방에서 살라고요?"

나는 그의 말을 믿지 않았다. 분명 어떤 함정이 있거나, 그가 농담하고 있거나, 그것도 아니면 그의 정신이 살짝 이상할지 모른다는 의심이 들었다. 나는 바짝 긴장했다.

"왜, 마음에 안 들어? 그럼, 방세 대신, 내가 지금 책을 한 권 편집 중인데 하루에 1시간씩만 도와줘. 아 그리고, 이따 저녁 식사를 함께하지. 그 방에 묵는 손님에게는 전통적으로 내가 직접 요리한 저녁 식사를 대접하거든. 7시 괜찮지?"

대화 도중 미소 한 번 안 짓던 휘트먼 할아버지는, 이 말을 끝으로 내게 등을 돌린 뒤 바닥에서 천장까지 쌓인 책들 사이로 사라졌다. 나는 조금 전 들은 말들이 실감 나지 않았다. 혼란스러워 발을 떼지 못하고 한동안 그 자리에 서 있었다. 나라서 그런 게 아니라, 누구라도 그 상황에 놓였다면 그랬을 것이다. 너무 믿기 어려운 일이 벌어졌다. 그의 말을 곧이곧대로 믿어도 될까? 아니면 이건 내게 찾아온 뜻밖의 행운일까? 그런 행운은 항상 경계하는 게 옳지 않나? 서점 주인이 나에 대해 아는 사실은, 내가 한국인이고 대학원생이라는 게 전부인데……. 어느 나라에서 대학원에 다니는지, 또 내 나이가 몇 살인지, 파리에 와서 뭘 하려고 집을 찾고 있는지 전혀 알지 못할 텐데, 어떻게 나를 선뜻 서점의 '손님'으로 대하는 거지? 혹시 센강변 배에서 지내는 그 교수님이 휘트먼에게 부탁하거나 귀띔해 준 걸까? 서로 잘 모르는 사이라고 했는데……. 모든 상황이 언뜻 이성적으로 이해가 되지 않았지만, 일단 '운이 좋아' 벌어진 일이라 믿기로 했다. 아무리 고민해 봐도 달리 해석이 되지 않으니, 긍정적으로 받아들이는 수밖에! 그날 오후 나는 파리 외곽에 있는 친구의 자췻집으로 가서 짐을 챙겨 서점으로 돌아왔다.

"방을 용케 찾았네! 어디에 있어? 라틴 구역Quartier Latin에 있다고? 거긴 엄청 비쌀 텐데, 월세가 얼마야? 그 서점은 지나가면서 본 것 같은데. 공짜라고? 설마……."

친구가 믿지 못하겠다는 표정을 지으며 나를 배웅했다.

행운, 이상한 서점 1.4

파리에서 얼떨결에 나의 거처가 된, 이상하리만큼 독특한 셰익스피어 앤드 컴퍼니 서점에 대해 나는 전혀 알지 못했다. 내가 입주하기 전까지는. 하지만 서점의 놀라운 역사, 특히 주인인 조지 휘트먼에 대한 뜻밖의 발견이 시작되기까지 그리 긴 시간이 걸리지 않았다. 이미 영국 BBC를 포함해 전 세계 수많은 방송국에서 서점과 조지 휘트먼에 대해 취재하고 다큐를 제작했으며, 그보다 더 많은 잡지와 신문에 특집 기사 및 인터뷰가 실렸다. 셰익스피어 앤드 컴퍼니는 말 그대로 세계에서 가장 유명한 서점이었다! 내가 그곳에서 생활하면서 알게 된 휘트먼 할아버지의 개인사個人史를 들려주기 전에, 서점의 화려한 역사를 먼저 설명해야겠다.

셰익스피어 앤드 컴퍼니Shakespeare & Company는 1919년 11월 19일 영어서점 겸 도서 대여점으로 파리에서 처음 문을 열었다. 첫 주인은 실비아 비치Sylvia Beach. 장로교 목사의 세 딸 중 둘째로 태어나 미국 동부 뉴저지주에서 자란 32세의 미혼 미국인이었다. 대학에 다니지는 않았지만, 제1차 세계대전 중 처음으로 미국을 떠나 프랑스에서 농업 자원봉사자로 일하고 세르비아에서는 적

십자에 자원해 활동하면서 넓은 세상을 경험하기 시작했다. 전쟁이 끝나고 프랑스 파리에 정착한 실비아 비치는, 미국에서 어머니가 보내준 돈과 프랑스인 친구의 도움으로 셰익스피어 & 컴퍼니를 개점하게 된다. 서점은 책을 판매하는 것 외에도 회원제로 약간의 수수료를 받고 책을 대출해 줬다. 파리의 첫 영어 서점은, 문인들을 적극 후원하던 주인 덕분에 자연스럽게 도시에 거주하던 작가들의 아지트가 되어갔다. 당시 파리에는 소위 '상실의 시대Lost Generation'로 분류되는 영미 작가들이 활발한 작품활동을 하고 있었는데, 후에 노벨문학상을 받게 되는 어니스트 헤밍웨이와 T. S. 엘리엇을 비롯하여 F. 스콧 피츠제럴드, 손턴 와일더, 에즈라 파운드, 버질 톰슨, 셰어우드 앤더슨, 제임스 조이스가 그들 중 일부였다. 이들은 서로 잦은 교류를 했고, 실비아 비치와 그녀의 서점은 사랑방, 즉 하나의 문학 살롱 역할을 해주었다. 유명 작가들뿐 아니라 무명 작가들도 물심양면 뒷바라지 해주었던 그녀를 헤밍웨이는, "내가 지금까지 만나본 여성 중에 가장 자상하고 친절한 사람"이라고 후에 평가한 적이 있다. 실비아 비치는 회고록에서 1921년 말 당시, 아직 무명 소설가였던 헤밍웨이와의 첫 만남을 이렇게 회상했다.

"한 낯선 남자가 어느 날 (서점으로) 걸어 들어왔다. 그리고 굵직한 목소리로 '나는 어니스트 헤밍웨이입니다'라고 말했다."

헤밍웨이가 〈토론토 스타〉의 파리 스포츠 특파원으로 생계를 꾸려가던 시절이고, 『태양은 다시 떠오른다$^{\text{The Sun Also Rises}}$』의 성공으로 일약 유명 작가가 되기 5년 전이었다. 실비아 비치는 이탈리아에서 구급차 운전사로 자원했던 헤밍웨이의 전쟁 경험 이야기를 기꺼이 들어주었고, 이 젊은 작가는 신발을 벗고 바지를 걷어 올리면서 전쟁 중에 다쳐 남은 다리의 흉터를 그녀에게 보여주기까지 했다.

사후 출간된 헤밍웨이의 소설 『움직이는 향연』 속에도 그녀와 셰익스피어 & 컴퍼니가 등장한다.

"당시 나는 책 살 돈이 없었다. 나는 실비아 비치가 운영하는 오데옹가街 12번지에 있는 서점이자 도서 대여점인 셰익스피어 앤드 컴퍼니에서 책을 빌렸다. 추운 바람이 몰아치는 거리에 위치한 이곳에는, 겨울에 큰 난로가 있어 따뜻하고 활기가 넘쳤다. 책상과 책꽂이에는 온통 책들이었고, 창가에는 새로운 책들이 진열되어 있었으며, 벽에는 이미 죽은 그리고 살아 있는 유명 작가들의 사진이 걸려 있었다. 사진들은 스냅 사진처럼 보였고, 죽은 작가들조차도 마치 살아 있는 것처럼 보였다. 실비아는 밝고 이목구비가 뚜렷한 얼굴을 가졌으며, 그녀의 밤색 눈은 작은 동물의 눈과 같이 생동감 있고, 어린 소녀의 눈과 같이 쾌활했다. 반듯한 이마 뒤로 빗질 된 그녀의 밤색 곱슬머리는 귀밑, 그녀가 입고 있는 밤색 우단 재킷 깃의 선까지 내려와 있었다. 그녀의 다리는 아름다웠으며, 그녀는 친절하고 쾌활하고 호기심 많고 농담이나 가십을 좋아했다. 내가 그때까지 만났던 그 누구보다도 좋은 사람이었다. 처음 그 서점에 들렀을 때, 수중에 있던 돈은 회원 가입비를 지불하기에 부족해 나는 상당히 쑥스러웠다. 그녀는 다음에 언제든지 돈이 생기면 예치금을 내라고 하면서, 책을 원하는 대로 빌려 가라고 나에게 회원증을 만들어 주었다. 그녀가 나를 믿을 만한 이유는 하나도 없었다. 그녀는 나를 알지 못했고, 내가 적어준 주소인 카르디날 르무앙가街 74번지는 불확실하기 그지없는 것이었다. 그러나 그녀는 유쾌했고 매력적이었으며……."

『움직이는 향연A Moveable Feast』, 어니스트 헤밍웨이

1차 세계대전이 끝난 파리. 전쟁 참전을 계기로 고향을 떠난 많은 젊은 남녀가 낭만을 찾아 이 대도시에 정착했고, 특히 미국과 영국 경제의 호황과 프랑스 화폐 가치의 폭락으로 영미권 사람들이 많이 모여들었다고 한다. 한 통계에 의하면, 1915년과 1920년 사이에 프랑스의 프랑은 달러 대비 3분의 2가량 가치가 떨어졌고, 그로 인한 파리의 상대적으로 저렴한 물가는 외국인 관광객과 예술가 모두에게 매력적이었을 것이다. 전쟁 전까지 프랑스를 방문했던 미국인 수가 연간 15,000명이었던 반면, 1925년엔 40만 명까지 치솟았다고 하니 100년 전이나 지금이

나 환율이 여행국 선택에 중요한 변수인 것만은 분명하다.

  이 시기에 가난한 무명 혹은 이미 유명해진 작가들이 파리에 하나둘 정착하기 시작했고, 그들 중엔 아일랜드인 소설가 제임스 조이스도 끼어있었다. 그는 『젊은 예술가의 초상 A Portrait of the Artist as a Young Man』 (1916)의 저자로 이미 잘 알려져 있었고, 셰익스피어 서점의 초기 멤버이기도 했다. 그의 야심작 『율리시스 Ulysses』가 외설물로 판정돼 영국과 미국에서 출판 길이 막히자, 구원투수로 실비아 비치가 나섰다. 소설가로서 제임스 조이스를 높이 평가하고 있던 그녀는, 이 소설을 1922년 자신의 서점 Shakespeare & Company 이름으로 파리에서 처음 출간했다. 인쇄소에 외상으로 초판 1,000권을 찍었다고 한다. 그녀의 문학에 대한 열정과 선견지명이 없었더라면, 현대문학을 변화시킨 『율리시스』는 훨씬 늦게 세상 빛을 보았을 것이다. 그리고 20세기 최고의 문학작품으로 불리는 이 명작의 출간 하나만으로도 실비아 비치라는 이름과 셰익스피어 앤드 컴퍼니는 영문학사에 중요한 흔적을 남기게 되었다.

  1941년 독일군의 파리 점령으로 개점 22년 만에 서점 간판을 내린 뒤, 미국 국적 때문에 체포되어 6개월간 수용소 생활까지 경험했던 실비아 비치. 이미 세계적인 작가가 돼 있던 헤밍웨이가 세계 2차대전 끝 무렵 연합군과 함께 그녀의 서점으로 돌아왔지만, 그 문은 굳게 닫혀있었다. 실비아 비치는 1962년 10월 파리에서 타계한다.

4년간의 나치 점령은 파리에 큰 문화적 공백을 남겼다. 이 세계적인 예술의 도시에 필요한 것은 새로운 셰익스피어 앤드 컴퍼니였다. 그리고 때마침 이즈음(1948년) 조지 휘트먼이 파리에 나타난다. 실비아 비치가 셰익스피어 앤드 컴퍼니를 오픈한 지 30년이 지난 1951년, 이 젊은 미국인 청년은 노트르담 대성당 바로 맞은편 센강변의 부셰리 거리 37번지에 영어 서점인 '르 미스트랄Le Mistral'을 열었다. 그는 부모로부터 상속받은 유산으로 건물 1, 2층을 구입했고(당시 미국 달러 환율은 대단했다고 한다), 파리를 떠나면서 미군들이 두고 간 영어 서적을 모아 판매했다. '잃어버린 세대' 작가들의 초판본을 수집하기도 했고, 실비아 비치와 마찬가지로 2층을 서재 겸 문인들의 모임 장소로 개방했다. 개인적으로 친하게 지냈던 실비아 비치 여사가 아직 살아있을 때 동의를 얻어, 그는 1964년 그의 서점 이름을 'Shakespeare & Company'로 바꾸게 된다.

우연히 묵게 된 서점이 20세기 영문학사에서 매우 중요한 위치를 차지하고 있다는 사실을 알아가는 사이, 나는 이미 이 이상하리만큼 특별한 공간에 푹 빠져 지냈다. 겉으로는 낡아 보잘것 없어 보였지만, 세월의 신비로 가득 찬 작은 중고서점. 이곳에서 내가 행복할 수 있었던 이유 중 하나는, 좋아하는 책을 언제든지 마음껏 골라 읽을 수 있다는 것이었다. 새 책과 헌책을 판매하는 1층 서점, '책 도둑'을 제외한 모든 방문객을 환영하는 2층 서재, '상실의 시대^{Lost Generation}' 작가들의 초판본들이 보관된 '작가의 방' (내가 묵던 원룸), 휘트먼 할아버지가 생활하는 4층 아파트, 그 어디도 책, 책 그리고 또 책으로 넘쳤다. 실제로 서점 바닥, 1층과 2층을 연결하는 내부 계단은 물론이고 심지어는 화장실에도 새 책과 헌책들이 뒤섞여 벽돌처럼 쌓여 있었다.

서점에 책이 많은 것은 어쩌면 당연할는지도 모른다. 셰익스피어 서점이 특별한 이유는, 무질서하게 쌓여 있는 많은 책 때문만은 아니었다. 헤밍웨이나 스콧 피츠제럴드와 같은 유명 작가들이 직접 사인한 귀한 고서적들이 서점 곳곳에 꽂혀 있기 때문도 아니었다. 셰익스피어 앤드 컴퍼니가 지구상에서 가장 독특하고 희귀한 서점이 될 수 있었던 건 바로, 주인인 조지 휘트먼의 이상과 고집 때문이었다. 그러한 사실을 내가 알아차리기까지 그리 긴 시간이 걸리지 않았다. 하룻밤에 책 한 권을 읽는 조건으로 수만 명의 낯선 여행객에게 서점 안 곳곳에 있는 간이침대를 잠자리로 내준 사람, 헨리 밀러, 아나이스 닌, 앨런 긴스버

그, 로렌스 페링게티 등 수많은 문인, 예술가들과 어울려 다니던 사람, 아무도 믿지는 않지만 자신이 미국 시인 월트 휘트먼Walt Whitman의 직계 후손이라고 (농담으로) 우기는 사람, 팔십을 훨씬 넘긴 나이에 십 대의 무남독녀 딸을 둔 사람, 누가 서점에서 책을 훔쳐 가도 훔친 사람이 잃는 게 더 많다고 믿는 사람, 자신은 무정부주의자라고 주장하는 사람, 자신은 늙을 시간이 없다며 한시도 쉬지 않고 일을 하는 사람. 나는 거의 매일 서점에서 마주치는 휘트먼 할아버지가 신기하고, 신비롭고, 경이롭기까지 했다.

집세를 안 내는 대신 매일 한 시간씩 할아버지를 도와주기로 한 나는 (내 입장에서는 우리 둘 사이의 일종의 '구두 계약'이었다), 한시도 한자리에 머물러 있지 않는 서점 주인을 매일 이리저리 찾아다녀야 했다.

"조지 (나는 미국식으로 그의 이름을 불렀다), 오늘 저한테 뭐 시키실 일 없나요?"

"없어. 있으면 내가 말할게."

"언제쯤 말씀하신 편집 작업을 시작하실 건데요?"

"몰라. 나 지금 바빠."

"다른 서점 일이라도 도와드리면 안 될까요?"

"자네 도움이 필요하면 내가 먼저 얘기해! 가던 길이나 어서

가! 어서! If I need your help, I let you know first. Move on! Go!"

우리 둘 사이에 이런 비슷한 대화가 거의 매일 반복됐다. 시간이 얼마 지나 내가 소설을 쓰고 있다는 걸 알게 된 할아버지는 가끔, "글 쓰는 건 잘 돼가? How's your writing?" 하고 세상에서 가장 무관심한 표정으로 묻곤 했다.

'작가의 방'에 입주한 지 한 달 정도 지났을 무렵, 나의 파리 생활은 안정됐고 하루 일과도 비교적 규칙적이었다. 당시 철저하게 야행성 생활을 하고 있던 나는, 글을 쓰다 새벽 3, 4시에 잠들었다. 오전 10시경에 일어나, 물을 끓여 내린 원두커피를 마시며 창밖 센강변과 노트르담 대성당을 바라보면서 하루를 시작했다. 점심은 서점 근처 식당에서 간단히 해결하고(다행히 '라틴 구역'에는 저렴하게 한 끼를 해결할 수 있는 선택이 많았다), 거의 매일 걸어서 30분 거리의 퐁피두 센터 Le Centre Pompidou로 향했다. 센터 맨 위층에 있는 카페에서 에스프레소를 마시며 책을 읽거나 소설 내용을 구상하며 3, 4시간을 보냈다. 초저녁에 서점으로 돌아오면, 대화 또는 잡담을 나눌 수 있는 낯익은 혹은 낯선 얼굴의 사람들이 항상 눈에 띄었다. 휘트먼 할아버지의 모습은 좀처럼 찾아보기 힘들었지만, 2층 서재로 올라가면 서점에 자주 놀러 오는 다양한 '서점 손님들'이 모여 있었다. 그들은 가져온 와인을 나눠마시거나 간단한 식사를 함께하면서 세상에

Dinner at
Shakespeare &
Company

존재하는 모든 주제를 놓고 대화를 나누었다. 나와 가깝게 지내던 사람 중에는 캐나다 퀘벡주에서 온 30대 작가 지망생도 있었고, 스웨덴 스톡홀름에서 파리로 무작정 온 발레리나, 조지 휘트먼과 알고 지낸 지 20년이 넘는 50대 프랑스인 화가, 서점 근처 소르본대학으로 유학 온 미국인 학생도 있었다. 유일한 동양인으로 20대 후반의 일본인 여성이 서점에 자주 들렀는데, 나는 쑥스러움을 많이 타는 그녀를 챙겨주려고 노력했다. 그녀는 언어연수 비자를 받아 프랑스에 왔지만, 정작 가장 큰 관심사는 파리에 있는 오래된 찻집$^{salon\ de\ tee}$을 찾아다니는 취미생활이었다. 가끔 나는 그녀를 따라 낯선 구역의 주소를 보고 찾아간 찻집에서 차를 맛봤다. 우리가 어느 정도 친해졌을 때, 그녀는 자신이 밤에 파리 시내 일본식 술집에서 일한다는 얘기를 들려주었다. 술집 단골 일본인들(주로 파리에 상주하는 대기업 주재원과 외교관) 사이에서 자신의 인기가 너무 많아 다른 여자 종업원들의 질투가 불편하다면서, 고민으로 가장한 자랑을 내게 슬쩍 늘어놓기도 했다.

조지 휘트먼의 호출을 기다리며 나는 일상을 이어 나갔다. 주말이 되면 할아버지는 직접 준비한 저녁 식사에 지인들을 초대했고, 나도 거의 매번 참석했다. 그들은 서점 주인과 길게는 30년 넘게 알고 지내는 관계였는데, 나는 그들에게서 조지 휘트먼의 과거에 관한 많은 사실을 들을 수 있었다. 드물었지만 가끔은 휘트먼 스스로 자신의 과거 이야기를 들려주기도 했다. 내가 맞춰본 그의 인생 퍼즐 조각들은 대략 이렇다.

1913년 12월 12일생인 조지 휘트먼은, 미국 매사추세츠 주 보스턴 근교에서 어린 시절을 보냈다. 열두 살이 되던 해인 1925년, 물리학 교수였던 부친을 따라 중국으로 가게 된다. 어느 날 저녁 식사를 함께하면서 옆자리에 앉아 있던 그는 내게, 자신의 첫 세계 일주를 다음과 같이 회상했다.

"나, 우리 부모님 그리고 내 누이, 이렇게 우리 가족은 동부 보스턴에서 출발해 기차로 서부 샌프란시스코까지 여행했지. 그런 다음 큰 여객선에 승선해 일본 오사카에 도착한 후, 배를 갈아타고 중국 상해에 도착했어. 거기서부터는 다시 기차로 아버지가 객원교수로 근무하게 된 난징^{Nanjing}시로 향했지. 당시, 그러니까 1920년대 난징에는 서양인이 거의 없었어. 나는 일반 중국인 학교에 다니면서 중국인 친구들과 어울려 놀았지. 심지어 나도 친구들 따라 '변발컷'(앞머리는 체발, 뒷머리는 길게 길러 땋은 머리)하고 다녔다니까!"

휘트먼 할아버지는 그때의 추억이 새삼 즐거운지 보기 드물게 얼굴에 환한 미소를 띠었다. 이런 어릴 적 경험 때문에 그가, 나 같은 동북아인에게 특별히 좋은 감정을 가지고 있을지 모른다는 생각이 처음으로 머리를 스쳤다.

"2년 동안 거의 중국인으로 살았지. 아버지의 임기가 끝나고 미국으로 돌아왔는데, 이번엔 태평양을 건너는 대신 반대 방향으로 돌아서 보스턴에 도착한 거야. 우리 가족은 상해에서 배를 타고 동남아, 인도, 지중해를 지나 유럽에 도착했지. 내가 유럽에 처음 발을 디딘 게 그때였어. 우리는 유럽을 얼마간 여행한 뒤 큰 여객선을 타고 미국에 돌아왔지. 그야말로 지구를 한 바퀴 돈 거야. 정말 대단한 여행이었지!"

내게 들려주는 내용보다 훨씬 더 많은 추억을 간직하고 있는 듯 보였지만, 언제나 그렇듯 휘트먼 할아버지는 말을 아꼈다. 내가 추가 질문을 해도, 다른 사람들에게 대화할 기회를 양보했다.

보스턴으로 돌아온 청년 조지 휘트먼은, 보스턴 대학을 졸업하고 잠시 하버드 대학원에서 언론학을 공부하다 돌연 여행을 떠난다. 어린 시절 부모를 따라 떠났던 세계 일주에 대한 향수 때문이었을까, 어느 날 그는 무작정 보스턴에서 출발해 여행길에 올랐다고 했다. 이번엔 배도 기차도 아닌 두 발로 걸어서, 가끔은 히치하이크하면서 미국 남부와 멕시코를 지나서 3년 뒤엔

파나마에 도착하게 된다. 미국 동부를 출발해 중남미까지 도보로 3년 넘게 여행 중이라는 그의 말을 믿는 사람은 거의 없었고, 오히려 그를 미국 CIA 요원이나 스파이로 의심해 감옥에 가둔 적이 여러 번이었다고! 가진 돈도 다 떨어지고 갑자기 심각한 병까지 얻게 된 자신을 어느 생소한 파나마인 가족이 정성스럽게 보살펴 주었다는 얘기가 그의 입에서 흘러나올 땐, 50년 넘는 세월이 지났음에도 변함없는 감동과 고마움이 그의 얼굴에 여실히 드러났다. 그는 낯선 나라에서 마주쳤던 그 가족의, 그리고 그에게 도움의 손을 아낌없이 내밀었던 많은 사람의 은혜를 평생 잊어본 적이 없어 보였다. 그가 아무 경계심 없이 수많은 낯선 여행객에게 잠자리를 제공해 주는 이유도, 젊은 시절 그의 체험이 큰 몫을 했을 거란 추측이 가능한 대목이었다.

무모하리만큼 모험적이었던 4년간의 도보여행을 마치고 미국으로 돌아온 휘트먼은, 미 육군에 입대해 그린란드에서 장교로 근무한다. 그 이후 2년 남짓 태평양을 항해하는 상선에서 일해 모은 돈으로, 이번에는 유럽으로 떠났다. 그때가 1946년이었다고 한다. 그해 여름 그는 파리에 있는 전쟁고아 수용소에서 자원봉사로 일하면서, 여름이 끝나면 다시 어디론가 멀리 떠날 계획이었다고 했다. 그러나 그는 결국 파리에 정착하기로 마음먹고, 부친이 물려준 작은 유산을 밑천으로 1951년 지금의 위치에 '르 미스트랄$^{Le\ Mistral}$'이란 이름의 영어서점을 열었다.

2층 '작가의 방'에서 생활한 지 약 두 달쯤 되던 12월 어느 이른 아침, 쾅쾅쾅 문짝이 부서질 듯한 큰 노크 소리에 잠에서 깼다. 글을 쓰다 새벽에 잠이 들었던 나는, 깜짝 놀라 문을 열었다. 휘트먼 할아버지가 큰 여행 가방 두 개를 바닥에 내려놓고 문 앞에 서 있었다.

"무슨 일이세요? 여행이라도 떠나세요?"

"당장 짐 챙겨! 오늘부터 자네가 4층 내 아파트에 가서 지내. 여기는 내가 좀 있어야겠어."

그의 얼음같이 차가운 말투에 이미 익숙해진 나는 영문을 물었다.

"겨울에는 여기 이 원룸이 더 따뜻해."

그렇게 나는 예고도 없이, 고개를 갸우뚱거리면서 '작가의 방'에서 쫓겨났다! 주섬주섬 내 물건을 챙겨 4층에 있는 아파트로 올라가면서도 이게 과연 옳은 일인지 판단이 서지 않았다. 손님인 내가 주인의 넓은 아파트를 독차지하다니! 상식적으로 너무 과분하다는 생각이 들었다. 하지만 그건 전적으로 휘트먼 할아버지의 결정이었고, 판단은 나의 몫이 아니었다. 그렇게 나는 침실과 화장실, 부엌과 거실이 딸린 서점 주인의 아파트로 옮겨갔

다. 주객이 완전히 전도된, 누가 보면 내가 수작을 부려 노인을 넓은 집 거주 공간에서 손님이 묵는 작은 방으로 쫓아낸 딱 그런 모양새였지만, 설령 그런 의심을 사더라도 나는 다른 선택이 없었다.

4층 아파트로 '이사한' 이후, 주거 공간이 열 배 정도 넓어진 것 외에는 나의 일상에 큰 변화는 없었다. 단 한 가지 달라진 점이 있다면, 드디어 내가 서점에 기여할 수 있는 새로운 역할이 주어졌다는 것이다! 매주 일요일이 되면 나는, 서점의 '티 파티tea party'의 호스트가 되어 4층 아파트 거실에서 손님을 맞았다. 아파트 내부 전체를 개방하고, 방문하는 손님들에게 차를 끓여 대접하는 게 '티 레이디tea lady'의 주된 역할이었다. 주인 할아버지가 사다 놓은 (아마도 파리에서 구할 수 있는 가격이 가장 저렴한) 쿠키도 접시에 담아 내놓았다. 오후 4시부터 저녁 늦은 시각까지, 파티 참가자들은 항시 개방된 2층 서재는 물론이고 같은 층에 있는 '작가의 방'과 4층 아파트의 거실, 침실 그리고 부엌을 자기 집처럼 자유자재로 드나들었다. 이 행사는 오래전부터 내려오는 셰익스피어 서점의 전통이었는데, 손님들은 그야말로 각양각색이었다. 거의 매주 오는 파리 거주자에서부터 파리에 여행 왔다가 서점에 잠시 들른 관광객까지 많은 사람이 4층으로 올라와 '티 파티'를 즐겼다. 알고 찾아오는 손님도 있었고, 지나가다 얼떨결에 1층 서점에서 안내받아 참가하게 된 사람은 더 많았다. 처음 오는 사람들은 아파트 구석구석을 돌아보며 궁금한 점이 있으면 내게 질문했다.

"평상시에 여기서 누가 실제로 거주를 하나요?"
"네, 제가 여기서 살고 있습니다."
"그래요! 그럼, 여기 주인이신가요?"
"아니요, 그냥 손님입니다."
"……"

"한겨울에 실내 난방은 잘 되나요?"
"아니요, 난방시설 같은 건 없습니다."
"없다고요? 밤에 춥지 않나요?"
"견딜만합니다."

"셰익스피어 앤드 컴퍼니가 세계적으로 유명한 서점이라고 들었는데, 역사가 오래됐나요?"
"1919년 미국인 실비아 비치가……."

"여기 참가비나 입장료 같은 건 없나요?"
"없습니다. 무료 오픈 하우스입니다."

"여기 귀한 고서적도 많은 것 같은데, 판매하는 건가요?"

"아닙니다. 판매 서적은 1층 서점에 있습니다."

"10년 전에 파리에 왔을 때도 여기 티 파티에 왔었는데, 하나
도 변한 게 없네요."

"그런가요?"

"네, 정말이에요! 여긴 마치 시간이 멈춰있는 것 같아요. 그
때 내 와이프와 신혼여행 중이었는데, 벌써 애가 셋이에요. 하하
하."

"혹시 서점 주인 조지 휘트먼은 지금 안 계시는가요? 파리에
오면 꼭 한번 만나 뵙고 싶었거든요."

"글쎄요, 저도 그분이 지금 어디 계시는지 알 수 없네요. 하도
신출귀몰하셔서요. 조금만 기다려 보세요. 갑자기 나타나실 수
도 있으니까. 혹시 오늘 못 만나시게 되면, 내일 아침 일찍 1층
서점에 가시면 조지 휘트먼이 계실 거예요."

내 의사와는 상관없이 매주 일요일 '티 레이디'가 되었지만,
일상생활이 비교적 단조로웠던 나에게 이 시간은 꼭 받고 싶었
던 선물과도 같았다. 매주 일요일 아침이면 개인 사물을 치우고
집 안을 정리하며 손님 맞을 준비를 해야 했지만, 그런 작은 수

고는 파티의 즐거움에 비하면 아무것도 아니었다. 줄지어 오가는 사람들 간의 대화 주제도 그만큼 다양했다. 가끔 시 낭독이 있을 때는 실내가 쥐 죽은 듯이 조용해졌고, 파리 지하철역에서 생계를 꾸려가는 거리악사의 멋진 연주가 울려 퍼질 땐 흥겨운 분위기로 바뀌었다.

조지 휘트먼은 자신의 사생활을 희생시켜 가면서까지 셰익스피어 & 컴퍼니를 가능한 한 많은 사람과 공유하고 싶어 했다. 그는 무소유無所有와 무정부無政府를 신봉하고 자신만의 철학을 몸소 실천하는 사람이었다. 자신을 위해서는 물론 서점 내부 인테리어에 일절 돈을 안 쓰는 그를 지인들은, 정도가 지나친 자린고비라 불렀다. 수십 년 된 옷과 신발 착용은 당연했고, 건물 어디에도 냉난방 설비는 없었다. 모든 주방용품과 가구는 오래전 주워 왔거나 벼룩시장에서 구입한 것으로 추정됐다.

'지독한 구두쇠' 소리를 들으면서도 휘트먼은 남에게 베푸는 데는 인색함과는 거리가 멀었다. 그는 잠자리가 필요한 낯선 이들에게 서점 내부 구석구석에 놓인 간이침대를 수십 년간 무료로 제공해 왔다. 나같이 장기간 머물고 싶은 사람에게는 돈 한 푼 안 받고 '작가의 방'을 기꺼이 내주었다. 주인이 베푸는 뜻밖의 호의 덕분에 서점에서 하룻밤을 보내고 다음 날 떠나는 사람도 있고, 며칠 혹은 몇 주 더 머물다 떠나는 사람도 있었다. 이들의 여권이나 신분증을 확인하는 경우는 휘트먼 할아버지에게 있을 수 없었다. 국적도 종교도 이념도 직업도 묻지 않았다. 유일한 요구사항, 아니 권고사항은 서점에 머무는 동안 책을 하루에 한 권 읽을 것! 책을 사랑하는 조지 휘트먼의 희망 사항이었다. 할리우드의 유명 영화배우이자 소설가인 에단 호크^{Ethan Hawke}도 열여섯 살 때 파리로 홀로 배낭여행을 왔다가 셰익스피어 서점에서 일주일 머문 적이 있었다. 물론 유명 스타가 된 후에도 파리에 오면 서점을 빼놓지 않고 방문한다는데, 어쩌면 휘트먼과의 인연으로 그가 평생 책벌레가 된 건지도 모르겠다. 또한 그가 주연했던 영화 〈비포 선셋^{Before Sunset}〉(2004)에서 베스트셀러 작가가 된 주인공 '제시'가 파리 셰익스피어 서점에서 책 사인회를 갖는 장면은 결코 우연이 아니었을 거라고 나는 확신한다.

인류애를 위해 살아라 그리고 천사의 가면을 쓴 자가 아니라면 낯선 사람에게 친절을 베풀어라

LIVE FOR HUMANITY and BE NOT INHOSPITABLE TO STRANGERS LEST THEY BE ANGELS IN DISGUISE

서점 내부를 둘러보고 있노라면 눈을 피할 수 없는 글귀다. 오래전 휘트먼이 직접 작성했다고 들었고 누군가 이 문구를 프린트해 서점 곳곳에 붙여놓았다. 서점 안에서 하룻밤이라도 묵었던 '낯선 손님'이 3만 명이 넘는다는데 (나도 그중 한 명이었다), 그들 중에 '양의 탈을 쓴 늑대'가 없었겠는가! 계산대를 잠시 맡겼다가 현금을 도난당한 일은 셀 수 없이 많았고, 도둑질해 간 책은 그보다도 훨씬 더 많았지만, 서점 내에 보안장치를 설치하라는 주위의 권고에 휘트먼은 언제가 이렇게 대답했다.

"도둑놈들? 훔쳐 가라고 해. 내가 잃는 게 아니라 자기들이 잃는 거야!"

20년 넘게 곁에서 그를 지켜보았다는 휘트먼의 친구는 내게 이런 말을 들려주었다.

"서점에서 현금과 책만 가져간 게 아니야. 귀중품, 식료품, 심지어는 조지의 옷과 구두까지 들고 달아난 놈들도 있다니까!"

자신의 양심과 꿈을 두고 간 투숙객이 한둘이 아니라고 했다. 하루는 함께 식사하는 자리에서 내가 할아버지에게 이와 관련해 질문을 한 적이 있었다. 그는 직답 대신 내게 버럭 화를 냈다.

"오래전 내가 미국 남부와 중남미를 도보로 여행할 때는 아직 대공항의 여파가 남아있었는데, 가는 곳마다 사람들이 처음 보는 나한테 얼마나 친절하고 관대했는 줄 자네가 알기나 해!"

조지 휘트먼이 실비아 비치 여사로부터 물려받은 건 서점 이름만이 아니었다. 서점의 존재 이유, 전통, 역할, 정신 등도 함께 승계했다고 보는 게 맞다. 휘트먼은 1세대 셰익스피어 앤드 컴퍼니가 어떤 서점이었고 문학과 예술을 위해 어떤 기여를 했는지 익히 알고 있었다. 그가 60대 후반에 얻은 딸 이름을 '실비아'로 지은 것만 보아도, 실비아 비치에 대한 그의 존경심이 어느 정도인지 짐작이 가고도 남는다. 그녀의 서점이 1920, 30년대 '상실의 시대' 작가들의 문학 살롱이었다면, 조지 휘트먼의 서점은 60, 70년대 이른바 '비트 세대Beat Generation' 작가들을 위한 열린 공간이었다.

'비범한 자들이여, 물질주의와 국가 권력이 조절하는 규범과 규칙을 깨고 우리만의 반문화를 지향하자!' 내가 이해하는 비트 세대의 이상주의는 이렇게 요약된다. 『북회귀선Tropic of Cancer』의 작가 헨리 밀러와 그 세대의 대표적 시인 앨런 긴즈버그, 잭 케루악 등이 서점을 자기 집처럼 드나들었다는 얘기를 나는 여러 번 들었다. 휘트먼 할아버지가 그 시대 문인 친구 중에 내게 가장 많이 언급했던 작가는 프랑스 태생의 미국 소설가 아나이스 닌이었다. 그녀의 독특한 문학세계와 배경이 그와 잘 통했을 것 같았다. 프랑스의 실존주의 작가이자 철학자 장 폴 사르트르와 그의 평생 연인이자 파트너였던 시몬 드 보부아르 또한 서점의 단골손님 명단에 포함돼 있었다. 그리고 내가 그의 이름을 들고 놀랐던 사람이 한 명 더 있는데, 그는 다름 아닌 전설적인 가수 프랭크 시나트라! 그가 파리에 올 때면 서점을 꼭 한 번씩 방문했고, 그렇게 휘트먼과 친분이 생겼다. 한 언론 인터뷰에 따르면, 한번은 시나트라가 지인에게 이런 말을 했다고 한다.

"혹시 파리로 여행 가게 되면 셰익스피어 앤드 컴퍼니에 꼭 들러야 해. 거기 주인이 내가 아는 사람인데, 조지라고. 책과 함께 사는 사람이야!"

내가 옆에서 지켜본 휘트먼 할아버지는 정말 책이 가족이고 인생의 전부인 듯했다. 하지만 그에게도 혈육이 있었다. 그가 67세가 되던 해에 태어난 유일한 딸 실비아 휘트먼. 60대 중반까지 미혼으로 살았던 휘트먼은, 파리로 여행하러 와 서점의 간이침대를 하나 얻어 지내던 20대 초반의 영국인 여성 화가와 사랑에 빠진다. 결혼이 먼저였는지 임신이 그 전에 찾아왔는지는 모르겠지만, 두 사람 사이에 딸 실비아가 1981년에 태어났다. 딸이 영국에 산다고 몇 차례 내게 언급한 적은 있지만, 상세한 내막을 직접 듣지는 못했다. 그의 결혼과 서점에서의 신혼생활, 딸의 탄생을 곁에서 직접 목격했던 휘트먼의 오랜 지인들에 따르면, 결혼 후에도 전혀 변화가 없는 (만인에게 개방된) 서점의 환경은 어린아이가 있는 한 가정이 정상적으로 생활할 수 있는 홈^{home}이 될 수 없었다. 결국 부인은 여섯 살이 된 딸을 데리고 영국으로 돌아가고 말았다.

1월의 어느 아침, 4층 아파트 문이 쾅쾅 울렸다. 힘찬 노크 소리만 들어도 나는 휘트먼 할아버지가 문 앞에 있다는 걸 알 수 있었다. 그는 문 열쇠가 있었지만, 나의 프라이버시를 존중해 절대 그냥 문을 열고 들어오지 않았다. 갓 잠에서 깨어나 비몽사몽이던 내가 문을 열자마자, 할아버지가 뛰다시피 빠른 걸음으로 들어와 거실 창가로 향했다.

"뭐해, 빨리 오지 않고! 지금 미테랑 대통령 장례식이 노트르담 대성당에서 진행 중이라고. 빨리 와서 구경해!"

그가 센강 쪽으로 나 있는 큰 창문을 활짝 열어젖히고 손을 흔들며 나를 재촉했다. 나는 그날 장례식이 열리는 줄도 모르고 있었다. 노트르담 대성당 앞 광장은 말 그대로 발 디딜 틈 없이 군중으로 가득 메워졌다. 길게 늘어선 리무진이 한 대씩 대성당 출입구에 멈춰 서면, 차에서 귀빈 조문객이 한두 명씩 내렸다. 성당 앞에 설치된 대형 스크린에는 전 세계에서 날아온 각국 정상들의 모습이 비쳤다. 프랑스 역사상 가장 오래 집권한 대통령답게, 그를 추모하기 위해 파리를 찾은 귀빈 명단은 대단했다. 이웃 나라 독일의 현직 수상과 대통령을 포함해 영국 총리, 미국의 부통령, 벨기에 국왕, 체코 대통령, 일본 전 총리, 한국 외무부 장관 등 전례 없이 많은 정상이 장례식장인 노트르담 대성당 안으로 입장하고 있었다. 그때 갑자기 옆에 서 있던 할아버지가 큰 소리로 외쳤다.

"오 피델! 피델 카스트로가 왔어!"

어린아이처럼 바닥에서 껑충껑충 뛰던 조지 휘트먼의 모습이, 처음 보는 그의 행복 가득한 얼굴이 지금도 내 눈앞에 선하다. 낯선 광경에 잠시 당황하던 나는 곧, 할아버지의 또 다른 영웅이 쿠바의 영원한 지도자 피델 카스트로라는 사실을 알아차렸다.

"피델! 피델! 피델! 피델이 파리에 오다니 믿을 수 없어! I can't believe Fidel is in Paris!"

1959년 쿠바 혁명 성공 이후 끊임없이 미국 CIA의 암살 위협에 시달려 왔던 쿠바 지도자 카스트로의 해외 방문은 극히 드문 일로 알려졌는데, 그가 예고도 없이 노트르담 대성당 앞에 깜짝 등장한 것이었다. 어느 정도 흥분이 가라앉았을 즈음, 조지 휘트먼이 내게 설명했다.

"피델이 목숨 걸고 왜 파리에 온 줄 알아? 미테랑과 그의 부인 다니엘이 그의 친구거든. 특히 다니엘 미테랑과는 아주 친해. 그래서 조문하러 특별히 온 거야. 역시 피델은 멋진 인간이야! Fidel is indeed a great man!"

프랑스 파리에서 가을과 겨울을 보내고 봄을 맞고 있었다. 뷔셰리가rue de la Bucherie의 17세기 건물 안에서 나는 어느덧 장편소설 초안을 끝마쳤다. 글 자체는 완성도가 떨어졌지만, 그래도 나는 만족했다. 놀랍게도, 서점에서 매일 체험하는 새로움이 방해가 되기는커녕 오히려 책을 쓰는데 다방면으로 좋은 자극이 되었다. 마치 시끄럽고 번잡한 카페 안에서 경험하는 화이트 노이즈처럼, 서점을 드나드는 수많은 사람과의 만남, 그들과의 끊이지 않는 흥미로운 대화, 서점 구석구석에 차곡차곡 쌓여있는 지난 시간의 흔적들, 그 옆에 매일 새롭게 진열되는 신간과 헌책들, 이 모두가 나의 오감을 자극하고 즐겁게 해주었다. 마치 사랑에 빠진 여인의 가슴에 묻혀, 심장의 생생한 소곤거림을 듣고 있는 그런 기분이었다.

봄소식을 전달하는 맑은 햇살이 비치던 오후, 평소와 마찬가지로 퐁피두 센터 카페에 앉아 에스프레소를 마시던 나는 불현듯, 이제 떠날 시간이 됐다는 생각이 들었다. 가장 좋을 때, 이보다 더 좋을 순 없을 때 떠나야 할 것 같았다. '하루에 한 시간만 도와달라'는 휘트먼 할아버지의 요청은 내가 6개월 전 '작가의 방'에 입주한 이후로 단 한 번도 없었고, 우리의 '구두계약'은 일방적으로 무시됐다. 그렇게 일방적으로 신세를 지고 있는 것도 내게는 부담이었다. 비록 주인은 전혀 개의치 않아 보였지만 말이다. 또한, 내가 떠나면 다른 누군가가 그 공간으로 들어와, 내가 누렸던 그런 '환상적인' 경험을 할 수 있게 되리라는 기대가 나의 결정에 박수를 보냈다.

이별, 파리의 돈키호테 1.5

"할아버지, 저 이제 파리를 떠나야 할 때가 된 것 같아요. George, it's now the time for me to leave Paris. "

"왜? 일 년 머문다고 했잖아. 더 있어! Why? You said you will stay for a year. Stay!"

카랑카랑한 목소리로 짧은 말을 남기고 휘트먼은 서둘러 어디론가로 사라졌다. 언제나 그렇듯 그 차갑고 딱딱한 표정을 지으며. 하지만 나는 이미 떠날 마음을 굳혔고, 작별 준비를 시작했다. 나에게 그간 친절을 베풀어 준 지인들에게 미리 고마움을 전달하는 것도 잊지 않았다. 라트비아 리가에서 만나고 파리에서 인연이 이어졌던 전직 버클리대학 교수는, 이미 파리를 떠나고 없었다. 나의 초대로 서점 아파트에서 함께 와인을 마셨던 자리가 마지막 만남이 되었다. 서울에 오랫동안 거주한 시민이 남산타워 꼭대기에 오르거나 한강유람선을 미처 못 타본 것같이, 나 또한 파리에 거주하면서 미처 가보지 못했던 파리 시내 관광지를 관광객처럼 부지런히 돌아다녔다.

파리를 떠나기 이틀 전, 휘트먼 할아버지를 개선문 근처 샹젤리제 거리에 있는 한국 식당에 초대할 계획을 잡았다. 내가 도움을 많이 받았고, 친하게 지내던 한국인 유학생 두 명도 함께 초대했다. 조지 휘트먼을 꼭 한번 만나고 싶다고 졸라대던 친구들이었다.

"할아버지, 그날 저녁 시간 비워두세요."

"왜?"

"제가 저녁 식사에 초대하고 싶어서요. 샹젤리제에 있는 한국 식당에 모실게요."

"거기 비쌀 텐데!"

"제가 할아버지를 식사에 초대하는 건 처음이자 마지막인데요……."

"알았어."

"아 그리고, 괜찮으시다면 한국인 여학생 두 명도 초대할까 하는데요."

"뭐? 한국인 숙녀분들? 마음대로 해."

저녁 약속이 있기 전날 오후, 4층 아파트로 올라온 휘트먼이 침실에서 두 시간 넘게 심각한 표정으로 뭔가를 찾고 있었다.

"할아버지, 뭘 그렇게 열심히 찾으세요? 제가 도와드릴까요?"

"내가 제일 아끼는 넥타이가 안 보여. 분명 어딘가 있을 텐데……."

"넥타이요?"

"그래, 내일 저녁 식당에 갈 때 메고 가야 해! 한국인 숙녀분들이 오신다는데……."

배낭 하나에 들어갈 짐은 많지 않았다. 낡은 노트북과 옷 몇 가지가 전부였다. 파리에 짊어지고 온 책들은 서점에 남겨두었다. 서점 구석에 나의 작은 흔적을 남기고 싶어, 근처 인쇄소에서 A4 용지 한 장을 프린트해 4층 아파트 벽장 옆에 붙였다.

'George Whitman, you are the Don Quixote of Paris.'
(조지 휘트먼, 당신은 파리의 돈키호테입니다.)

내 이름을 그 밑에 적었는지는 기억나지 않는다. 내가 오랫동안 동경해 왔던 '빛의 도시' 파리를, 잠시나마 가장 가까운 거리에서 느끼고 체험할 수 있었다. 내가 고이 챙겨 떠나는 것은, '작가의 방' 그리고 4층 아파트 창문을 통해 바라본 그림 같은 도시 풍경에 대한 추억과 센강 너머 노트르담 대성당에서 들려오던 종소리의 메아리만이 아니었다. 겉으로는 어리석을 정도로 단순해 보이는 한 몽상가의 순수한 이상과 고집, 세상에 널린 '똑똑한' 인간들 앞에서 조용히 승리를 거두고 있는 '파리의 돈키호테'에 대한 기억이 내 의식 깊숙한 곳에 각인되어 나와 함께 떠나게 되었다. 그보다 더 소중하고 의미 있는 선물이 또 있을까?

"할아버지, 그간 베풀어 주신 은혜에 진심으로 감사드립니다."

"응, 잘 가."

따뜻한 악수도, 행운을 빈다는 흔한 작별 인사도, 섭섭함의 표현도 없었다. 내가 6개월 전 그를 처음 만났을 때 느꼈던 무뚝뚝함과 무관심, 냉담함 그대로였다. 하지만 나는 그 사이, 여든이 넘은 그의 심장이 얼마나 뜨거운지 알고 있었다. 인류애를 향한 그의 지칠 줄 모르는 열정이, 나를 포함해 얼마나 많은 사람의 가슴에 희망을 남겼는지도 깨달았다. 그리고 그것으로 충분했다. 나는 대학원에 복학하기까지 남은 3개월을 중국 태산泰山 아래 작은 도시 태안泰安에서 보내기로 마음먹고 북경으로 떠났다.

P. S.

2011년 12월, 나는 조지 휘트먼^{George Whitman}(1913~2011) 할아버지의 부고를 인터넷 뉴스를 통해 접했다. 향년 98세. 자신이 60년간 운영했던 셰익스피어 앤드 컴퍼니 서점 4층 아파트 자택 침실에서 별세. 내가 4개월간 잠을 자던 그 침대에서 눈을 감았다고 기사에 적혀있었다. 서점을 떠난 뒤로 휘트먼 할아버지를 생전에 다시 만날 기회는 없었다. 파리에 사는 지인에게 부탁해, 한국에서 출간된 내 책 두 권을 할아버지에게 전달한 적이 있었다. 그가 생을 마감하기 3년 전이었다. "한국인 작가! 그 친구 잘 지내?" 내 책을 받아 들고 할아버지가 지인에게 던진 첫마디였다고, 나중에 전해 들었다. '파리의 돈키호테'가 나를 아직 기억하고 있다는 사실에 감사하고 기뻤다.

조지 휘트먼은 2006년, 50년간 예술에 기여한 공로를 인정받아 프랑스 정부로부터 최고 문화훈장 레지옹 도뇌르^{Officier de l'Ordre des Arts et des Lettres}을 받았다.

지금은 딸, 실비아 휘트먼이 서점을 상속받아 운영한다는 얘기를 들었다.

파리 동쪽 페르 라셰즈 공동묘지^{Père Lachaise Cemetery}에 잠들어 있는 할아버지를 방문할 기회가 생길 것이라 믿는다.

□ 셰익스피어 & 컴퍼니에서 거주하는 동안, 서점 곳곳에 남겨진 과거 투숙객들의 흔적을 내 일기장에 옮겨적었다. 어떤 글은 냅킨에 적혀 있기도 했다. 어떤 글은 책장 사이에, 어떤 글은 책꽂이 모퉁이에 붙어 있었다. 그중 일부를 번역/소개한다. 글 작성자들에게 개별적으로 양해를 구하고 싶지만, 모두 연락이 불가능해 이름을 이니셜로 표기했다.

나는 많은 것을 믿는다. 그중에는 물론 유니콘이나 꿈같은 단순히 환상에 불과한 것들도 있지만, 우리같이 방황하는 이들을 한데 묶어주는 신념이라는 것이 있다. 우리는 제각기 서로 다른 길을 찾아다니지만, 그 길을 찾는 데 서로가 서로에게 도움을 줄 수 있다고 나는 믿는다. 조지 휘트먼은 바로 그런 분이다. 그의 신념과 희생은 나에게 깊은 감동을 주었고, 나는 그 우정의 선물을 다른 사람들에게 나눠줄 것이다. 그들도 또 다른 사람들에게 그것을 나눠주기를 바라면서 말이다.

– 미국 네브래스카주에서 온 간호사 N. G.

강 너머로 노트르담 대성당이 내다보이는 셰익스피어 앤드 컴퍼니의 창가에는 파란 붓꽃이 담긴 꽃병이 서 있다. 이 꽃은 내가 이곳에 도착한 날부터 줄곧 나를 사로잡았다. 마치 언어로는 표현할 수 없는 훨씬 더 넓은 세상의 상징처럼.

창문은 활짝 열렸고, 양쪽의 서가는 책의 무게로 무거워 보인다. 오늘은 오순절이라 노트르담 대성당의 종소리가 유난히 크게 울려 퍼지고 있다. 하늘은 여름의 파란색을 띠고, 책으로 가득 찬 어두운 방으로 넘쳐 들어오는 태양은 밝은색들로 풍경을 물들인다.

창가 꽃병에는 한 송이의 꽃이 있고, 진주보다도 더 창백하고 거미줄보다도 더 섬세한 빛이 꽃잎을 통과한다.

- 영국 요크에서 온 19살의 작가 M. H.

셰익스피어 앤드 컴퍼니에서 머무는 동안, 누구든 벗어날 수 없는 두 가지가 있다. 책과 자기 자신이다.

책꽂이가 없는 벽면에는 반드시 거울이 걸려있기 때문이다.

이 둘은 서점 어디에도 있다.

『율리시스』의 원본은 어딘가 깊은 곳에 숨겨져 있겠지만, 그것 말고도 귀한 고서적들은 자세히 살펴보면 곳곳에서 쉽게 발견할 수 있다. 시와 산문들......

가끔은 이 많은 책을 다 읽을 수 없다는 생각에 좌절감마저 느끼게 된다.

- 인도 뭄바이에서 온 22살의 시인 M. S.

마지막 손님이 떠나자 나는 빈 잔들을 모아 브루크가 이미 설거지를 시작한 부엌으로 가져갔다. 그런데 거실에 있던 조지 휘트먼이 들어와 갑자기 내 팔을 잡는 것이었다.

"나는 당신이 설거지하는 걸 보고 싶지 않아. 다시는 여기 들어오지 마! 내 서점에 묵는 작가들은 글을 쓰고 자기 침대만 정리하면 돼. 그 이상은 하면 안 돼!"

- 미국 텍사스주에서 온 작가 P. T.

(금요일) 조지 휘트먼이 오늘 위층에서 나를 데리고 내려와 거리악사 두 명을 소개해 주었다. 그렇게 해서 그들이 지하철역에서 연주하는 동안, 나는 모자를 들고 승객들로부터 돈을 걷는 일을 하게 되었다. 그들은 한 번에 세 곡을 연주했는데, 얼마나 정열적으로 하는지 수입이 짭짤해 밤이 되어 우리는 미소가 가득한 얼굴로 우리의 집인 셰익스피어 앤드 컴퍼니로 돌아왔다.

(토요일) 영화감독 피터 보그다노비치Peter Bogdanovitch가 오늘 셰익스피어 앤드 컴퍼니 서점에 왔었다. 그는 〈라스트 픽처 쇼The Last Picture Show〉를 비롯해 많은 영화를 감독했고, 존 포드와 프리츠 랑을 인터뷰한 내용을 책으로 펴내기도 했다. 그는 또한 그의 여자친구에 대한 책을 쓰기도 했는데, 그녀는 자신의 원래 매니저였던 남편에 의해 살해당한 여자다. 이 여자와 사랑에 빠지게 된 보그다노비치는 그녀를 이혼하도록 설득했고, 이혼소송이 진행되고 있는 동안 그녀의 남편은 마지막으로 한 번만 자신을 만나달라고 애원했다. 결국 그녀는 남편을 마지막으로 만나주었고, 이 자리에서 그는 그녀를 강간하고 고문한 뒤 엽총을 그녀 머리에 대고 방아쇠를 당겼다. 실화를 담은 이 책은 후에 밥 포시Bob Fosse에 의해 〈스타 80〉이라는 제목의 영화로도 만들어졌다.

- 옥스퍼드 대학생 D. H.

셰익스피어 앤드 컴퍼니의 일사日史:

오늘 티 파티tea party에 온 새로운 손님 중에 '느구엔 호우이 난 박사'라는 사람이 있었다. 양가죽 조끼를 입고 나타나 오랫동안 머물렀던 그는, 프랑스 사르트 지방의 어느 작은 마을에서 온 사람이었다. 난 박사는 매주 일요일 파리로 올라온다고 했다. 그 이유는, 그가 개업한 지 벌써 18년이나 되는 인구 1,800명에 불과한 조그만 마을을 벗어나 하루만이라도 새로움을 접하고 싶기 때문이라고 했다. 이 시골 마을을 우연히 알게 되어 처음 개업했을 때만 해도, 그는 잠시 있다가 도시로 떠날 생각이었단다. 그러나 18년이 지난 지금, 난 박사는 파리의 가장 좋은 병원에서 일할 기회가 주어진다 해도 현재의 그 자리와 맞바꾸고 싶은 생각이 전혀 없다고 한다. 그의 이야기 속에는 마을 사람들에 대한 애정이 서려 있었다. 그들의 이름은 물론이고, 그들의 가족사에서부터 그들이 살아가면서 간직하고 있는 희망과 두려움까지, 난 박사는 마을 사람들에 대해 모든 걸 알고 있는 듯했다. 그 자신은 하노이에서 태어났으며, 부모님은 아직도 베트남에 살고 계신단다. 그는 지난 18년간 한 번도 부모님을 만나지 못했고, 앞으로도 어떻게 될지 모른다고 말하면서 눈시울을 붉혔다.

                                   – 미국 조지아주에서 온 사회사업가 V. M.

시인 릴케는 파리 라틴 구역^{Quartier Latin}에 있는 작은
서점들에 대해 이런 글을 쓴 적이 있다.

'고서적들과 애칭들로 가득한 서점 안에는,
손님은 없고 주인 혼자만이 속세의 성공에는 관심이
없다는 듯이 평화롭게 책을 읽고 있다. 주인 옆에는
개 혹은 고양이가 누워있고. 나는 가끔 이런 작은
서점의 주인이 되어 개와 함께 20년을 살고
싶다는 생각을 해본다.'

릴케의 이런 소망을 반복하듯, 아나이스 닌도 언젠가
나에게 이런 이야기를 한 적이 있다.

"센강변에 서점을 하나 차려, 평생을 그 안에서
보내고 싶어요. 조지 휘트먼 당신이 살아온 것과
같이."

– 조지 휘트먼^{George Whitman}

혜밍웨이의 쿠바
핀카 비기아
II

Cuba

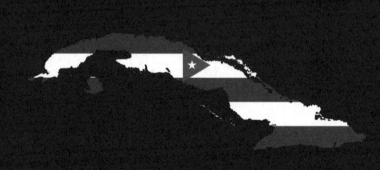

헤밍웨이의 쿠바, 핀카 비기아 II

킬리만자로는 높이 5,895미터의 눈 덮인 산이며, 아프리카 대륙
에서 가장 높은 산이라고 한다. 마사이족은 서쪽 정상을 '느그예
느그이Ngie Ngi'라고 부르는데, 그것은 신神의 집이라는 뜻이다. 그
런데 이 서쪽 정상 근처에 말라 얼어붙은 한 마리의 표범 사체가
나둥그러져 있다. 표범이 그 높은 고도에서 무엇을 찾고 있었는
지, 그것을 설명할 수 있는 사람은 아무도 없다.

『킬리만자로의 눈The Snows of Kilimanjaro』, 어니스트 헤밍웨이, 1936

"싼프란시스코 데 빠울라로 가는 시내버스를 어디서 타죠?"

흰 가슴털을 드러내놓고 입에는 코히바 시가를 문 민박집 주인 노인에게 문의한다. 그는 2층 아파트 발코니에 서서 아바나의 유명한 해안도로 말레콘Malecon을 내려다보고 있다.

"택시 말고?"

그가 되묻는다.

"택시 말고 버스요."

"까삐똘리오 옆 프래떼르니다드 공원에서 M-7 번 버스를 타면 될 거요."

"그라씨아스(감사합니다)!"

말레콘 해안도로는 전날 밤과 전혀 다른 모습을 하고 있다. 거리를 가득 메우던 카니발 인파, 쓰레기와 음악은 감쪽같이 사라지고 없다. 대신, 다시 도로의 주인이 된 자동차들이 북쪽의 플로리다 해협에서 불어오는 잔잔한 바람을 맞으며 신나게 달리고 있다. 쿠바 전체가 밤을 잊고 축제를 즐기는 기간이다. 브라질의 카니발만큼 국제적으로 알려지진 않았지만, 쿠바인에게 카니발은 없어서는 안 될 연중 최고의 파티인 듯하다. 해 질 녘부터 주요 도로는 차량이 통제되고, 콩가Conga 음악과 춤, 룸바와 살사, 맥주와 럼주, 숯불구이 돼지고기를 즐기려는 시민들로 인산인해를 이룬다. 17세기부터 전해 내려오는 전통축제인데, 본

질적인 모습은 달라진 게 많지 않을 것 같다. 콩가는 예나 지금이나 손바닥으로 두드려야 소리가 나고, 복장은 다르지만 여전히 춤은 몸으로 추고, 입으로 들어가는 음식과 술은 얼마나 변했을 수 있을까. 세계에서 가장 고립된 나라 중 하나인 쿠바에서는 특히나 말이다. 카니발 기간에 일정을 맞춰 쿠바에 도착한 건 아니었지만, 이런 행운을 놓칠 내가 아니다. 밤새워 마시고 먹고, 길에서 마주치는 낯선 쿠바인들과 '아미고Amigo(친구)'가 되고, 라이브 음악의 리듬을 타며 처음 보는 여성들과 살사를 춘다. 쿠바의 카니발은 만인을 평등하게 해준다. 잠시만이라도.

늦잠에서 깨어나 침대의 유혹을 뿌리치고 계획했던 장소를 방문하기 위해 거리로 나왔다. 몸을 녹일 듯이 뜨거운 열대성 태양을 피해 도로변 건물들이 만들어 주는 그늘진 좁은 인도를 걷는다. 수십 년만의 보수공사로 새롭게 단장하고 있는 건물이 눈에 띈다. 하지만 그 외 건물들은 대부분 자연사自然死를 기다리고 있듯 황폐한 모습으로 겨우 서 있다. 아바나에서 하루 평균 한 동의 건물이 예고 없이 무너져 내린다는 얘기를 들었다. 차라리 자연재해라면 덜 비극적일 텐데.

아바나의 또 다른 유명 거리인 프라도Paseo del Prado를 따라 발길을 재촉한다. 주인으로 보이는 남자와 큰 개 한 마리가 흰 대리석 벤치에 나란히 누워 낮잠 자는 모습이 내 시선을 끈다. 옆에 누워있는 사람만큼 곤히 잠든 개를 보면서 나도 모르게 미소를 짓는다. 개나 사람이나 깊은 낮잠에 빠져든 걸 보니, 전날의 카니발 여파로 매우 피곤한 게 아닐지 하는 생각이 든다. 혼자 여행하다 보면, 얼굴의 근육을 다양하게 쓰지 못한다. 표정의 변화가 그리 많지 않기 때문이다. 특히 웃거나 미소 지을 일이 별로 없다. 손이나 몸동작과 마찬가지로 표정 또한 대화의 일부라서 그렇다. 혼자 지내는 시간이 많으면 그만큼 대화도 줄고, 표정 또한 줄곧 굳어 있다. 무더운 열대지방의 여름 날씨 속에서, 낯선 장면 하나로 얼굴 근육이 잠시나마 펴질 수 있다는 건 아무튼 반가운 일이다.

'시간을 잃어버린 나라' 쿠바의 수도 아바나^{Havana}. 한때는 눈부시게 아름다웠지만, 세월과 함께 주름이 깊게 패인 노인의 얼굴과도 같이 아바나는 늙어있다. 실제 인구는 220만이지만, 대낮에는 거주자들이 모두 떠나고 텅 빈 '유령 도시^{ghost town}' 같은 느낌마저 든다. 아바나에서 내가 받은 첫인상이자 놀라움이었다. 그러나 3주간의 쿠바 일주를 마치고 돌아온 뒤에는, 이 '유령 도시'가 이전과는 전혀 다르게 다가온다. 무엇이, 어떻게 나의 첫인상을 바꿔놓았는지 콕 집어 설명할 수는 없지만, 분명 달라져 있다. 구면인 이 도시에서 독특한 매력을 느끼기 시작한다.

주름으로 덮인 얼굴에서 총명한 눈동자와 촉촉한 입술과 해맑은 미소를 발견하듯, 죽은 줄만 알았던 이 도시에서 강한 생명력을 확인한다. 쿠바의 심장인 아바나는, 시간은 잃어버렸지만 숨을 멈춘 건 아니었다. 멈춰진 시간 속에서, 쿠바인들은 그들만의 삶을 여전히 이어가고 있다. 그들 특유의 문화와 열정을 가슴에 품고, 하루하루를 살아가고 있다.

중앙공원Parque Central을 지나자, 오른쪽으로 아바나에서 가장 웅장한 건축물인 카피톨리오Capitolio Nacional가 보인다. 1959년까지 쿠바 국회 건물이었지만, 혁명 이후 쿠바 과학원과 과학기술국립도서관이 이 흰 대리석 건물의 새 주인이 되었다. 돔형 모양과 외벽 색이 워싱턴 D.C.에 있는 미국 국회의사당 건물과 흡사하다. 미국 수도의 캐피톨Capitol 건물에 비해 적어도 외향적으로는 더 정교해 보인다.

프라테르니다드 공원Parque Fraternidad에 도착한 나는, 버스정류장 주변 그늘에 흩어져 있는 사람들을 향해 '엘 울띠모El ultimo?'를 큰 소리로 외친다. 그러자 곧 얼마 멀지 않은 벤치에서 어느 뚱뚱한 흑인 아주머니가, "아끼aqui!"하면서 손을 번쩍 들어 자신이 마지막 대기 승객임을 알려온다. 그 아주머니의 얼굴과 옷차림 그리고 앉아 있는 벤치의 위치를 눈으로 익힌 뒤, 주위를 두리번거리면서 앉을만한 그늘을 찾는다. 버스를 기다리는 사람은 대략 5, 60명. 내가 도착한 뒤에도 "엘 울띠모?"는 심심치 않게 들린다. "마지막 사람?" 은행, 식당, 식료품점, 아이스크림 가게, 버스정류장 등 쿠바의 일상은 기다림의 연속이다. 자기 차례가 오기까지 30분 대기는 비교적 짧은 시간이다. 기다림에 익숙한 쿠바인들은 생활의 기본질서인 순서를 확실하게 지킨다. 오랜 시간 줄을 서 있는 게 불편하기 때문에, 도착 즉시 마지막 대기자(엘 울띠모)를 확인하고 나면 근처에서 자기 차례를 기다린다. 그다음에 도착하는 사람도 똑같은 걸 반복하고, 이러다 보면 자연스럽게 대기 순서가 정해진다. 문명이 번호표를 발명한 이유겠지만, 그런 '기계'는 쿠바인에게 사치일 수 있다. 사치할 여유가 없기 때문에, 오랜 전통이 아직 남아있는 이유가 된다. 마지막 대기자가 화장실을 갔는지 기다림을 포기하고 떠났는지 대답이 없자, 조금 전에 도착한 남자가 주위를 계속 서성이면서 매번 더 큰 소리로 "엘 울띠모?"를 외쳐댄다. 지쳐가는 목소리와 반복되는 외침을 들으면서 나는, 상상 속에서 그의 스페인어를 한국말로 더빙해 본다. "마지막 사람!" "아이참, 마지막 사람이 누구예요?" "마지막 사람 없어요?" "에이씨, 마지막이요!!" 나도 모르게 피식, 웃음이 나온다. 물론 남자의 실제 목소리에서 짜증이라고는 찾아볼 수 없다. 그는 쿠바인이고, 상상하며 시간을 때우고 있는 나는 한국인이다. 거의 한 시간이 지나서야 드디어 M-7가 도착한다. 두 대의 대형버스를 연결한 중앙부위가 낙타의 등처럼 볼록 튀어나와 까멜로^{camelo}(낙타)라는 별명이 붙은 대중버스다. 대기 승객들이 순서대로 오르기 시작한다. 나 또한 나의 '엘 울띠모'인 흑인 아주머니를 놓치지 않으려고 뚫어지게 쳐다보다가, 그녀 뒤를 따라 버스에 탑승한다.

버스가 약 40분을 달려 아바나 시내에서 남동쪽으로 약 15킬로미터 떨어져 있는 산프란시스코 데 파울라^{San Francisco de Paula}에 도착한다. 나와 함께 버스에서 내리는 물라타(백인과 흑인의 혼혈) 아주머니에게 헤밍웨이 박물관을 묻자, 그녀는 무심한 표정으로 찻길 건너편에 있는 골목을 턱으로 가리킨다. 아바나 시내 방향 버스를 기다리는 사람들을 지나 조용한 골목길로 들어선다. 이삼 분 걸었을까, 대형 승용차 한 대가 충분히 지나갈 만한 폭의 흰색 목조대문이 마주 보인다. 가까이 다가가 확인하니, 추측대로 어니스트 헤밍웨이가 20년간 살았던 저택 '핀카 비기아^{Finca Vigia}'의 정문이다. 내가 다가오는 것을 지켜보고 있던 관리직원이 큰문 옆에 달린 보조 문을 열면서 방문객을 맞는다.

원래 헤밍웨이의 자동차가 차지하고 있던 정문 옆 차고는 그사이 박물관 사무실로 개조되었고, 안에는 두 명의 직원이 더 있다. 남자 직원은 식당의 웨이터가 메뉴판을 내밀 듯, 각종 요금이 미 달러로 표기된 리스트를 보여준다. '일반 입장료 - $3.00' '카메라 촬영료 - $5.00' '비디오 촬영료······.' 사진 촬영을 할 것인지 물어오는 직원의 질문에, 아무 말 없이 1달러짜리 지폐 8장을 건넨다.

30대 중후반으로 보이는 여자 직원이 안내자로 나를 동행한다. 정문에서는 보이지 않는 저택까지 이어지는 비포장도로를 걸으면서, 이곳 사유지의 규모를 대략 짐작해 본다. 스페인어로 '핀카Finca'는 농장이라는 뜻인 만큼, 넓은 농장에 있는 별장이라는 표현이 '핀카 비기아'에 더 적절하겠다. 쿠바 여인의 다리를 닮은 길고 단단한 쿠바의 국목國木 로얄 야자수들이 열대 아메리카산 능소화과의 수목들과 어울려서 도로변을 빽빽이 메우고 있다. 마치 식물원에 온 느낌이다. 잠시 후 안내인은 나를 지름길로 보이는 좁은 오솔길로 인도한다.

대낮의 햇살을 받아 밝은 초록색 빛을 내는 나뭇잎들 사이로, 높이가 족히 20미터는 돼 보이는 흰색 타워가 눈에 들어온다. 그 오른편에는 같은 색의 단층 건물이 있다. 기대했던 것보다는 단조로운 건축양식, 평범한 한 채의 집. 안내인은 이곳이 20세기의 대문호가 생전에 가장 오랜 기간 고정된 안식처로 삼았던 공간이라는 사실을 확인해 준다.

"여기가 헤밍웨이의 홈^{home}입니다."

어니스트 헤밍웨이는 쿠바가 배경인 소설 『노인과 바다^{The Old Man and the Sea}』를 이 집에서 집필했다. 자신의 노벨문학상 수상 소식을 전하는 친구의 전화를 받은 장소도 이곳이었다. 20대에 프랑스 파리에서 시작한 그의 지구촌 방랑 생활의 종착지이기도 하다. 그는 생애 마지막 20년을 핀카 비기아에서 보냈다.

"46년 전, 나는 한 광고를 통해 이 집을 찾게 되었고 월세 100달러를 내고 빌렸어요. (……) 바로 이 책상에 앉아 그는 『누구를 위하여 종은 울리나^{For Whom the Bell Tolls}』를 썼죠."

남편과 별거를 시작하면서 쿠바를 떠난 이후, 1985년 처음으로 아바나와 핀카 비기아를 다시 방문했던 헤밍웨이의 세 번째 부인 마사 겔호른^{Martha Gellhorn}의 회상이다. 부인을 따라 이 집을 처음 보러왔던 헤밍웨이는, 낡고 황폐했던 건물과 주위 환경에 아연실색했다고 한다. 더더구나 가까운 친구들과 즐겨 찾던 아바나 시내의 술집 '엘 플로리디따^{El Floridita}'와 '라 보데구이따 델 메디오^{La Bodeguita del Medio}'에서 멀리 떨어진 시골의 조용한 농장이라니! 그의 마음에 들 리 없었다. 그러나 그의 부인 또한 쉽게 포기하지 않았던 것 같다. 많은 돈을 쓰면서까지 임대한 집 전체를 대대적으로 수리했다니 말이다. 공사가 끝난 뒤 헤밍웨이가 이곳을 다시 찾았을 때는, 새롭게 단장한 집이 마음에 들었는지 곧바로 짐을 옮겨 이사를 왔다. 결국 그는 일 년 뒤인 1940년 소설 『누구를 위하여 종은 울리나』가 출간되고 책이 불티나게 팔린 덕에, 그 인세 수입으로 핀카 비기아를 매입하게 된다. 1940년부터 1960년까지 20년간 핀카 비기아에 살면서 헤밍웨이는 그의 가장 유명한 책 두 권을 집필했고, 세 번째 부인과 헤어지고 네 번째 부인을 맞이했으며, 다수의 고양이와 애견을 키웠다.

집 건물의 문과 창은 굳게 닫혀 있다. 집주인이 살았을 때의 모습 그대로 자연스럽게 보존하기 위해 방문객에게는 실내 출입이 금지돼 있다고 안내인 여자가 설명한다. 쿠바에서 혁명이 성공한 다음 해인 1960년, 헤밍웨이는 잠시 고국을 방문할 목적으로 핀카 비기아를 떠났다. 아바나에서 미국 플로리다주의 키웨스트Key West로 항해하는 페리에 승선하던 날, 그러니까 1960년 7월 25일, 헤밍웨이는 당시 자신의 저택에서 일하던 중국인 요리사, 쿠바인 정원사, 운전기사 등과 작별 인사를 나누었다. 쿠바인 친구들은, 그의 여행이 그리 길지 않을 거라 짐작하고 그를 기꺼이 떠나보냈다. 그가 다시는 핀카 비기아로 돌아오지 않으리라고는 그 누구도 예측하지 못했다. 헤밍웨이 자신은 과연 알고 있었을까? 헤밍웨이의 네 번째이자 마지막 부인이었던 매리 웰쉬Mary Welsh는 자신의 자서전에 이렇게 적었다.

"(우리는) 그해 가을이나 겨울쯤 돌아오리라 기대하고 핀카에 은그릇들, 8천여 권의 책, 헤밍웨이가 수집한 그림들, 미출간 원고 등을 그대로 두고 떠났어요."

창문의 유리를 통해 실내를 들여다본다. 나무 책상과 의자, 침대, 식탁, 소파 등의 가구들이 눈에 들어온다. 거실 책꽂이에는 스페인어와 영어 서적들이 가득하다. 집주인이 아프리카 사냥에서 수집한 박제 동물들의 머리와 뿔이 벽 여기저기 걸려있다. 그리고 항상 그의 곁을 지키던 다양한 술병들이 여전히 눈에 띈다. 책상 위에는 어느덧 골동품이 된 구식 타이프라이터 '코로나Corona'가 주인의 손길을 기다린다. 주인은 영원히 이곳으로 돌아오지 않겠지만, 그의 소유물은 박물관의 전시품으로 살아남았다. 사진을 찍기 위해 백팩에서 소형 카메라를 꺼낸다. "포토 굿!" 약간은 과장된 표정과 목소리로 엄지손가락을 내미는 안내원. 사진 찍는 시능을 하는 그녀의 양팔 사이로 너그러운 미소가 보인다. 이 친절한 쿠바인에게 얼마의 팁을 주면 될까, 고민하면서 카메라 셔터를 몇 번 누른다.

외부에 설치되어 있는 철 계단을 밟고 아파트 3층 높이의 타워를 오른다. 가벼워 보이지 않는 몸을 이끌고 안내인 여자는 내 뒤를 따른다. 계단이 끝나는 곳에서 잠시 숨을 돌리며, 멀리 아바나 시내와 그 뒤로 이어지는 바다 전망을 바라본다. 핀카 비기아가 놓여 있는 언덕과 약 20킬로미터 너머에 있는 해안선 그리고 더 멀리 있는 수평선 사이에는, 확 트인 전망을 방해할 만한 언덕도 산도 고층 건물도 없다. 무더운 날씨를 순식간에 잊게 해주는 시원한 풍광이다.

 단층인 집 건물 바로 옆에 독립적으로 지어진 타워의 맨 위층은 헤밍웨이의 집필실이었다. 사방의 창문으로 빛이 많이 스며드는 밝은 공간이다. 책상 하나와 의자 그리고 삼각대 위에 고정된 기다란 망원경이 고요한 방을 지키고 있다. 매일 이른 아침, 열대의 태양이 밤새 식었던 공기를 또다시 뜨겁게 달구기 시작할 무렵, 헤밍웨이는 이 방으로 올라와 글을 썼다. 신문이나 잡지, 편지 등 작업과 관련이 없는 것은 일체 가지고 올라오지 않았다고 한다. 그가 이곳에서 집필에 몰두하는 시간에는, 종종 그의 집에 묵던 손님들은 물론 가족들도 그를 방해할 수 없었다. 집필실 공간은 작가 자신만의 문학세계를 위해 존재했다. 이 한정된 공간은 작가의 상상 속에서 때로는 망망대해, 때로는 투우장, 때로는 복싱 링, 때로는 사냥터가 됐을 것이다.

 "인간은 패배를 위해 존재하지 않는다. (……) 인간은 파괴될 수는 있어도 패배할 수는 없다."

"But a man is not made for defeat. (……) A man can be destroyed but not defeated."

『노인과 바다』의 주인공 산티아고 노인의 입을 빌려 헤밍웨이는 자신의 신념을 실토한다. 그는 글을 쓰며 스스로 용기를 다짐했을 것이다. 내가 이 두 문장을 처음 접한 건 대학교 1학년 때였다. 갓 성인이 되어 맞닥뜨린 새로운 도전 (한둘이 아녔다) 앞에서 위축되고 고민에 빠졌을 때, 헤밍웨이의 소설 속 문장들은 나의 응원가가 되어 주었다. 그의 단어들을 곱씹으며 수없이 용기를 다짐했다. 인간은, 남자는 고통을 참고 끝까지 포기해서는 안 된다. 자기의 원칙을 끝까지 지킬 줄 알아야 한다. 자기가 손해를 볼지언정 비굴해져서는 안 된다. 악마와 양심을 거래하느니 삶의 파괴를 선택하겠다.

짧고 단조로운 헤밍웨이의 문장들은 결코 무거운 의미를 담고 있지 않다. 삶과 현실의 공포에 관한 경고도 아니다. 용기를 얘기하고 있고, 응원의 메시지를 담고 있다고 나는 해석한다. 새로운 도전과 마주할 용기, 미지의 세계로 떠날 수 있는 용기, 꿈과 희망을 방어할 용기, 사랑할 수 있는 용기. 산다는 것은, 단 한 번 주어진 삶을 살아간다는 것은 온전히 나 자신일 때만 의미가 있다. 내가 아닌 다른 누군가의 삶을 산다면, 눈앞의 두려움에 굴복해 패배를 선택한다면, 승리의 가능성은 영원히 사라진다. 인간은, 다른 습관과 마찬가지로 패배에도 익숙해지고 길든다.

용기, 용감한 투쟁은 필연적으로 고독할 수밖에 없다는 사실을 헤밍웨이는 그 누구보다도 더 잘 알고 있었으리라. 그는 독자들에게, 외로움은 피할 수 없는 삶의 일부이며 외로움을 부정하며 사는 것은 지속 불가능한 해결책이라는 메시지를 그의 소설, 특히 단편들에 담고 있다. 작가의 주인공들은 상처받고 외로우며 끊임없이 생존을 강요받는다. 헤밍웨이는 현실에서 인정하기 싫은 자신의 고독을 종이 위에 고백한 것일지도 모른다. 내가 서 있는 타워의 맨 위층 작업실에서 작가는, 외로움을 용기로 극복하고 최고의 작품을 썼을 거란 생각이 든다. 헤밍웨이가 한 문장 한 문장을 써나가던 작업실에 내가 들어와 있다는 사실이 좀처럼 실감 나지 않는다.

"글쓰기는 기껏해야 외로운 삶이다. Writing, at its best, is a lonely life."

타워의 계단을 내려와 바닥이 메말라 있는 실외 수영장 옆을 지난다. 가지런히 서 있는 4개의 작은 비석이 나의 시선을 끈다. '네론Neron' '린다Linda' '네그리타Negrita' '블랙Black'. 헤밍웨이가 키웠던 애견들의 무덤이다. 그는 동물과 자연을 사랑했지만, 또한 지배하려고 했다. 그가 사랑했던 여자들도 그의 지배를 벗어나려고 떠났을지 모른다. 엽총 앞에서, 낚싯바늘 끝에서 자연은 그에게 굴복했다. 그는 승리의 만족감을 느꼈을 것이다. 마타도르의 칼끝에 죽어가는 황소를 바라보면서 그는 삶의 화려함과 격렬함을 즐겼다. 그에게 복종하는 여자들에게서 사랑을 느꼈다. 반면, 그에게 복종하지 않았던, 그가 지배할 수 없었던 사람들은 혐오의 대상이 되었다. 그의 어머니와 세 번째 부인 마사 겔호른은 그래서 끝까지 그의 적이 될 수밖에 없었다. 하지만 그는 자신이 감수해야 하는 대가를 인정하고, 견뎌내야 하는 고통 또한 받아들였을 것이다. 그는 용기 있는 남자였으니까.

수영장을 지나 옛 테니스 코트 위에 외롭게 전시된 바다낚시 전용 배 '필라르Pilar'호에 다가간다. 헤밍웨이가 생전에 가장 소중히 여기던 소유물이다. 1934년 당시 키 웨스트Key West에 살고 있던 그는, 스포츠 피싱에 적합한 낚시 보트를 물색하다가 결국은 자신이 직접 디자인한 필라르호를 7,500달러를 주고 특별 주문하게 된다. 2개의 엔진이 달려 최고 속력 16노트로 바다 위를 달릴 수 있는 검은 색 선체의 낚싯배. 약 12미터 길이에 총 8명이 잠을 잘 수 있는 공간을 갖췄다. 헤밍웨이는 배를 인도받은 직후 한 편집자에게 "보트가 정말 멋지다"고 편지에 자랑을 늘어놓았다. 고향인 미 중부의 작은 농촌 마을을 떠나 무작정 플로

리다주로 헤밍웨이를 찾아갔던 스물두 살의 작가 지망생 아널드 새무엘슨은, 일당 1달러를 받고 필라르호의 관리자로 고용됐다. 약 일 년간, 이 배 위에서 생활하면서 미래의 퓰리처상과 노벨문학상 수상자에게 종종 문학 수업을 받았다고 한다.

"어니스트 헤밍웨이는 나에게 친아버지와도 같았다. 그는 나를 가족과 같이 대해주었고, 그에 대한 보답으로 나는 최선을 다해 그의 배를 관리했다."

1928년 그의 두 번째 부인이 될 폴린 파이퍼$^{Pauline\ Pfeiffer}$와 처음으로 쿠바를 방문한 헤밍웨이는, 지금은 아바나 시내의 관광명소가 된 '암보스 문도스 호텔$^{Ambos\ Mundos\ Hotel}$'과 인연을 맺는다. 어느덧 이곳의 단골 투숙객이 된 헤밍웨이는 1934년 7월, 페인트 냄새가 아직 가시지 않은 필라르호를 직접 몰고 키 웨스트를 떠나 아바나 항에 도착한다. 그 이후 그의 쿠바 방문은 더욱 잦아졌고, 암보스 문도스 호텔 511호에 장기 투숙하는 동안 소설 『누구를 위하여 종은 울리나』를 쓰기 시작했다. 그는 결국 1939년 핀카 비기아에 정착하고, 아바나 시내에서 동쪽으로 약 10킬로미터 떨어진 코히마르^{Cojimar}라는 작은 어촌에 필라르호의 닻을 내리게 된다. 쿠바에서 보내게 되는 그의 인생 마지막 20년은 이렇게 시작되었다.

필라르호는 코히마르의 바다를 떠나 핀카 비기아의 테니스 코트로 옮겨올 때까지, 헤밍웨이의 바다 사냥 동반자이자 절친한 친구였던 그레고리오 푸엔테스^{Gregorio Fuentes}의 손에 의해 관리됐었다. 코히마르에 살고 있던 그는, 『노인과 바다』의 주인공 산티아고는 자신을 모델로 한 인물이라고 오랫동안 주장했다. 그 소문을 듣고 전 세계에서 찾아오는 수많은 기자와 관광객에게 수십 달러씩 받고 매번 똑같은 말을 반복해서 들려줬다고 한다. 104살의 나이로 사망할 때까지.

"나보다 두 살 어린 헤밍웨이를 처음 만나게 된 계기는, 바다에서 조난 당해 죽을 뻔한 그를 내가 구해준 적이 있거든. 그게 인연이 되어서 우리 둘은 친구가 되었지. 2차 세계대전에도 함께 참전했었고. 그 친구가 자살했다는 소식을 접했을 때, 나는 아무것도 먹지 못하고 며칠을 울었는지 몰라."

설령 그레고리오의 말이 진실이 아니었더라도, 저승의 헤밍웨이가 들었다면 호탕하게 웃고 넘겼을 것 같다. 쿠바인 친구의 소설적 상상력을 칭찬하면서 말이다. 알려진 바로는 『노인과 바다』를 집필하기 약 20년 전에 이미 헤밍웨이는, 거대한 청새치와 싸우며 2박 3일 동안 바다 위에서 끌려다녔던 한 늙은 쿠바인 어부의 모험담을 들은 적이 있었다고 한다.

헤밍웨이는 평생 작가로 살면서 동시에 여러 가지 아웃도어 취미를 즐겼다. 그중에서도 그의 가장 큰 열정은 낚시였다. 어린 시절 미국 중부에서 자라면서 미시간 북부의 호수와 강으로 민물낚시(송어 플라이 낚시)를 다녔고, 초년생 기자 시절에는 낚시 관련 기사를 많이 썼다고 알려졌다. 고향을 떠나 유럽과 미국 플로리다 그리고 쿠바에 살면서 낚시에 대한 그의 사랑은 식기는커녕 더 커졌다. 소설가 친구의 초대로 1928년 헤밍웨이와 두 번째 부인 폴린 파이퍼은 플로리다의 작은 섬 키 웨스트를 처음 방문했다. 당시는 작은 어촌에 불과했던 그곳에서 그는, 친구의 권유로 시작한 바다낚시에 푹 빠져들었다. 낮에는 다리와 페리 선착장에서 그루퍼와 참돔을 잡기 위해 포인트를 샅샅이 뒤졌고, 하루가 끝나면 키 웨스트 항구에서 야행성 타폰 낚시에 나섰다. 얼마 지나지 않아 그의 아웃도어 본능은 그를 대형 어종이 있는 심해 바다로 끌어들였다. 급기야 헤밍웨이는 1929년 출간된 『무기여 잘 있거라』의 인세로 키 웨스트에 있는 스페인 식민지풍 저택을 구입하기에 이르렀다. (지금은 박물관이 된 이곳을 나도 오래전 방문한 적이 있다.) 다른 이유도 있었겠지만, 그가 키 웨스트에 정착한 건 바다낚시에 대한 그의 열정이 가장 큰 이유가 아니었을까 상상해 본다. 키 웨스트로 이주한 후, 헤밍웨이는 낚시로 생계를 유지하는 현지인들과 친구가 되었다. 헤밍웨이로 인해 후에 유명해진 술집 '슬로피 조스^{Sloppy Joe's}'의 주인이자 선장이었던 조 러셀도 그중 한 명이었다. 호기심 넘치는 소설가는 그들에게 낚시 장비와 기술을 배우며 낚시에 몰두했고, 기회가 닿는 대로 거대한 청새치, 황새치, 돛새치, 참치를 쫓아 먼 바다로 나갔다.

"낚시에 대한 헤밍웨이의 관심은 단순히 물고기를 잡는 것 이상이었습니다. 그는 끊임없이 공부하고 기술을 연마했지요. 그래서 낚시의 모든 측면을 정말 잘 알고 있었습니다. 장비에 관해서도 해박했고, 조수와 물의 흐름을 잘 이해하고 있었죠."

마을의 어부와 낚시꾼 들은, 책상 앞에 앉아 글을 쓴다는 작가의 낚시 열정과 지식에 아마도 놀랐을 것이다. 소설 쓰기와 낚시에 푹 빠져 생활하던 헤밍웨이는, 각종 바다낚시 대회 우승은 물론이고 54킬로그램짜리 초대형 돛새치를 낚아 올려 당시 플로리다 신기록을 경신하기도 했다. 1939년에는 대어 낚시^{Big Game Fishing} 분야 권위 있는 국제기구 IGFA^{국제게임어류협회}의 초대 부회장까지 역임했다. 헤밍웨이가 일생 쓴 낚시 관련 글을 모은 단행본 『Hemingway on Fishing^{낚시에 관하여, 헤밍웨이}』가 출간됐는데, 그의 장남 잭^{Jack}은 서문에 이렇게 적었다.

"우리 가족에게는 모든 스포츠 형태의 낚시는 일종의 종교와도 같았습니다."

필라르호 앞에 서서 선장 헤밍웨이, 대어 낚시꾼 헤밍웨이를 머릿속으로 그려보고 있는데 안내인 여자가 나에게 사진을 찍으라고 권한다. 덧붙이는 말이, 이 배 사진 찍는 건 원칙적으로 허용되지 않지만 자기가 망을 봐줄 테니 어서 셔터를 누르란다. 동시에 손가락으로 V자를 만든다. 승리의 V가 아니라 숫자 2를 의미한다. 어차피 주려고 했던 돈이기에 나는 씁쓸한 미소를 애써 숨기며 고맙다는 말과 함께 2달러를 건넨다.

수영장 주변으로 돌아와 그늘에 덮인 큰 돌 위에 앉는다. 안내인 여자는 내가 권한 담배를 입에 문 채, 잠시 상념에 빠진 듯하다. 입에서 뿜어 나오는 담배 연기가 바람에 하늘거리고, 그 리듬에 맞춰 등 뒤에서 대바람 소리가 들려온다. 사르락, 사르락. 돌아보니 뜻밖에도 작은 대나무 숲이 있다. 오래전 어느 추운 겨울날 안동 하회마을 민박집 방에서 밤새도록 들었던, 그 이후 최명희의 『혼불』을 읽으면서 다시 들을 수 있었던 바로 그 소리.
"그것은 사르락 사르락 댓잎을 갈며 들릴 듯 말 듯 사운거리다가도, 쏴아 한쪽으로 몰리면서 물소리를 내기도 하고, 잔잔해졌는가 하면 푸른 잎의 날을 세워 우우우 누구를 부르는 것 같기도 하였다."

국경이 존재하지 않는 기억 속에서 잠시 쿠바를 떠나 있던 나는, 이글거리는 태양 빛을 향해 아쉬움을 뒤로하고 자리에서 일어난다. 나의 아쉬움은 대문호 헤밍웨이의 생생한 생활공간을 떠나야 하는 이유 때문만은 아니다. 그늘에 앉아 시원한 파도 소리와도 같은 대나무들의 노래를 들으며, 맑은 공기를 들이쉴 수 있는 한가한 휴식을 끝내야 하는 이유도 있다.

안주하고 싶을 때 떠난다는 것은 그만큼 삶에 대한 애착이 강하다는 의미이기도 하다. 헤밍웨이는 그가 사랑했던 여자들을 떠났고, 새로운 세계를 찾아 보금자리와 친구들을 떠났다. 이런 과정에서 그는 여러 사람의 마음속에, 세계 곳곳에 자신의 자취를 남겼다. 그것은 곧 그의 식을 줄 몰랐던 삶과의 치열한 싸움이 남긴 흔적이기도 하다. 그를 젊은 무명 작가에서 유명 작가로 키웠던 프랑스 파리, 그가 삶의 열정을 마음껏 누렸던 스페인 팜플로나, 그를 모국으로 불러들였던 플로리다주 키 웨스트, 그에게 만년설 덮인 킬리만자로산을 보여주었던 아프리카 탄자니아, 그리고 그의 마지막 남은 열정을 불사르게 했던 쿠바 아바나와 핀카 비기아.

"진정한 작가에게 새로운 책을 집필한다는 것은, 이룰 수 없는 그 무엇을 시도하는 새로운 시작이어야 한다. 그는, 이전에 자신이 해본 적이 없거나 누군가 시도했다가 실패한 것을 항상

시도해야 한다. 그러면 때때로, 큰 행운이 따른다면, 성공할 것이다."

"For a true writer each book should be a new beginning where he tries again for something that is beyond attainment. He should always try for something that has never been done or that others have tried and failed. Then sometimes, with great luck, he will succeed."

·

1954년 12월 10일 스웨덴 스톡홀름에서 열린 노벨문학상 수상식에서 대리인을 통해 읽힌 이 연설문 대목에서도 느낄 수 있듯, 헤밍웨이는 그의 문학세계에서도 모험가였다. 항상 새로운 경험과 실험에 도전했다. 그러나 그는 너무나도 잘 알고 있었다. 포기하기 싫은 싸움을 언젠가는 끝내야 한다는 것을. 그것을 외면하던 용감하게 받아들였던, 싸움의 종말은 인간 모두에게 결국은 오고 만다는 것을.

"더 이상 글이 나오지 않아."
"이제 나는 어디로 가야 할지 모르겠어."

헤밍웨이가 이 단어들을 힘없이 반복하는 동안, 눈물이 그의 볼을 적셨다. 결국 그는 1960년 7월 25일, 부인 웰쉬와 함께 핀카 비기아를 떠난다. 그의 모국인 미국으로 건너가 정신과 치료를 받지만, 그의 우울증과 편집증은 날로 심각해졌다.

"내 친구들이 날 죽이려고 해."
"FBI가 분명 날 뒤쫓고 있어."
"난 이제 완전히 망해서 가난뱅이가 됐다고."

그의 예순두 번째 생일을 19일 앞둔 1961년 7월 2일 일요일, 미국 아이다호주에 있는 케첨시. 헤밍웨이는 평상시와 마찬가지로 새벽에 잠에서 깨어나 부인이 아직 잠들어 있는 침실을 나왔다. 곧이어 조용히 지하실로 내려갔다. 부인이 숨겨둔 열쇠를 어렵게 찾아낸 그는, 굳게 잠겨져 있는 진열장을 열고 안에 보관된 엽총 하나를 꺼내 들었다. 그는 거실로 올라와, 엽총을 바닥에 내려놓고 두 개의 총구가 천장을 향하게 세웠다. 허리를 굽힌 채 이마를 총구에 바짝 갖다 대고, 엄지손가락으로 두 개의 방아쇠를 동시에 밀었다.

공항에서
혹은
비행기 안에서
III

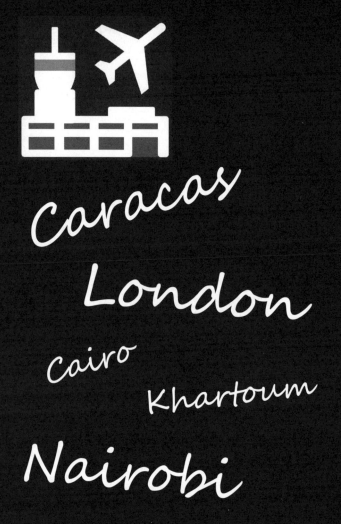

Caracas

London

Cairo

Khartoum

Nairobi

공항에서 혹은 비행기 안에서 III

내게 공항은 언제나 가슴 설레는 장소다. 떠나는 공항도, 도착하는 공항도 모두 그렇다. 어디론가 떠나고 또 어디로부턴가 도착한 사람들이 뒤섞여 있는 공간. 그들을 마중 나왔거나 배웅하는 또 다른 사람들. 돌이켜보면 나는 참 많은 공항에 도착하고 떠났던 것 같다. 그리고 그중에는 잊히지 않는 공항이 몇 있다.

탑승한 비행기가 활주로를 떠나 하늘로 날아오르고 구름 위를 날고 있을 때, 창밖을 내다보면 매번 신비롭게 느껴진다. 그 무거운 동체가 새처럼 가볍게 하늘을 날고 있다니! 항공기의 목적지에 따라, 또 항공사의 국적에 따라 승무원과 탑승객 모두 다양하다. 그리고 하늘에 고립된 좁은 기내에서 다양한 해프닝도 발생한다. 내가 직접 경험했던 에피소드도 한둘이 아니다. 중남미 여행을 마치고 비행기 환승을 위해 미국 휴스턴 공항 라운지에서 대기 중에 나를 마약 운반책으로 의심한 미국 CIA 요원이 접근한 적도 있고, 알래스카에서 미국 시애틀로 가는 비행기 안에서는 승무원들이 나를 합법적으로 총기를 소지한 '요원'으로 착각한 적도 있다. 한번은 독일에서 아프리카 어느 나라로 강제 추방당하는 강력범(살인 및 강간)과 비행기 옆자리에 나란히 앉아 5시간을 버텨야 했다. (수갑을 찬 그의 반대편 옆자리에는 독일 경찰이 앉아 있었다.)

　* 다음 두 편의 에피소드는 실제로 내가 겪었던 '사건'을 재구성한 것이다.

베네수엘라, 카라카스 3.1

나는 봄방학을 맞아 어디론가 훌쩍 여행을 떠나고 싶었다. 되도록 멀리. 당시 나는 미국 보스턴에서 유학 중이었다. 처음에는 보스턴 북쪽 캐나다의 퀘벡주가 관심을 끌었지만, 베네수엘라의 수도 카라카스를 왕복하는 저렴한 항공권을 발견하면서 최종 목적지가 결정됐다. 남미에 있는 '미인의 나라' 베네수엘라. 이미 여러 차례 중남미를 여행하면서 대륙의 거의 모든 국가를 방문한 경험이 있었지만, 베네수엘라는 처음이었다. 세계 미인대회를 석권하는 미녀들의 나라는 맞지만, 나의 여행 목적은 물론 이와는 무관했다. '작은 베네치아'라는 의미의 베네수엘라는, 눈부시게 아름다운 국립공원들과 청록색 카리브해의 해변만으로도 아웃도어를 즐기는 내게 충분한 매력을 지녔다. 세계적으로 유명한 모로코이 국립공원^{Parque Nacional Morrocoy}, 카나이마 국립공원^{Parque Nacional Canaima}, 세계에서 가장 높은 979미터 에인절 폭포^{Angel Falls} 주변 트레킹 등이 탐험 본능을 자극했다.

'사람의 손길이 닿지 않은 놀라운 자연 속에서 일생에 단 한 번뿐인 절대적인 경험을 해보세요!'

베네수엘라 여행 홍보 사이트에 올라와 있던 이 문구는, 여행을 준비하는 내 마음을 더욱 흥분시켰다.

드디어 봄방학이 시작되어 나는 보스턴 자취방을 나섰다. 작은 배낭을 어깨에 메고 여권과 항공권을 손에 쥔 채 보스턴 로건 공항에 도착했다. 탑승수속을 마치고 들뜬 마음으로 비행기에 탑승했다. 이륙 후 하늘에서 보낸 8시간은 금방 지나갔다. 카라카스^{Caracas} 도착과 동시에 베네수엘라 비자가 찍힌 여권으로 입국심사도 순조롭게 통과했다. 밤 11시가 가까운 시각에 카라카스 국제공항 터미널 로비로 나온 나는, 예기치 않았던 고민에 빠졌다. 심각하다고 말로만 듣던 이 도시의 치안 문제를 공항 건물에 발을 들여놓는 순간 직접 눈으로 확인할 수 있었기 때문이다. M-16 기관총으로 완전무장한 경찰들의 삭막한 경비 모습은, 마치 비상계엄령 상황 내지는 전시^{戰時}를 방불케 했다. 베네수엘라는 세계에서 가장 많은 석유 매장량을 보유한 국가이자, 세계 주요 석유 수출국 중 하나였다. 그러나 정부의 무책임한 정책이 이어지면서 급기야 베네수엘라의 경제는 붕괴했고, 기록적인 인플레이션, 생필품 부족, 실업, 빈곤에 이어 심각한 범죄가 확산하고 있다는 외신 뉴스가 과장이 아니었음을 눈으로 확인할 수 있었다.

퇴근 준비를 하는 관광 안내 데스크 직원은 걱정스러운 눈빛으로 나를 바라봤다.

"마지막 공항버스가 10분 전에 출발했어요. 시내로 가시려면 택시를 이용하셔야 하는데, 이 시각에는 별로 추천해 드리고 싶지 않네요."

"네? 무슨 말씀이세요?"

"최근 외국인 관광객들을 상대로 택시강도가 빈번해서요."

"그럼, 어떻게 시내로 들어가죠?"

"그냥 공항에서 밤을 지새우고 내일 새벽에 공항버스를 타시는 게⋯⋯."

40킬로미터 떨어진 카라카스 시내까지 위험을 무릅쓰고 택시를 탈 것인가, 불편하더라도 공항에서 첫날 밤을 지새울 것인가, 그것이 문제였다.

어쩌지? 공항에서 밤을 새울까? 아니면 그냥 택시를 타고 일단 시내로 갈까? 나 같은 가난한 배낭족에게 설마 무슨 일이야 일어나겠어? 만약 일어난다면?

외국의 낯선 공항에 도착해 위협을 감지하고 갈등을 겪은 건 그때가 처음이었다.

결정을 쉽게 내리지 못하고 터미널을 서성이고 있을 때였다. 60대 중후반으로 보이는 건장한 체격의 동양인 남자 한 명이 텅 빈 로비를 가로질러 나에게로 다가왔다.

"혹시 한국 사람이오?"

영어도 스페인어도 아닌 무뚝뚝한 한국말이 남자의 입에서 튀어나왔다.

"네, 그런데요."

"아, 잘 됐군. 나 좀 도와줘."

대뜸 반말하는 남자가 불쾌하다는 생각이 들기도 전에 나는 호기심이 생겼다. 지금 도움이 필요한 건 바로 난데, 불안한 표정으로 내 앞에 서 있는 한국인은 더 절박해 보였다. 이 아저씨는 도대체 어떤 상황에 놓였기에 갑자기 나타나서 내게 도움을 청하는 걸까?

"아까 초저녁에 서울에서 도착했는데, 공항에 마중 나오기로 한 후배가 아직 안 나타나서 말이지. 혹시 전화 좀 해줄 수 있겠어? 내가 계속 시도해 봤는데 전화가 이상한 건지 아니면 내가 뭘 잘못하는 건지 모르겠어."

그 정도면 내가 도와줄 수 있을 것 같았다.

"아 네, 그러죠. 전화번호가?"

남자와 함께 근처 공중전화 부스로 간 나는, 건네받은 동전을 넣고 수첩에 적힌 번호를 눌렀다.

뚜, 뚜, 뚜……

여러 차례 전화 걸기를 반복했지만, 연결이 되지 않았다.

"전화번호가 잘 못 됐거나, 수신자 전화기에 문제가 있는 것 같은데요."

"번호는 그게 맞아. 한국에서도 그 번호로 여러 번 통화했거든."

그는 좀처럼 이해가 안 간다는 표정을 지으며 고개를 갸우뚱했다.

"내 후배 녀석이 사정이 생겨 늦을 수도 있으니 좀 더 기다려 보면 나타나겠지. 여행 온 학생인가?"

"네."

"잘 곳은 있고?"

"아니요, 시내 들어가서 찾아보려고 하는데요."

"잘 됐군. 내 후배 녀석이 시내에서 나이트클럽을 운영하거든. 여기서 잘 나가. 한국에서 이민 온 지 벌써 10년이 넘었는데, 지금은 자리 잡았어. 집도 넓고 좋아. 이따 그 녀석 오면 나와 함께 후배 집에 가서 자자고. 어때?"

뜻밖의 제안이었다. 이곳에 사는 한국인 집에 공짜로 묵는다? 거기다 시내 나이트클럽 주인이라니, 뭔가 재미나는 일이 생길 것 같은데! 낯선 카라카스에서 찾아갈 곳이라고는 아무 데도 없던 나에게는, 그보다 더 반가운 호의가 없었다. 마음이 놓이는 건 남자도 마찬가지인 것 같았다. 무장 경찰들이 수시로 순찰하는 터미널 로비 한쪽 편 벤치에 앉자마자 그는 긴장이 풀리는지, 힘이 들어간 목소리로 쉼 없이 말을 쏟아냈다.

"짜식들, M-16은 옆에 차고 있으면서 영 빈약해 보여. 저래가지고 총이라도 제대로 쏠 수 있나 몰라. 양놈들은 우리 한국 남

자들같이 터프, 터프하지 못해. 내가 이래 봬도 해병대 출신이거든. 참, 여기 사는 후배 녀석도 해병대 출신이지. 우리 해병은 말이야……."

이야기는 내 흥미를 끌지 못했지만, 참고 들어야 할 이유는 충분했다. 세상에 공짜는 없으니까!

"월남전에서도 우리 해병이 제일 터프했지. 미국 놈들도 우릴 무서워했다구. 지금 몇 시지? 내 후배 녀석이 보고타에서 성공했어. 짜식, 처음엔 무지 고생했는데 말이지. 지금은 보고타 시내에서 큰 나이트 차려서 잘 나가. 주변에 미녀들도 많고. 그러니 결혼할 마음이 안 생기지. 내가 3년 전에 여기 놀러왔을 때, 얼마나 재밌게 놀다 갔는지 몰라. 오늘 후배 집에 가면 건 하게 술 한잔하자고."

나는 어느 순간부터 뭔가 잘못됐다는 직감이 들기 시작했다. 근데, 이 아저씨가 왜 자꾸 보고타 얘기를 하지? 보고타^{Bogota}는 베네수엘라의 이웃 국가인 콜롬비아의 수도인데……. 혹시, 카라카스와 혼동을 하시나?

"아저씨, 왜 자꾸 보고타 얘기를 하세요?"

"어? 왜라니?"

"여긴 카라카스잖아요. 베네수엘라의 수도 카라카스."

" 카라, 뭐? 설마……. 그럼, 여기가 보고타가 아니란 말이야?"

남자의 심각한 표정을 봐서는 농담은 분명 아니었다. 곧이어

예기치 않은 대혼란이 찾아왔다. 나 아니면 남자, 우리 둘 중 한 명은 전혀 딴 나라에 와있었다! 그 사실도 모른 채 말이다! 갑자기 촉각이 곤두서고 긴장됐다.

"아저씨, 여긴 콜롬비아의 수도 보고타가 아니라 베네수엘라의 수도 카라카스가 맞는 것 같은데요."

"설마! 학생이 착각한 거 아니야?"

내 말이 믿어지지 않는지 남자는, 우리 앞을 지나가는 무장경찰관 두 명을 멈춰 세우고 검지손가락으로 바닥을 가리키며,

"여기, 보고타, 예스?"

경찰관들은 어이없어하는 표정으로 서로를 쳐다보더니, 곧 정답을 주었다.

"노, 까라까스!"

내 머릿속에서 비상등이 깜박거렸다. 나는 잠자리가 없는 여행자로 되돌아와 있었고, 옆에는 나라를 잘 못 찾은 남자가 한 명 있었다. 농담 같은 엉뚱한 질문에 퉁명스럽게 대답했던 무장경찰관들은, 고개를 돌려 한심스럽다는 표정으로 우리를 다시 한번 쳐다봤다. 스페인어로 알아들을 수 없는 말을 서로 주고받더니 큰 소리로 웃기까지 했다. 인천국제공항에서 외국인 남자 둘이 벤치에 앉아 신나게 대화를 나누다가 문득 지나가는 경찰관에게, "여기 일본 도쿄 맞죠?"라는 질문을 던진다면 이 경찰관

은 과연 어떤 반응을 보일까? '별 미친놈들 다 보겠네.' 이와 크
게 다르지 않았을 것이다.

카라카스에서 잘 나가는 나이트클럽 한국인 주인의 집에서 그
날밤 편안하게 묵게 될 줄 알았던 나의 기대는 순식간에 산산조
각 났지만, 그걸로 끝난 게 아니었다. 내 곁에는 돌봐줘야 할 '국
제 미아'가 한 명 생겼다. 희망이 물거품이 됐다고 플랜 B가 없
는 건 아니었다. 새로운 상황에 최대한 빨리 적응하는 게 필요
했다. 해병대 출신의 '터프가이'와 함께 택시를 타면 비교적 안
전할 것 같았다. 우리는 공항 터미널 앞에서 택시에 올라타 일단
시내로 향했다.

택시 안에서 나는 문득, 어떻게 이런 일이 실제로 일어날 수
있었는지 궁금해졌다.
"아저씨, 여기 카라카스, 아니 보고타에는 무슨 일로 오시는
거예요?"
"아, 후배 놈한테 받을 돈이 좀 있고 해외여행도 하고, 겸사겸
사해서."
"근데 서울에서 출발하셨다면서요?"
"인천공항에서 비행기 탔지."
"보고타까지 직항이 없을 텐데 그럼, 중간 경유지가 어디였나

요?"

"미국 LA에서 비행기를 한 번 갈아탔고, 그리고 마이애미에서 또 한 번 갈아탔어."

"그럼, 결국 마이애미에서 비행기를 잘 못 타신 거네요."

"그게 이상하다니까. 내가 분명 보고타행 비행기를 확인하고 탔는데……. 거 참."

"보통 탑승하기 직전 게이트에서 항공사 직원이 보딩패스를 확인하는데, 그때 실수가 있었나 봐요."

"보딩, 그게 뭐야?"

"탑승권이요."

"거 참……. 그놈들이 제대로 확인을 했어야지……."

당시는 종이로 된 탑승권을 스캔하는 시스템이 보편화되기 전이었다. 항공사 직원들이 게이트 앞에서 승객의 보딩패스를 일일이 눈으로 확인하고 통과시켰다. 나는 남자가 보딩패스를 손에 쥐고 기내로 들어가는 모습을 상상해 봤다. 입구에서 탑승권에 찍힌 좌석만을 확인한 뒤 안쪽으로 들어가라는 승무원의 안내를 받아 남자는 혼자 지정된 자리를 찾아갔을 것이다.

"혹시 비행기에 탑승하셔서 지정된 좌석에 앉지 않으셨나요?"

잠시 기억을 더듬어 보던 남자가 말했다.

"내 자리에 갔더니 어떤 서양 여자가 앉아있더라고. 말도 안 통하고 해서 그냥 맨 끝자리가 비어있기에 거기 앉았지."

맙소사! 그때 그 여자에게 탑승권을 보여주기만 했어도, 지금쯤 보고타에서 후배를 만나 기분 좋게 술 한잔하고 있을 텐데…….

"여기 공항에 도착해서 입국심사 받으실 때 뭐라고 하지 않던가요? 아저씨는 베네수엘라 비자가 없잖아요? 한국 여권 맞죠?"

적지 않은 액수의 비자 수수료를 지불하고 일주일 넘게 기다려 받은 내 베네수엘라 비자가 떠올랐다.

"여권 검사하는 녀석이 내 여권을 흔들면서 계속 뭐라고 그러는데, 내가 알아들을 수 있어야 말이지. 내가 화가 나서 콜롬비아 비자를 보여주면서 한마디 했지. 그랬더니 그냥 지나가라고 하던데……."

와, 세상에 이런 일이! 비자도 없는 외국인에게 무사통과 시켜주다니! 이런 걸 남미 사람들의 여유라고 표현해야 하나? 친절함? 국제 스파이나 테러리스트도 하기 힘든 일을 이 한국인 남자가 해낸 건 분명했다.

참으로 어처구니가 없었다. 이런 일이 실제로 벌어질 수 있는 확률이 도대체 얼마나 될까? 비행기가 추락할 확률과 비슷하거나 더 낮을 것 같았다. 침통한 표정으로 풀이 죽어 차창 밖을 내다보는 남자를 위로해 줄 목적으로 나는, 오래전 미국에서 실제로 일어났던 '사건'을 하나 들려주었다.

미국 시카고에서 샌프란시스코 이웃 도시인 오클랜드로 가는 비행기에 탑승했던 한 미국인이 있었다. 약 4시간이 소요되는 구간이었는데, 6시간이 지나도 비행기가 착륙할 기미를 보이지 않자, 그는 승무원에게 물었다.

"이 비행기 오클랜드 가는 거 맞죠?"

"네, 맞아요. 뭐든 필요한 거 있으시면 언제든지 말씀하세요."

그는 자신의 손목시계가 제대로 작동을 안 하거나, 무슨 이유에서인지 비행기가 평소보다 느리게 운항 중인가 보다 생각했다. 이륙한 지 7시간이 지나자 두 번째 기내식사가 나왔고, 식사 후에는 영화 상영과 동시에 주위 승객들이 하나둘 잠들었다.

"우리 지금 오클랜드로 가고 있는 거 맞죠?"

뭔가 이상하다고 느낀 그는, 지나가는 승무원에게 재차 확인했다.

"후후, 맞아요. 음료수 좀 더 가져다드릴까요?"

친절한 승무원의 답변이었다.

이 미국인은 자신이 시차 때문에(미국 중부와 서부는 2시간의 시차가 있다) 시간 계산을 잘못한 걸로 판단하고 피곤한 눈을 붙였다. 그가 잠에서 깼을 때는 항공기가 공항에 착륙해 승객들이 내릴 준비를 하고 있었다. 다시 한번 자신의 손목시계가 가리키는 시각을 기준으로 계산해 보니, 시카고에서 출발한 지 무려 14시간이 지나있었다. 그는 고개를 갸우뚱하면서도 마중 나와 있을 가족들을 생각하면서 기쁜 마음으로 비행기에서 내렸다. 잠시 후……. 그는 눈앞이 캄캄해졌다. 그가 도착한 곳은 미국 캘리포니아주에 있는 오클랜드(Oakland)가 아니라, 태평양 건너 지구 반대편에 있는 뉴질랜드의 오클랜드(Auckland)였던 것이다.

"하하하. 별 멍청한 놈도 다 있군."
내 얘기를 다 듣고 난 뒤 아저씨가 보인 반응이었다. 잠시만이라도 자신의 처지를 잊고, 조금이라도 위로가 되었구나! 하는 생각이 들었다.

전날 밤 택시 기사가 우리를 '무사히' 내려준 호텔에서 하룻밤을 보내고 다음 날, 나는 남자와 함께 카라카스 시내에 있는 항공사 사무실로 갔다. 다행히 그날 오후 카라카스에서 보고타로 가는 항공편에 좌석이 남아있었다. 그런데 직원이 알려준 요금이 내가 생각했던 것보다 지나치게 높았다. 약 2시간 비행의 편도인데도 할인이 전혀 없는 정가 요금을 요구하는 게 아닌가. 졸지에 의뢰인의 변호사 역할을 떠맡게 된 나는 (법률 지식이 전혀 없었음에도), 항공사 측의 실수가 컸던 만큼 요금이 부당하다고 따졌다. 탑승 전에 승객의 보딩패스를 제대로 확인하지 못한 책임은 항공사 측에 있다는 논리를 폈다. 급기야 지점장과의 면담을 요구했고, 그에게 항공사의 소중한 고객이 자사 직원의 실수로 엉뚱한 비행기에 탑승하게 된 어이없는 상황에 대한 책임을 따져 물었다. 결국은 나의 논리와 주장이 받아들여져 항공사에서 무료 항공권을 발급해 주었다.

전날 밤 우리가 만나고 함께 있던 공항으로 돌아가 남자의 탑승수속을 도와줬다.

"학생, 내가 비행기표를 사줄 테니 나하고 보고타에 가자고. 이렇게 신세를 많이 졌는데, 내가 보답을 해야지. 학생 아니었으면 내가 여기 길거리에서 국제 미아가 될 뻔했잖아. 먹고 자고 끝내주게 노는 거까지 전부 내가 책임질 테니까 함께 비행기 타고 가자고."

남자는 내 양손을 잡고 진지하게 설득했다. 터프가이 아저씨는 후배가 있는 보고타로 혼자 떠났다. 그리고 비로소 나는 2주간의 베네수엘라 여행을 시작할 수 있었다.

런던-카이로-카르툼-나이로비 3.2

　영국 런던에서 동아프리카 케냐의 수도 나이로비로 가는 저렴한 편도 항공권을 검색했다. 내가 원하는 날짜에 좌석이 아직 남아있는 S 항공사가 눈에 들어왔다. 다른 항공사 요금에 비해 월등히 저렴했다. 세상에 공짜는 없는 법. 저렴한 이유가 있었다. 직항이 아니라 '완행', 그러니까 중간 경유지가 두 군데나 됐다. 한 곳은 이집트의 수도 카이로^Cairo, 그리고 두 번째 기착지는 수단의 수도 카르툼^Khartoum이었다. 런던에서 나이로비까지 직항이면 약 9시간이 소요되는데, 이 두 개 도시를 거쳐 가느라 5시간이 더 걸리는 일정이었다. 당시 배낭여행 중이던 나는 여행경비에 쪼들렸지, 시간은 유동적이었다. 9시간이나 14시간이나, 한 푼이라도 아낄 수 있다면 큰 차이가 없었다.

　런던 히스로^Heathrow 공항에서 탑승수속을 마치고 게이트로 이동해 정시에 비행기에 탑승했다. 좌석이 매진된 항공편이라는 체크인 카운터 직원의 말이 틀리지 않았다. 기내는 다양한 인종과 국적의 승객들로 빈 좌석 하나 없이 꽉 찼다. 각자의 목적지도 달랐다. 누구는 카이로까지, 누구는 카르툼까지 그리고 나같이 나리로비가 최종 목적지인 사람들이 섞여 있었다. 그들 대부분은 나같이 저렴한 항공권을 찾았던 사람들로 추정됐다.

"신사 숙녀 여러분, 안녕하십니까, 저는 이 비행기의 기장 무하마드 후세인 알리 압둘라입니다. 먼저 저희 S 항공을 이용해 주셔서 감사합니다. 본 항공기는 히스로공항을 이륙해 카이로 국제공항, 카르툼 국제공항을 거쳐 최종 목적지인 케냐 나이로비로 가는 SS740편입니다. 현재 기체 정비 작업 관계로 이륙이 지연되고 있는 점 양해 부탁드립니다."

30분마다 비슷한 안내방송이 기내 스피커를 통해 반복적으로 흘러나왔다. 한 시간, 두 시간, 지루한 기다림이 이어졌다. 승무원들이 기내식 점심과 음료수를 서빙했다. 비행기가 이륙도 하기 전에 식사를 하게 되다니, 그런 경험은 처음이었다! 나는 나이로비 공항에 마중 나올 사람도 없었고, 예약해 놓은 숙소나 일정도 없었기에 최소한 굶지만 않는다면 대기시간은 견딜만했다. 기내 영상 모니터에 전원이 들어오지 않아, 책을 읽거나 일기를 쓰면서 시간을 보냈다.

잠결에, 어느덧 친숙해진 기장의 목소리가 다시 들려왔다.
"신사 숙녀 여러분, 본 비행기를 책임지는 기장 무하마드 후세인 알리 압둘라입니다. 인내를 가지고 기다려 주신 여러분 고맙습니다. 곧 히스로공항을 이륙할 예정이오니, 착석하셔서 안전벨트를 매 주십시오. 첫 기착지인 이집트 카이로까지는 약 5시간 10분이 소요될 것으로 예상됩니다. 승객 여러분 모두 즐거운 여행이 되기를 바랍니다."

드디어 비행기가 느린 속도로 후진하며 터미널을 벗어났다. 시계를 보니 일정보다 6시간이 지나있었다. 창밖으로 어둠에 싸인 활주로가 내다보였다. 카이로까지는 약 5시간. 늦었지만, 지금이라도 출발하니 얼마나 다행이야!

이륙한 지 30분 정도 지났을 무렵, 기내 스피커가 켜지고 기장의 목소리가 다시 들렸다. 그러나 이번에는 안내방송이 아니었다.

"알라~~ 알라~~"

순식간에 주변 승객들이 좌석에 앉은 채, 상체를 반복적으로 굽히며 이슬람식 기도를 시작했다. 좌석 사이 복도 바닥에서 기도하는 사람들도 보였다. 나는 뻘쭘하게 앉아있기가 어색할 정도로 불편했지만, 그렇다고 따라서 기도할 수도 없었다. 모든 종교를 존중하는 나였지만, 하늘을 날고 있는 비행기 내부가 이슬람 사원으로 변신한 상황을 받아들이기는 쉽지 않았다. 잠시 자리를 피해 밖으로 나갔다 올 수도 없는 상황! 얼마의 시간이 흘렀을까, 기내는 다시 조용해지고 기도하던 승객들은 아무 일도 없었다는 듯이 자리에 편하게 앉아있었다. 나는 마음속으로, 칵핏cockpit의 기장과 부기장도 조종석으로 돌아가 항공기 조종에 집중하고 있기를 기도했다.

두 번째 기내식이 제공됐고, 나는 책을 읽다가 다시 잠이 들었다. 카이로 공항에 접근하는지, 비행기에서 내릴 승객들이 짐을 정리하느라 기내가 어수선해졌다. 그때 기장이 마이크를 다시 잡았다.

"승객 여러분, 기장 무하마드 후세인 알리 압둘라입니다. 본 항공기는 현재 이집트 상공을 지나고 있습니다. 기체 정비 문제로 히스로공항에서 이륙이 6시간 지연된 관계로, 카이로 국제공항 착륙 일정을 취소하고 카르툼 국제공항으로 직항할 예정이오니 양해해 주시기를 바랍니다. 카르툼에서 카이로로 가는 대체 항공편은 우리 승무원들이 안내해 드릴 겁니다. 감사합니다."

순간 기내 분위기가 험악해졌다. 승객의 절반 이상이 카이로에서 내려야 하는 사람들로 보였다. 여기저기서 고함과 욕설이 터져 나왔다. 기내잡지, 플라스틱 컵, 심지어 구두 한 짝이 허공을 날아다녔다. 뒷좌석 남자는 내가 앉아있는 자리 뒷면을 발로 차고 주먹으로 여러 차례 내리쳤다. 승객 여럿이 자리에서 일어나 승무원들에게 거친 항의를 하며 삿대질을 해댔다. 가족여행을 떠나는 듯 보이는 영국인들은 겁에 질린 표정이었다. 초등학생 또래 아이가 울음을 터뜨리기도 했다. 아수라장이 따로 없었다. 자칫 기내에 폭동이 일어날 분위기였다. 나는 비행기를 타고 여행할 때면 가끔 총을 든 테러범의 등장을 상상해 보는데, 승객들의 단체 폭동은 내 상상 범위 밖에 있는 시나리오였다. 차라리 검은 얼굴 마스크를 쓰고 손에 총을 든 테러범(들)이 등장했다면, 승객들은 쥐 죽은 듯이 조용했을 것이다. 기내는 일급 위기 상황으로 내 눈에 비쳤다. 아프리카 대륙 상공에서 외부 도움을 요청할 수도 없고……. 무력으로 승무원들을 제압하고 기장과 부기장이 있는 칵핏으로 쳐들어가는 건 아니겠지? 흥분한 나머지 비상 출입문을 열거나 하진 않겠지? 그나저나 기장은 무슨 생각으로 일정을 마음대로 변경한 거지? 10분에 한 대씩 다니는 시내버스도 아니고 국제항공인데!

비행기가 추락하는 것보다 하루 늦게 도착하는 게 낫다는 이성의 판단인지, 조종석에 앉아있는 기장의 권위와 결정을 인정한 건지, 아니면 종교의 힘인지, 아무튼 기내는 다시 잠잠해졌다. 후유, 나는 안도의 한숨을 크게 내쉬었다. 어쨌든 내가 우려했던 최악의 상황은 벌어지지 않았다. 영국인 남자가 지나가는 승무원에게 물었다.

"그럼 우리는 언제 카이로로 가는 비행기를 탈 수 있는 거죠?"

"내일 저녁 8시요."

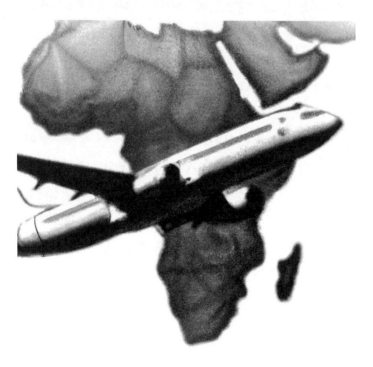

"네? 오 마이 갓! 그럼, 카르툼 공항에서 17시간이나 기다려야 한다고요? 우리 가족의 숙박, 피라미드 투어 예약 등 여행 일정이 모두 엉망이 되는데…….."

영국인 남자의 얼굴이 울상이 되었다.

"승객님, 정말 죄송합니다."

기내 소동을 아무 말 없이 차분하게 지켜만 보던 내 옆좌석의 50대 이집트인 남자는, 승무원에게 아랍어로 아마도 비슷한 질문을 하는 것 같았다. 설명을 들은 그는 얼굴이 어두워지면서 고개를 떨궜다. 옆에서 자신을 바라보는 나를 향해 그가 서투른 영어로 말했다.

"내일, 내 딸 결혼해. 나 못 가.Tomorrow, my daughter marry. I no go."

직항이면 5시간이 소요될 거리를, 옆좌석 남자와 다른 카이로 승객들은 무려 30시간이 지난 뒤에야 목적지에 도착하게 될 상황이었다. 그나마도 추가로 다른 변수가 발생하지 않는다면 말이다.

"신사 숙녀 여러분, 기장 무하마드 후세인 알리 압둘라입니다."

비행기가 히스로공항을 떠날 때만 해도 편안하게 경청하던 그의 안내방송은 어느덧, 혹시 또 다른 엉뚱한 뉴스를 담고 있지 않을까 나를 그리고 나머지 승객들을 긴장시켰다.

"잠시 후 본 항공기는 카르툼 국제공항에 착륙합니다. 최종 목적지가 카르툼인 승객분들은, 아 그리고 카이로에서 못 내리신 승객분들은, 비행기에서 내리기 전 두고 가는 개인 물건이 없는지 잘 살피시기를 바랍니다. 오늘도 우리 S 항공과 함께 해주셔서 감사드립니다. 다음에도 여러분을 다시 모실 기회기 있기를 바랍니다."

다행스럽게도 서프라이즈는 없었다. S 항공 비행기를 다시 타라고? 다른 승객들은 모르겠지만, 나는 차라리 걸어가는 길을 선택하겠다!

창밖으로 내다보이는 카르툼 국제공항은 한산했다. 비행기에서 승객의 90퍼센트가 빠져나갔다. 한때 폭동의 현장이 될 뻔했던 기내는 조용하고 평화로웠다. 나는 자리에서 일어나 스트레칭하며, 다음 승객들이 탑승하기 전까지 고요한 기내 분위기를 즐겼다. 하지만 그것도 잠시, 나이로비로 가는 새로운 승객이 하나둘 나타나기 시작했다. 좌석은 곧 다 채워졌고, 대여섯 명은 자리를 못 찾는지 복도에서 서성거렸다. 승무원들은 그들과 대화를 나누더니 잠시 후, 어디서 구했는지 접이식 피크닉 의자를 들고 나타났다. 캠핑장에서 흔히 볼 수 있는 그런 간이의자 말이다! 부족한 좌석을 대체하기 위해 급히 조달됐다는 사실을 알아차리기까지 그리 오랜 시간이 걸리지 않았다. 오 마이 갓! 국제 항공기 안에 피크닉 의자라니! 만원인 입석 기차도 아니고, 이건 또 무슨 시츄에이션인가!

거구의 흑인 여성 한 명이 문제의 의자를 '배정받아' 그 위에 앉은 뒷모습이 내 자리에서 훤히 보였다. 그녀의 체중을 과연 간이의자가 버틸 수 있을지 의문이 들었다. 내가 내기를 했다면 '없다'에 돈을 걸었을 것이다. 금방이라도 납작하게 내려앉을 것 같았다. 승무원은 그녀에게 영어로 '안전 매뉴얼'을 설명하는 듯 보였다. 여성은 두 팔을 쭉 뻗어 양옆에 있는 고정된 좌석 모서리를 손으로 꽉 잡는 '예행연습'을 반복했다. 상상을 초월하는 엄청난 스릴을 견딜 만큼 심장이 강하지 않은 여행객에게 나는, 그때나 지금이나 S 항공은 권하고 싶지 않다.

"신사 숙녀 여러분, 승객의 안전과 즐거운 여행을 책임지고 있는 기장 무하마드 후세인 알리 압둘라입니다. 본 항공기는 잠시 후 최종 목적지인 나이로비 국제공항으로 출발합니다. 예상 시간은 2시간 5분이며, 현지 날씨는 섭씨 25도이고 하늘은 맑음입니다. 안내등이 꺼질 때까지 안전벨트는 풀지 마시기를 바랍니다. 안내등이 꺼진 뒤에도 갑작스러운 기류 변화로 비행기가 흔들릴 수 있으니, 자리에 앉아 계실 때는 안전벨트를 매시기 바랍니다. 감사합니다."

비행기가 서서히 활주로를 향해 움직였다. 나는 간이의자에 앉아있는 흑인 여성에게서 눈을 뗄 수 없었다. 안전벨트? 그녀 자리에 그런 건 없었다. 비행기 안에서 그런 광경은 처음 볼 뿐 아니라 평생 다시는 볼 수 없을 것 같았다. 하지만 그건 단순 '재 미있는 볼거리'가 아니었다. 나는 그녀가 진심으로 걱정되었다. 과연 그녀가 '체중 + 중력과의 싸움'을 이겨낼 수 있을지 불안했 다. 비행기가 활주로 한가운데 잠시 멈췄다가 전속력으로 달리 더니, 앞머리를 서서히 위로 치켜들고 날아올랐다. 그녀는 안간 힘을 다해 양쪽 고정 좌석을 손으로 붙들고 버텼다. 그걸 보고 있던 나 또한 온몸에 힘이 들어갔다. 저 손을 놓치는 순간 그녀 는, 만화 버전이라면 의자에 앉은 채 비행기 맨 뒤쪽까지 쭉 미 끄러질 것이다. 세상에, 어떻게 이런 일이 아프리카 대륙 상공에 서!

다행히 모든 상황이 해피엔딩으로 끝났다. 그녀가 해낸 것이 다! 비행기가 정상 궤도에 올라 안전벨트 사인이 꺼지자, 그녀도 자리에서 일어나 스트레칭했다. 마음이 놓이는지, 심지어 얼굴 에 미소도 띠었다. 비행기가 나이로비 국제공항에 착륙할 때의 그녀 모습이 머릿속에서 상상됐지만, 그건 그때 가서 걱정하기 로 하고 나는 창밖으로 아프리카 하늘을 내다봤다.

집으로 가는
시베리아 횡단열차
IV

Siberia

Moscow

Baikal

Gobi

Ulanbator

Great Wall

Beijing

"과학으로 밝혀지지 않은 별들을 나는 알 것 같다.
그것은 외로운 여행자가 알고 있는 별들이다."

"It is the stars as not yet known to science that I would know,
the stars which the lonely traveler knows."

- 헨리 데이비드 소로 Henry David Thoreau

모스크바-울란바토르 4.1

차를 탈 때 흥정했던 요금을 인상이 좋은 러시아인 운전기사에게 건넨다. 승용차는 나와 배낭을 야로슬라브역 앞에 남겨놓고 왔던 길을 되돌아간다. 역사 주변을 한번 둘러본다. 오전에 방문했던 톨스토이의 집, 점심때 다시 가보았던 붉은 광장은 이제 추억 속에만 존재할 것이다. 모스크바와 이별할 시간이 다가온다.

플랫폼에는 이미 많은 사람이 긴 여행을 앞두고 분주하게 움직이고 있다. 울란바토르행 6번 열차인지 재차 확인한다. 맨 끝 17호 차를 지나 예약석이 있는 1호 차를 향해 플랫폼을 걷는다. 기차에 짐을 싣고 있는 사람들, 그리고 기차 창밖으로 고개를 내밀고 있는 승객 중에는 한국 사람과 비슷하게 생긴 몽골인들이 많다. 두세 사람이 많게는 수십 개의 박스를 기차에 싣고 있다. 말로만 듣던 몽골인 보따리장수들이다. 단정한 청색 유니폼을 입고 있는 러시아인 차장들도 눈에 띈다. 1호 차에 도착한 나는, 출입문 앞에 서 있는 차장에게 차표를 보여준 뒤 기차에 오른다.

좁은 복도를 지나며 예약된 컴파트먼트를 찾는다. 기차표에

Photo Credit: Peggy_Marco

적힌 숫자와 매칭되는 작은 번호판을 발견한다. 안에는 이미 세 명의 승객이 앉아 있다. 앞으로 5박 6일간 이 기차 안의 작은 공간을 함께 쓰게 될 사람들이다. 여자 둘 남자 한 명. 나를 물끄러미 쳐다보는 시선이 어색해지려 할 때, 나는 애써 미소를 지으며 러시아어와 영어로 그들에게 인사말을 던진다. "도부리디엔! 하이!" 콧수염을 기른 남자는 무뚝뚝하게 나를 쳐다보기만 한다. 인상은 아랍계 혹은 중앙아시아인으로 보인다. 몽골인으로 추측되는 첫 번째 여자 또한 표정의 변화 없이 내게 러시아어로 인사를 한다. "도부리디엔!" 그녀는 광대뼈가 튀어나오고 170센티미터가 넘어 보이는 키에 어깨가 유난히 넓다. 백인인 두 번째 여자는 다행스럽게도 부드러운 미소와 귀에 익은 영어로 나에게 인사를 건넨다. "하이! 웰컴!" 의사소통이 가능한 '룸메이트'가 최소한 한 명 된다는 사실에 마음이 놓인다. 배낭을 바닥에 내려놓고, 좌석에 앉는다. 여전히 분위기가 어색하다.

"반가워요, 전 크리스티^{Christie}라고 해요. 영어를 할 수 있는 사람과 같은 방을 쓰게 되어 다행이네요."

영어로 한마디 인사말만 했을 뿐인데, 내가 외국인 여행자로 보이기 때문에 영어를 할 줄 안다고 가정하는 것 같다.

"나이스 투 미트 유.^{Nice to meet you.}"

나 또한 대화 상대가 생겼다는 사실이 반갑다. 그러나 우리 두 사람은 마치, 앞으로 남은 여행을 위해 말을 아끼기라도 하듯 대화를 곧 멈춘다. 어쩌면 좁은 공간에서 함께 숨을 쉬며 침묵하고 있는 다른 두 사람을 의식해서 그러는지도 모른다. 몽골인 여자와 아랍계 남자는, 호기심인지 경계심인지 분간하기 어려운 시선으로 인사를 교환하는 우리 둘을 뚫어지게 쳐다본다.

침대 옆에 붙어 있는 번호를 확인한다. 내 이름으로 예약된 11번은 복층 구조로 된 침대의 아래쪽이다. 맞은편 2층 침대와는 약 1미터의 거리를 두고 있고 그 아래쪽 침대는 크리스티가, 위쪽 침대는 몽골인 여자가 차지하고 있다. 열차 출발 5분 전, 여전히 어색한 침묵이 흐른다. 세 사람 모두 약간은 지친, 약간은 긴장된 얼굴을 하고 있다. 나 또한 비슷한 표정을 짓고 있겠지. 배낭을 침대 밑에 밀어 넣고 침대에 걸터앉아 밖을 내다본다. 다행히 창가에 몇 가지 소지품을 올려놓을 수 있는 선반이 있다. 이 선반은 앞으로 며칠 동안, 나의 밥상도 되고 책상도 되리라.

기차가 매우 느린 속도로 움직이면서 드디어 야로슬라브역을 벗어난다. 종착지인 몽골의 수도 울란바토르까지 앞으로 남은 거리는 6,304킬로미터. 서울과 부산 거리의 약 열네 배다. 한편으론 정말 시작이 반이었으면 좋겠다는 생각이 들기도 하지만, 다른 한편으론 오래전부터 꿈꾸어 오던 기차 여행이 지금, 이 순간 실현되고 있다는 생각에 마음이 다시금 들뜬다.

시베리아 횡단열차 노선은 크게 세 개로 구분된다. 모두 모스크바에서 시작하는데, 하나는 시베리아의 극동 끝인 블라디보스톡까지 이어지고, 또 하나는 시베리아에서 옛 만주의 하얼빈을 거쳐 베이징으로 연결된다. 그리고 마지막 루트는 시베리아에서 몽골을 거쳐 베이징에서 끝난다. 나는 이번 여행에서 세 번째 노선을 택했다. 가장 큰 이유는 몽골을 가보고 싶었기 때문이다. 만약 지금 한반도가 통일된 상태라면, 첫 번째 루트를 이용해 블라디보스톡 도착 후 기차를 갈아타고 평양을 지나 서울까지 가는 여행을 고려했을 것이다. 블라디보스톡에서 평양까지는 불과 914킬로미터이고, 거기서 조금만 더 남쪽으로 내려가면 서울이다.

이번 여행을 준비하면서 소설이나 영화 속의 한 장면 같은 시나리오를 머릿속으로 그려봤다. 21세기 언젠가 꿈이 아닌 현실이 될 수 있을 법한 장면이다.

1호선 지하철에서 내리자마자 M씨는 서울역 건물을 향해 발걸음의 속도를 높인다. 그는 한쪽 손으로 작은 캐리어를 끌면서 다른 손에 쥔 기차표에서 출발 시각과 기차 번호, 그리고 플랫폼 번

호를 재차 확인한다. 오전 9시 30분, 2번 플랫폼에서 출발하는 모스크바행 1번 열차. 출발 시각 5분 전 가쁜 숨을 내쉬며 좌석에 앉은 그는, 승객들의 기차표와 여권을 검사하는 차장을 기다리며 열차 일정표가 인쇄된 안내 책자를 훑어본다. 10시 5분 평양 도착. 13시 22분 하얼빈 도착, 21시 44분 이르쿠츠크 도착……. 열차의 종착역인 모스크바에는 서울역 출발 31시간 후인 다음 날 오후 4시 30분에 도착하는 것으로 되어 있다. 직장인 M씨는 지금 열흘간의 휴가를 얻어 모스크바에서 유학 중인 여자친구를 만나러 가는 길이다. 이전에 이용했던 항공편 대신 그는 최근에 개통된, 평균 시속 300킬로미터의 초고속열차를 타보기로 했다. 편도 비행시간인 6시간보다 다섯 배 이상의 시간이 소요되지만, 시베리아 횡단은 그가 어릴 적부터 꿈꾸던 여행이다. 통일된 이후 자동차로 평양과 개성은 서너 번 다녀왔지만, 기차를 타고 옛 북한 땅과 만주 지역을 거쳐 시베리아를 달리는 여행은 왠지 멋질 것 같았다. 그의 앞 좌석에 앉아 있는 커플의 대화에서 그들이 바이칼^{Baikal} 호수가 있는 이르쿠츠크로 떠나는 신혼부부임을 짐작할 수 있다. 복도 건너편 좌석은 유럽으로 배낭 여행길에 오른 대학생 네 명이 차지하고 있다. 모두 들뜬 마음에 얼굴에 웃음이 가득하다. 그의 옆 좌석 남자는, 자리에 앉자마자 자신의 아이패드에 뭔가를 열심히 입력하고 있다. 아마도 평양으로 출장을 떠나는 회사원일 거라고 M씨는 추측해 본다.

백팩에서 읽을거리를 찾다가 〈모스크바 타임스〉를 발견한다. 며칠 전 모스크바 시내에서 무심코 샀는데, 미처 읽지 못했던 영어 신문이다. 신문의 여행 관련 면에는 파리에 대한 특집 기사와 함께 여행사들의 광고가 여러 개 실려 있다. 샹젤리제 거리와 개선문, 에펠탑, 노트르담 대성당, 몽마르트르 언덕의 거리 화가들 사진도 보인다. '해외여행이 지금처럼 쉬운 적이 없었습니다' 라는 광고문구가, 불과 몇 년 사이에 급변한 러시아의 모습을 잘 표현해 준다. 보던 신문을 접고 다시 창밖을 내다본다. 기차는 이미 모스크바 시내를 벗어나 있다. 날은 저물어 가고, 이제 조금 있으면 하늘에 별도 보일 것이다. 모스크바 시민들이 하나둘 집으로 향하고 있을 이 시각에 6번 열차는, 다음 정차역을 향해 동쪽으로 쉬지 않고 달린다.

식당차에서 간단한 식사를 마치고 컴파트먼트로 돌아온다. 다른 사람들은 일찌감치 잠자리에 든 모양이다. 얇은 담요를 덮고 침대 위에 모로 누운 나는, 잠이 오지 않아 한동안 벽을 바라본다. 수년 전 자취방 한쪽 벽에 걸려있던 세계지도가 머릿속에 선명하게 떠오른다. 마음이 답답하거나 머리가 복잡할 때면, 그 지도 앞에 서서 지구 곳곳을 여행하는 나 자신을 상상하곤 했다. 그리고 지도의 큰 부분을 차지하는 러시아를 보면서, 언젠가 기차를 타고 그 황무지 같아 보이는 땅을 가로지르는 여행을 하리

라 다짐했었다. 그런데 지금 나는 실제로, 그 상상 속의 기차를 타고 러시아 땅 위를 달리고 있다. 마치 지도 앞에 서 있던 내가, "매직Magic!" 하는 주문과 동시에 지도 속으로 빨려 들어와 있는 듯한 기분이다.

칠흑 같은 어둠 속에서 눈을 뜬다. 오늘 밤 벌써 몇 번째 이렇게 잠에서 깨는 건지 모르겠다. 잠기운이 멀어지면서 기차 바퀴 소리는 더 요란해진다. 돌아오는 의식은 초점을 찾다가 문득, 프랑스 시인 랭보가 에티오피아에서 집으로 보낸 편지의 한 대목에 멈춘다.

"나는 여기서 무엇을 하고 있는가?"
"Que fais-je ici?"

정말 나는 이 기차에 누워 무엇을 하고 있는가? 왜 나는 이 기차 안에 있는가? 이 질문에 대한 대답을 쉽게 찾지 못한다. 그냥 떠나고 싶어서 떠났고, 여행하다 보니 어느 순간 여기에 와 있게 되었다고 말한다면 누가 이해해 줄까. 하긴 내가 누구를 이해시키기 위해서 지금 여기 이 기차 안에 있는 건 아니다. 지금까지 누구를 위해 먼 여행을 떠나본 적은 단 한 번도 없다. 여행을 위해 누군가를 떠난 적은 많았고, 사랑하는 사람을 떠난 적도 여러 번 있었다. 공항으로, 기차역으로 향하는 길 위에서 하염없이 흘러내리는 눈물을 멈추지 못했던 적이 어디 한두 번이었던가.

하지만 나는 결국 내 안의 '반더루스트^{Wanderlust}', 자유인이기를 갈망하는 방랑벽에 이끌려 떠났다. 내 안의 반더루스트를 위해 떠나고 또 떠나고, 떠나기를 그렇게 반복했다. **항상 지도를 보며 떠나는 여행이었지만, 결국은 반더루스트와 함께 나만의 지도를 그려가는 지도 없는 여행이었다. 자유에 대한 사랑은 여행자의 열정이 되고, 건강은 그의 힘이 되며, 직감은 그의 나침반이 되는 그런 지도 없는 여행.**

눈을 다시 떠보니 이미 날이 밝아 있다. 옆 침대의 크리스티는 언제 일어났는지 침대에 걸터앉아 있다. 일기를 쓰는 듯 보였다. 아침 인사를 건네는 그녀의 미소 띤 얼굴에는 어울리지 않게 주름살이 많다. 문득 그녀의 나이가 궁금해지지만, 예의상 묻지는 않는다. 자신이 호주인이라고 어제 밝혔던 크리스티가 대화의 문을 연다.

"집을 떠나신 지 얼마나 된 건가요?"

그녀의 질문에 답하기가 생각보다 쉽지 않다.

"글쎄요, 대답하기가 좀 애매하군요. 부모님이 사시는 서울을 떠난 지는 약 14개월 되었고, 제가 지금 유학 중인 보스턴을 떠난 지는 3개월, 그리고 이번 여행을 시작한 지는 이제 2주 됐습니다. 당신은?"

"저는 지금 9개월째 여행 중이에요."

"9개월이요? 긴 여행 중이시군요. 그럼, 고향에서 하시던 일을 그만두고 떠나오셨겠네요?"

"그런 셈이죠."

크리스티는 약간 어색한 표정을 짓는다.

"그럼, 지금까지 9개월 동안 어디를 여행하셨나요?"

"그동안 영국, 프랑스, 이탈리아, 그리스 등 유럽을 주로 여행했지요. 어릴 적부터 너무나도 가보고 싶었던 나라들이죠."

그녀는 오랫동안 소망해 오던 바람이 이루어진 데 만족해하는 표정이다.

"어떤 계기로 이렇게 먼 여행을 떠나게 되었나요?"

나는 문득 그녀의 여행, 아니 그녀의 인생이 궁금해진다.

"이야기가 좀 길어요. 들어보시겠어요?"

"지금 여기 기차 안에서 가장 풍족한 게 시간인데요. 하하."

그녀가 따라 웃는다.

"약 1년 전에 남편과 이혼했어요. 21년간의 결혼 생활을 마무리 지었죠. 이미 오래전부터 마음먹었던 일이었지만 막상 행동에 옮기진 못하다가, 작년에 친정어머니가 돌아가신 후에야 용기를 얻게 되었어요. 제 이혼이 누구보다도 어머니에게 큰 상처가 될 것 같았거든요. 그래서 그때까지 참고 지냈던 거예요. 제가 결혼할 때도 어머니에게 큰 불효를 저질렀기 때문에 죄스러운 마음이 더욱 컸던 것 같아요."

"집에서 반대하는 결혼을 하셨나요?"

"후후. 그게, 사실은 제가 결혼 전에 이미 아이를 뱄었거든요. 그때 제 나이가 열일곱 살이었죠. 그러니까 고등학교 3학년 때. 저에 대한 부모님의 실망이 매우 컸던 게 당연하죠."

"열일곱. 어린 나이에 결혼하셔서 고생이 많았겠어요?"

"그럼요, 고생 많이 했죠. 애들 키우랴 공부하랴."

"자녀가 몇이나 되나요?"

"후후, 넷이요. 놀라셨죠?"

"넷이요? 와, 정말 대단하시네요!"

"아들 둘, 딸 둘이죠. 큰아들이 스물한 살, 큰딸이 스무 살, 그 밑의 아이가 열여덟 살, 그리고 막내가 열일곱 살이에요. 막내는 제가 낳은 애가 아니고 입양을 했죠. 호주 원주민 아이예요. 제 남편은 그 아이의 입양에 대해 별로 탐탁하게 생각지 않았지만, 제가 고집을 피워 결국 우리 식구가 되었죠."

"자식을 넷이나 키우면서 직장 생활도 하셨나요?"

"물론이죠! 남들보다 공부가 조금 늦어지긴 했지만, 아이들 키우면서 박사학위까지 받았어요. 저 자신에 대해 가장 자랑스럽게 여기는 일이죠. 이번 여행을 떠나기 전까지 브리즈번에 있는 작은 대학에서 학생들을 가르쳤어요. 전공은 사회심리학이었고."

"아무리 남편과 헤어지셨다고 해도 왜 갑자기 아이들과 직장을 두고 떠날 생각을 하셨어요?"

"글쎄요. 아들, 딸 들은 이미 각자 독립해서 집을 떠났고, 모두 저 없이도 잘 살 수 있을 것 같았어요. 나 또한 끊임없이 갈구해 온 나 자신을 위한 인생을 살고 싶었지요. 생각해 보세요. 저는 열일곱 살에 첫 아이를 임신해서 예기치 않게 일찍 결혼하게 되었고, 그 후로 가정과 학교 그리고 직장에서 나름대로 열심히 살려고 노력했어요. 하지만 남편은 저에게 도움이 되기보다는 항상 더 큰 부담이 되었죠. 그래서 어머니가 돌아가신 후 드디어 남편과 이혼하게 되었고, 지금이야말로 나 자신을 감금시켜 놓았던 삶의 굴레에서 벗어날 수 있는 마지막 기회라고 판단했죠. 그래서 떠나게 된 거예요. 제 소유로 되어 있던 작은 집과 자동차를 팔고, 제가 태어나서 38년을 살았던 도시와 나라를 떠난 거죠. 비행기가 브리즈번 공항을 이륙할 때, 저는 창 아래로 호주 땅을 내려다보면서 말로 표현할 수 없는 해방감을 느꼈어요. 아마 그쪽은 그런 느낌 이해하기 힘드실 거예요."

크리스티가 잠시 호흡을 가다듬는다. 무슨 생각이 떠올랐는지, 진지했던 표정이 한순간 확 퍼지면서 허리에 차고 있던 작은 가방에서 사진을 몇 장 꺼낸다. 아이들 사진이다. 그녀는 사진을 한 장씩 넘기면서 자식 자랑을 늘어놓는다. 특히 생후 2주 때부터 키웠다는 막내아들에 대해선 하고 싶은 말이 유독 많다. 사진속 막내는, 금발에 파란 눈을 한 다른 형제자매들과는 달리 머리가 까맣고 피부가 검다. 콧수염을 기른 잘생긴 얼굴에 단단한 체구가 돋보인다. 크리스티는 막내아들이 운동에는 만능이라면서, 앞으로 럭비 선수로 반드시 성공할 거라고 말하는 목소리에는 확신이 차 있다.

우리 두 사람 사이에 문득 대화가 멈추고 침묵이 흐른다. 크리스티는 어쩌면 방금 내게 털어놓은 솔직한 얘기에 대해 후회하고 있는지도 모른다. 아니면 자식들 생각에 마음이 허전해졌는지도. 생각에 잠긴 듯한 그녀를 바라보며 나 또한 무슨 말을, 어떤 질문을 계속해야 할지 망설여진다. 크리스티의 용기에 대해 마음속으로 힘찬 박수를 보내고 싶다. 동시에 그녀의 남은 여행이 살며시 걱정된다. 여행에는 항상 모험이 뒤따르는 법이고, 특히 여자 혼자 여행한다는 것은 결코 쉬운 일이 아니기 때문이다. 이건 성차별적인 차원이 아니다.

읽던 책을 덮어두고 복도로 나온다. 기차는 쉬지 않고 동쪽으로 달리고 있다. 체코제 스코다 Chs2 엔진이 끄는 이 열차는, 독일이 통일되기 전 동독에서 제조한 것이라고 한다. 차장이 뜨거운 물로 머그잔을 채우고 있는 모습이 보인다. 복도 끝에는 24시간 뜨거운 물을 공급해 주는 사모바르Samovar라는 기구가 설치되어 있고, 그 바로 건너편이 차장의 근무실 겸 침실이다.

저녁 식사를 하기 위해 식당차로 간다. 복도를 지나면서 들여다보이는 컴파트먼트 내부 모습이 다양하기 그지없다. 침대에서 잠을 자는 사람, 방안을 정리하는 사람, 음식을 꺼내놓고 식사를 하는 사람, 카드놀이를 하는 사람, 그리고 어떤 방에서는 어린 꼬마가 엄마와 함께 장난감을 가지고 놀고 있다. 물론 문이 굳게 닫혀 있어 안이 들여다보이지 않는 방도 여러 개 있다.

식당차 안은 사람들과 담배 연기로 가득 차 있다. 다행히 빈자리가 하나 눈에 들어온다. 내가 합석한 테이블에는 러시아인 세 명이 보드카를 마시고 있다. 테이블 위에 놓인 술병은 이미 3분의 2가 비었고, 그들의 얼굴과 목소리에서 술기운이 확연하게 느껴진다. 러시아 사람들은 알코올 중독자가 아닌 이상 술을 마실 때는 반드시 자쿠스키(안주)를 먹는다고 들었는데, 이들도 역시 소시지와 토마토를 안주 삼아 보드카를 입안에 털어 넣는다. 나는 오늘의 메뉴인 보르쉬(붉은 사탕무 수프)와 키이우 치킨 요리를 주문한다. 처음에는 나를 몽골인으로 착각하고 무시하는 태도를 보이다가, 식사를 주문하는 동안 외국인 여행객이

Photo Credit: Vadim

라는 걸 알아차린 러시아 남자들이 처음으로 나에게 관심을 둔
다. 한국에서 왔다고 하자, 그중 한 명이 평양에서 왔냐고 묻는
다. 서울이라고 대답하자, '삼성' '현대' 'LG' '월드컵' 등을 어설
프게 발음하면서 한마디씩 거든다. 옆에 앉은 남자가 내게 보드
카를 한 잔 권한다. 잔을 비우자 다른 남자가 곧 다시 잔을 채운
다. 또 한 잔, 그리고 또한 잔……. 이들이 베푸는 보드카 인심에
나는 어느새 정신이 알딸딸해진다.

"러시아인에게 40도짜리 술은 보드카가 아니고, 영하 40도는
추위가 아니며, 400킬로미터는 먼 거리가 아니다."

실감 나는 표현이다.

식당차에 있는 사람들이 갑자기 웅성거리며 일제히 창밖을 내
다본다. 나도 얼떨결에 목을 창 쪽으로 뻗어보지만, 어둠 외에
는 아무것도 보이지 않는다. 사람들은 하나둘 다시 자리로 돌아
와 앉는다. 내가 무슨 일인지 모르겠다는 제스처를 보이자, 조
금 전 보드카를 권했던 러시아인이 내 앞에 놓인 일기장 위에
'1,777km'라고 쓴다. 그러더니 왼손을 내밀며 "유럽", 오른손을
내밀며 "아시아"라고 말한다. 1,777킬로미터는 모스크바에서부
터 대륙 분수계까지의 거리이고, 이 분수계를 중심으로 서쪽으
로 떨어진 빗물은 유럽의 볼가^{Volga}강으로, 동쪽으로 떨어진 빗물
은 아시아의 오비^{Obi}강으로 흐른다. 열차는 내가 보드카에 취해

가는 사이에 터널 하나 지나지 않고, 우랄산맥의 저점 고개(해발 403미터)를 넘어 아시아대륙에 도착한 것이다. 드디어 나는 유럽을 떠나 아시아에 와 있다. 그 어느 대륙보다도 친숙하게 느껴지는 아시아.

갑자기 찬 바람이 쐬고 싶어진다. 지구 안에 있는 똑같은 공기지만, 왠지 아시아대륙의 공기를 마시고 싶다. 러시아 남자들과 작별한 뒤 식당차를 나온다. 객차와 객차 사이의 승강구에 달린 창문을 열고 고개를 밖으로 내민다. 얼굴을 스쳐 가는 바람이 생각보다 차다. 무수히 많고 선명한 하늘의 별들 사이에 반달이 외롭게 떠 있다.

하룻밤이 또 지나고 식당차를 다시 찾은 나는, 맥주를 한 잔 마시며 일기를 쓴다. 옆에 앉은 몽골인이 내가 뭘 쓰는지 뚫어지게 쳐다보지만, 나는 신경 쓰지 않는다. 주위 사람들이 전혀 모르는 언어를 혼자만 쓸 수 있다는 건 가끔 유용하다. 약 30분 전에 이란스카야역을 떠났다. 모스크바에서 출발한 지 오늘이 나흘째다. 이 열차 안에서 며칠 밤을 보냈는지 가끔은 곰곰이 생각해 봐야 계산이 된다. 그야말로 시간개념이 무의미한 기차 여행이다. 어느새 모스크바와는 4시간의 시차가 난다. 기차 안 승객 중에는 아직도 모스크바 시각에 맞춰 생활하는 사람이 꽤 많은 것 같다. 그들의 식사 시간을 보면 가장 잘 알 수 있다. 자정을 전후해서 컴파트먼트나 식당차에서 푸짐한 식사를 즐기는 사람을 흔히 목격할 수 있다. 기차의 현재 위치 시간대를 기준으로 자정이면 모스크바 시각으로는 저녁 8시, 그러니까 저녁 식사를 하는 셈이다.

나와 같은 테이블에 앉아 있는 세 명의 20대 남자는 모두 몽골인이다. 그중 두 명은 맥주를 마시고 있고, 다른 한 명은 튀긴 닭다리와 쌀밥을 먹고 있다. 내 맞은편에서 식사 중인 몽골인은, 피부가 약간 검고 쌍꺼풀진 눈이 서양인처럼 약간 들어갔다. 서부극에 나오는 인디언을 연상시킨다. 그 옆에 앉아서 무엇인가를 친구들에게 열심히 얘기하고 있는 몽골인도 비슷한 피부색에, 전체적으로 상당히 잘생긴 얼굴이다. 약 240년 전에 쓰인 연암 박지원의 『열하일기』에는 이런 묘사가 나온다.

"몽고 사람들의 코는 오뚝하고 눈은 움푹 패여서 험상궂어 보이고 사납고 날쌘 모양이 사람 같지가 않아 보인다. 거기에 옷과 모자는 다 떨어지고 얼굴에는 땟국이 줄줄 흐르면서도 버선은 꼭 신고 다닌다."

내가 마주하는 몽골인들은 조금 다른 모습을 하고 있다.

밤을 꼬박 새웠다. 어제 오후에 세 시간 정도 낮잠을 잔 데다가, 저녁때 마신 다르질링 차의 카페인 때문인지 밤에 잠이 오지 않았다. 승객 대부분이 잠든 새벽, 나는 열차의 복도로 나와 창밖에 펼쳐진 낯선 시베리아의 밤하늘을 올려다보았다. 무질서하게 떠오르는 생각들, 생생하게 머릿속을 맴도는 기억을 녹음기에 남겼다. 다리가 피로를 느낄 즈음 침대로 돌아왔다. 머리맡에 있는 간이 등불 밑에서 파스테르나크의 『닥터 지바고』를 동이 틀 때까지 마저 다 읽었다.

지난 닷새 동안 열차에 몸을 온전히 맡기고, 나름의 자유로운 생활을 즐기고 있다. 열차 안의 좁은 공간에 갇혀 있다는 생각은 전혀 들지 않는다. 자고 싶을 때 자고, 먹고 싶을 때 먹고, 나머지 시간을 독서와 사색으로 보낼 수 있다는 게 매우 행복하다. 열차가 이제 이틀 후면 종착역인 울란바토르에 도착한다. 그때까지만이라도 이 자유로운 시간을 만끽하련다.

눈을 떴다. 창문의 유리는, 유난히 맑고 파란 하늘로 가득 차 있다. 기차는 분명 달리고 있지만, 유리를 통해 보이는 하늘은 고정된 듯 보인다. 마치 기차가 정지해 있는 것 같은 착각을 일으킨다. 크리스티는 옆 침대에서 아직 깊은 새벽잠에 빠져 있다. 그녀 머리 위 침대의 몽골인 여자도 마찬가지다. 복도에서는 이른 시각에도 불구하고 분주하게 움직이는 사람들의 발걸음 소리가 들린다. 짐을 옮기고 있는 듯하다. 오늘 아침 6시에 '시베리아의 파리'로 불리는 이르쿠츠크^{Irkutsk}를 지났고, 지금은 6시 50분. 아 그렇다면 지금쯤! 서둘러 침대에서 일어난다. 그리고 복도로 나간다. 창밖으로 시베리아에서 가장 흔히 볼 수 있는 자작나무 숲과 낮은 언덕이 보인다. 그리고 언덕 너머로는 자욱한 안개가 모든 것을 가리고 있다. 참을성 있게 그 안개 사이로 무엇인가가 나타나기를 기다린다. 드디어 안개 사이로 파란색의 수면이 보인다. 바이칼호^{Lake Baikal}다! 차츰 호수의 표면이 넓어진다. 그리고 그 너머 수평선이 보인다. 수평선이 보이는 호수라니!

"바이칼은 수수께끼다. 시베리아 사람들이 이것을 호수가 아닌 바다라고 하는 것도 무리는 아니다."

안톤 체호프의 표현에 전적으로 동감하지 않을 수 없다. 바이칼호를 처음으로 대면하면서, 그것이 자아내는 자연 풍광에 일종의 성스러움을 느낀다. 몇 년 전 백두산 정상에서 천지를 내려다보며 체험했던 것과 흡사한 느낌이다. 캐나다 로키산맥에 있는 루이스 호수^{Lake Louise}가 절세미인이라면, 바이칼호수는 천하의 대장군과도 같다. 늠름하고 위엄이 있다.

시베리아의 파란 눈, 시베리아의 진주. 바이칼호는 지구에서

Photo Credit: Andrey Klementyev

가장 깊은 호수이자 가장 오래된 호수이다. 약 2,500만~5,000만 년 전에 형성된 바이칼호는 전 세계 담수량의 약 20퍼센트를 갖고 있다. 즉, 전 세계 인구가 오늘부터 이곳 물만 마신다고 가정해도, 앞으로 약 40년 동안 쓸 수 있는 규모의 엄청난 양이다. 또한 이 거대한 호수의 최고 깊이는 무려 1,637미터, 표면적은 31,500제곱킬로미터로 남한 총면적의 약 3분의 1에 해당한다.

열차가 어느덧 호수를 따라 달리고 있다. 물은 유난히 맑고 물결은 잔잔하다. 호수 위에 떠 있는 작은 배들과 어부들 그리고 호숫가에서 낚싯대를 물에 담그고 앉아 있는 노인들의 모습에서 대자연과 인간의 조화를 엿본다. 호수와 철도 사이에 크고 작은 마을과 물들어 가는 자작나무 숲이 나타나기도 한다. 밭에서 감자를 캐는 농부들, 지나가는 기차를 향해 손을 흔드는 어린아이들 모습이 이 순간만큼은 초현실적으로 다가온다.

열차가 바이칼호에서 불과 500미터 떨어진 슬리우드얀카 역에 멈춘다. 마음 같아선 호수로 뛰어가 물속에 손이라도 담가 보고 싶지만, 아쉽게도 시간이 충분하지 않다. 대신 기차가 다시 출발할 때까지 플랫폼을 배회한다. 화창한 시베리아의 가을 하늘 아래, 열차 주변에 임시 시장이 떠들썩하게 열린다. 몽골인 보따리 장사꾼들은 기차 창밖으로 상체를 내밀고, 역으로 나온 마을 사람들과 거래를 시작한다. 이들은 스타킹, 신발, 속옷 같은 것들을 현금을 받고 팔거나, 마을 사람들이 가지고 나온 음식, 과일 등과 물물교환을 한다.

이 흥미진진한 광경을 지켜보면서 며칠 전에 읽었던 『닥터 지바고』의 한 장면을 떠올린다

기차가 멈추고 민간인 승객들이 군중과 합류하자 거래가 활발해졌다. 안토니나 알렉산드로브나가 수건을 어깨 너머로 던지면서 물건들을 살피며 선로를 걸어 내려갔다. 몇몇 여자가 외쳤다.
"이봐요, 당신 수건을 뭐하고 교환하실래요?" (……)
검은 목도리를 두른 여자가 수건을 보자마자 눈을 번뜩였다. 조심스럽게 주위를 둘러보며 그녀가 안토니나 알렉산드로브나에게 다가오더니, 자기의 물건을 꺼내 보이며 속삭였다.
"이것 좀 봐요. 오랫동안 이런 거 구경 못 했죠? 탐나죠? 너무 오래 생각하면 사라지고 말 거에요."
여자는 머리부터 꼬리까지 통째로 구운 산토끼의 반 토막을 내밀었다.
"이것과 수건을 맞바꿀래요?" (……)
"내가 말했잖아요, 이거 반을 줄 테니 나한테 수건을 줘요. 뭘 그렇게 쳐다봐요? 개고기가 아니에요. 내 남편은 사냥꾼이라니까

요. 토끼가 맞아요."

그들은 물건을 교환했다. 그리고 각자 자신이 최고의 거래를 했다고 믿었다. 안토니나 알렉산드로브나는 자신이 시골 여자에게 사기 친 기분이 들어 부끄러웠다. 그러나 여자는 거래에 기뻐하며 친구를 불러 함께 눈 덮인 길을 걸어 마을로 돌아갔다.

보리스 파스테르나크의 대작 『닥터 지바고』는 20세기 초반을 배경으로 쓴 소설인데, 이곳 시베리아는 그때나 100년이 지난 지금이나 크게 달라진 게 없다는 사실이 놀랍기만 하다. 한 가지 작은 변화라면, 오늘 이 역에서 한국에서 수출한 '김치사발면'과 '초코파이'를 살 수 있다는 것. 나는 바이칼호에서 잡아 요리한 이름 모를 생선과 코카콜라를 점심 메뉴로 선택한다. 기대하지 않았던 특식을 손에 쥐고, 예고도 없이 느린 속도로 역을 떠나는 기차에 서둘러 올라탄다.

울란바토르행 6번 열차는 서서히 바이칼호로부터 멀어진다. 마음 같아서는 그 깊고 맑은 물에 뛰어들어 수영을 해보고 싶다. 아쉬움도 잠시, 왠지 이곳으로 다시 돌아올 것 같은 강한 예감이 든다. 오래전 춘원 이광수의 『유정有情』을 읽고 난 뒤, 언젠가 바이칼호에 가보겠다고 다짐했었다. 주인공 최석이 N 형에게 보내는 편지를 읽으며 나는, 시베리아의 눈동자 바이칼호를 꿈꾸었다.

"나는 바이칼호의 가을 물결을 바라보면서 이 글을 쓰오. 나의 조국 조선은 아직도 처서 더위로 땀을 흘리리라고 생각하지마는, 고국서 칠천 리 이 바이칼호 서편 언덕에는 벌써 가을이 온 지 오래요."로 시작하는 편지에서 최석은 자신이 "평소에 이상하게도 그리워하던 바이칼호"에 도착한 뒤 새롭게 시작하는 그곳의 외로운 생활을 상세하게 묘사하고 있다.

"꿈을 깨서 창밖을 바라보니 얼음과 눈에 덮인 바이칼호 위에는 새벽의 겨울 달이 비치고 있었소. (……) 아아, 그 속은 얼마나 깊을가. 나는 바이칼의 물속이 관심이 되어서 못 견디겠소."

자신의 진실을 받아주지 못하는 사회와 동료, 그리고 가족을 뒤로하고 춘원의 주인공이 찾은 곳이 바로 이 바이칼호다. 이 신비스럽고 신성한 대자연 속에서 그는 자신의 영혼을 위로한다.

"아! 나는 얼마나 작은 존재인가. 나는 이 땅에 붙은 조그마한 한 버러지, 나의 존재는 이 큰 우주에서 볼 때에 도무지 감지되지 않는 미물, 티끌 한 알갱이보다도 작고 가엾고 뜻 없는 미물. 그러나 형! 이것이 무엇이오? 내 속에, 요 반짝반짝하는 것이 무엇이오? 저 한없는 공중과 한없는 세월과 그리고 슬픔과 기쁨과 사랑과 이런 것을 의식하는 요것이 무엇이오? 요것이 생명의 신비요?"

영혼의 순수함과 자기애를 그린 장편소설 『유정』(1933). 눈으로 뒤덮인 시베리아와 투명한 바이칼호를 배경으로 주인공 최석은, 세상이 자신에게 덮어씌운 억울한 누명과 존재의 가벼움을 뒤로 하고 죽어간다.

아! 우리는 어쩌면 각자의 영혼을 위로하기 위해 여행을 떠나는지도 모르겠다. 현실 속 삶의 테두리 안에서 자신이 너무 비대해져 있다고 느낄 때, 존재의 가벼움을 견디기 힘들 때 우리는 과감히 떠날 필요가 있다. 인간 모두에게 존재하는 생명의 신비에 대해 조금이라도 관심을 두자. 그 소리에 귀를 기울이자. 그러면 우리는 가끔, 우리 안에서 꿈틀거리는 반더루스트^{Wanderlust}를 발견하게 될 것이다.

울란바토르-베이징 4.2

열차가 부랴트 자치 공화국^{Buryatia}의 수도 울란우데^{Ulan-Ude}를 떠나고 얼마 지나지 않아, 자우딘스키이라는 곳에서 철도는 두 갈래로 나뉜다. 하나는 블라디보스톡과 연결된 동쪽 경로이고, 다른 하나는 울란바토르 그리고 베이징과 연결된 남쪽 경로이다. 이곳에서부터 러시아-몽골 국경까지는 아직 약 50킬로미터 남았지만, 사람들은 벌써 국경 넘을 준비에 분주하다.

낯익은 몽골인 청년이 우리 컴파트먼트 안으로 들어온다. 그는 몽골인 여성과 짧은 대화를 나누더니 복도에 놓아둔 가방 세 개를 들고 다시 들어온다. 위 침대에서 내려온 여성은 그와 함께 가방들을 내 침대 밑에 쑤셔 넣는다. 잠시 후 청년은 바지 주머니에서 꺼낸 지폐를 여성에게 건네주면서, 사뭇 긴장된 표정으로 뭐라고 다시 말하고는 방을 나간다. 내가 보기에 백 달러짜리 지폐 스무 장은 넘을 것 같다. 여성은 돈을 반으로 나누어 양쪽 바지 주머니에 넣는다. 이 거액의 현금은 아마도 국경 세관원에게 줄 뇌물일 것이다. 그렇다면 내 침대 밑에 있는 가방 속에는 과연 무엇이 들어 있을까? 어떤 물건이기에 2천 달러가 넘는 뇌물을 주고 밀수하려는 걸까? 신발이나 속옷은 분명 아닐 테고,

혹시 마약?

국경이 가까워지면서 지금까지 비교적 조용했던 기차 안이 요란해졌다. 복도에서는 몽골인 중국인 할 것 없이 가방이나 상자를 들고 이리저리 분주하게 움직이고, 컴파트먼트에서는 승객들이 짐을 분산시켜 구석구석 숨기는 모습도 보인다. 어떤 몽골인 두 명은 열차 차장에게 달러 현금을 찔러주면서 그녀의 근무실에 상자들을 옮겨놓는다. 식당차에서도 비슷한 광경이 목격된다.

기차가 러시아 쪽 국경인 나우시키Naushki에 도착한다. 모스크바에서 0킬로미터로 시작한 이정표에 5,895킬로미터가 적혀 있다. 곧이어 열차에 오른 군인들이 여권과 비자, 외화 신고증을 검사하고, 본격적인 짐 수색을 시작한다. 나와 크리스티는 검문이 쉽게 끝나지만, 여러 가지 질문을 받는 몽골 여성은 매우 초조한 얼굴로 대답한다. (우리 방에 있던 콧수염 기른 남자는 이미 이틀 전 기차에서 내렸다.) 그녀는 애써 얼굴에 미소를 지어 보이지만, 러시아 군인 두 명은 단호한 표정을 유지한다. 그들이 내 침대 밑에 있는 가방을 끄집어내려 하자, 그녀는 자신의 한쪽 바지 주머니에서 꺼낸 달러를 상관으로 보이는 러시아인의 손에 쥐여준다. 군인은 아무 말 없이 돈뭉치를 자기 바지 주머니에

Photo Credit: Jeremy

넣는다.

그들이 떠난 지 약 20분 후, 이번엔 다른 군인 두 명이 우리 컴파트먼트 안으로 들어온다. 그들은 말 한마디 없이 침대 틀을 밟고 올라선 다음, 기차 천장의 중앙 부분을 뜯어낸다. 손전등을 비춰 안을 들여다보더니, 천장을 원래대로 고정한 다음 컴파트먼트를 나간다. 이로써 우리 방의 러시아 쪽 국경 통과 절차는 끝난다. 몽골 여성의 얼굴에는 긴장이 풀리고 안도감이 엿보인다. 오랜만에 나를 향해 미소를 짓는 걸 보니, 결과에 흡족한 것 같다.

기차는 나우시키역에 도착한 지 약 두 시간이 지나서야 러시아 땅을 떠난다. 이것으로 2주 전 헬싱키에서 출발해 국경을 넘으면서 시작되었던 러시아 여행도 막을 내린다. 이제 곧 몽골 국경을 넘게 되고, 내일 아침이면 울란바토르에 도착한다. "남한과 몽골은 친구죠." 제네바 주재 몽골 대사가 했던 말이 문득 기억난다. 몽골이라는 나라와 그 수도는 나에게 또 다른 미지의 세계지만, 왠지 그리 낯설게 느껴지지 않는다. 금발에 파란 눈을 가진 사람들 대신, 한국인과 비슷하게 생긴 몽골인들 사이에 있으면 한국의 집이 그만큼 가깝게 느껴질 것 같다.

모스크바에서 출발 후 5박 6일, 6,304킬로미터의 기차 여행

끝에 도착한 몽골의 수도 울란바토르. 열차가 중앙역에 멈춰선 건 오전 8시. 1분의 오차도 없이 열차 시간표에 나와 있는 도착 시각 그대로다. 어떻게 도착 시각을 이처럼 정확하게 맞출 수 있었는지 신기하기만 하다. 하루 이틀도 아니고 몇백 킬로미터도 아닌데 말이다. 하긴 시베리아 횡단 철도가 1904년에 완공되었다니, 오랜 세월 동안 축적된 노하우일 수도 있겠다. 6일간 동고동락했던 '룸메이트' 크리스티와 작별 인사를 나눈다. 언젠가 다시 만나게 되기를 바란다는 말과 함께 따뜻한 포옹을 하고, 마지막으로 서로의 얼굴을 마주한다. 6일간 내 집이 되어 주었던 열차와도 작별할 시간이다. 오랜만에 배낭을 메고 열차를 따라 플랫폼을 걷는 기분이 새롭다.

일국 수도의 중앙역이라는 사실이 전혀 실감 나지 않을 정도로 건물과 주변이 조용하다. 시베리아의 어느 작은 마을 역보다 더 초라해 보일 정도다. 일단 역 건물 안은 텅 비어있다는 표현이 어울릴 정도로 아무것도 없다. 내가 찾고 있는 환전소는 고사하고 그 흔한 커피숍이나 편의점 하나 없다. 조금 당혹스럽다. 지금까지 여행하면서 새로운 나라에 도착해, 지금처럼 난감하기는 처음이다. 일단 다른 무엇보다도 몽골 돈이 필요하기 때문에 환전할 곳을 찾아 역사를 나온다. 주위에는 검은 가죽 모자를 쓰고 가죽점퍼를 입은 남자 여럿이 서성거리고 있다. 다행히 이

들은 나를 그다지 의식하는 것 같지 않다. 여행 지도를 보며 역사에서 가장 가까운 호텔을 찾아 나선다. 지도를 봐서는 거리감이 잘 느껴지지 않지만, 외국인 관광객이 묵는 호텔이라면 분명 환전을 할 수 있을 것이다. 대로를 따라 조금 걷다 보니 '국제 열차 예약소'라는 간판이 보인다. 혹시나 해서 안으로 들어간다. 많은 사람이 두툼한 돈뭉치를 들고 창구 앞에 줄을 서 있다. 모스크바나 베이징으로 가는 열차 예매를 위해 온 사람들로 짐작된다. 유일하게 한산한 맨 끝 창구에 가서, 큰 전자계산기를 앞에 두고 돈을 세고 있는 여직원에게 20달러짜리 한 장을 내민다. "익스체인지(환전)?" 그녀는 아무 말 없이 고개를 끄덕이더니 몽골 돈 9천 투그릭을 준다.

인제야 마음이 조금 놓인다. 많은 돈은 아니지만 땡전 한 푼 없는 거지에서 갑자기 부자가 된 느낌이다. 하지만 밖으로 나와 다시 길을 걷기 시작하자, 마치 평생 새장에 갇혀 있다 얼떨결에 밖으로 나온 새처럼 방향감각을 잃고 어쩔 줄 모르고 있는 나 자신을 발견한다. 자동차와 사람들로 북적거려야 할 대로변이 너무 한산해서 그럴지도 모르겠다. 5박 6일 동안 편안하게 생활하던 '둥지'를 벗어나, 이제 낯선 세계를 개척해야 할 시간이다. 다시 원점인 역 건물로 돌아온다. 내부가 아까보다도 더 한산하다. 공중전화를 찾아 메모해 놓은 한국 대사관 번호를 누른다. 영어로 전화를 받는 여직원에게 K 영사를 바꿔 달라고 부탁한다. 선배의 친구인 한국 외교관이다.

"친구한테 얘기 들었어요. 지금 울란바토르에 계세요?"

"네, 조금 전 기차로 도착했습니다. 잠시 찾아 뵙고 이곳 상황 얘기를 들으면서 오리엔테이션을 좀 받았으면 해서요. 주소를 알려주시면 제가 버스를 타고 가겠습니다. 아니면 택시라도……."

"제가 기사를 그쪽으로 보내겠습니다. 한 20분만 역 앞에서 기다리세요."

울란바토르 주재 한국 대사관은 몽골과 대한민국이 정식 외교관계를 수립한 1990년 3월에 생겼다고 역에 마중 나온 몽골인 직원이 설명한다. 대사관, 대사관저 그리고 외교관 숙소가 한 건물 안에 있다. 선배의 친구가 위층 사무실에서 내려와 나를 맞는다. 7일 만에 보는 한국 사람이다. 잠시 후 대사 부인이 로비로 나온다. 보스턴에서 알고 지내는 동생의 어머니다. 인사를 하자 딸에게서 내 얘기를 들었다면서, 나를 반갑게 맞아주고 친절하게 점심까지 대접해 준다. 대사관 건물을 나와 근처 몽골인이 운영하는 아파트식 호텔에 여장을 푼다. 오랜만에 먹는 한국 음식에 이어 근 일주일 만에 샤워하고 나니, 딴 세상에 온 느낌이다. 날아갈 듯이 기분이 상쾌하다. 새장 밖의 세상에 다시 익숙해지는 중이다.

'붉은 영웅'(울란바토르의 원래 뜻)에서 제일 먼저 찾은 곳은 혁명의 기수 담딘 수흐바타르 장군Suhbator (1893~1923)의 기마상이 위용을 자랑하는 광장이다. 이곳은 1990년 무혈혁명으로 사회주의에서 자유민주주의 체제로 전환하게 된 몽골 민주화 물결의 중심지이기도 하다. 광장을 가로질러 가는 소수의 행인을 제외하고는 한산하다. 몇몇 몽골인은 전통의상을 입고 길을 활보한다. 한복 두루마기를 닮은 형형색색의 '델Deel'을 입고, '말가이Malgai'라 불리는 모자를 쓰고, 앞 코가 위로 굽어진 부츠 '고탈Gutal'을 신고 걸어 다니는 모습이 신기하기만 하다. 몽골인은 '말가이'에 특별한 의미를 둔다는 얘기를 읽은 적이 있다. 남의 '말가이'를 함부로 가져가거나 바닥에 놓여있을 때 그 위로 걷지 않으며, 심지어는 손으로 만지지도 않는다고 한다. '고탈'은 뻣뻣하고 단단한 가죽으로 만들어졌는데, 보기에도 투박하고 불편해 보인다. 걷기보단 말을 타고 이동을 많이 하는 기마민족에게 어울리는 부츠라는 생각이 든다.

광장 한쪽, 그러니까 수흐바타르 기마상 반대편에는 그의 웅장한 묘가 있다. 모스크바에 있는 표트르 대제의 청동 기마상과 붉은 광장의 레닌 묘가 떠오른다. 몽골의 역사를 볼 때 이 유사

점은 우연이 아닐 것이다. 몽골은 같은 기마민족인 만주족이 세운 청에 약 300년간 지배를 받았고, 1911년 중국으로부터 독립했다. 1917년 소련에서는 공산주의 혁명이 성공했고, 몽골은 1921년에 독립 영웅 수흐바타르에 의해 소련에 이어 세계에서 두 번째, 아시아에서는 최초로 공산국가가 됐다. 그러나 스탈린의 강압적인 러시아화 정책이 추진되면서, 몽골은 민족정신이 말살되는 위기를 겪는다. 과거 2백여 년간 칭기즈 칸의 지배를 받았던 경험이 있는 소련(러시아)은, 칭기즈 칸이라는 이름을 말하기만 해도 정치범으로 구속할 정도로 민족정신 말살 정책을 강력하게 폈다.

수흐바타르 광장을 떠나 발길을 옮긴 곳은 세계적으로 유명한 자연사 박물관이다. 희귀한 금속, 여러 가지 귀석과 세공용 반귀석半貴石이 전시돼 있다. 또한 민간요법과 현대 의학에서 널리 사용되고 있는 5백여 종의 약용 식물을 포함해 2천 종 이상의 식물 표본도 볼 수 있다. 몽골의 풍부한 자원을 함축적으로 보여주는 흥미로운 박물관이다. 하지만 이곳의 하이라이트는 단연, 지구 역사상 가장 거대한 동물로 기록된 육식공룡 타르보사우루스(높이 15미터, 무게 5~6톤)와 초식공룡 사우로로퍼스의 실제 화석이다. 고비사막에서 발견된 이 두 공룡을 한동안 올려다보면서, 1억 년 전 바이칼호 주변에서 살던 수많은 공룡을 상상해

본다. 사람은 이름을 호랑이는 가죽을 남긴다는데, 여기 전시된 공룡은 7,000만 년 전 자기 뼈를 남겼다. 지금으로부터 만, 아니 천년이 지난 시점에 지구에는 과연 무엇이 남아 있을까? 지구는 호모 사피엔스의 무자비한 파괴적 집단행위를 얼마나 더 견뎌 낼 수 있을까?

저녁때 숙소로 돌아오기 직전, 저녁 식사를 하기 위해 울란바토르 호텔로 간다. 1층에 있는 식당은 인테리어가 심플하지만, 규모는 매우 크다. 나는 삶은 양고기와 몽골의 전통술 마유주를 주문한다. 마유주는 말젖으로 만든 술로 성인병에 좋다고 알려져 있다. 몽골인들은 전통적으로 아기가 태어난 직후, 소독 작용을 하는 마유주로 아기의 입술을 닦아주면서 일생의 행복을 기원한다고 한다. 나도 오늘 밤 마유주를 입술에 마음껏 적시며 남은 여행의 안전과 행운을 빌고 싶다.

어젯밤 숙소에서 쓴 그림엽서를 보내기 위해 찾은 중앙 우체국 앞에서 우연히 스위스 남자를 만난다. 그는 자신을 사진작가라고 소개한다. 벌써 6개월째 몽골에 머물면서 자연 풍경과 유목민들을 소재로 사진을 찍는다는 그는, 손에 수십 장의 그림엽서를 들고 있다.

"보낼 엽서가 많네요!"

"지난 4개월 동안 몽골의 자연 속에서 지내다가, 볼일이 있어 잠시 울란바토르로 돌아왔어요. 부모님과 친구들에게 저와 제 아내가 아직 살아있다는 걸 알려줘야 할 것 같아서. 하하하."

스위스 남자와 나는 우체국에서 나온 뒤, 수흐바타르의 기마 상이 멀리 내려다보이는 계단에 앉아 코카콜라를 마시며 얘기를 계속 나눈다.

"우리는 말 네 필을 사서 몽골의 남부와 서부 지역을 여행하고 있어요. 몽골 유목민들은 여행객들에게 매우 친절합니다. 항상 충분한 식량을 가지고 다니지만, 어디를 가나 그들의 게르Ger(조립이 간단한 몽골식 천막집)에 초대받아 지극한 접대를 받기 때문에 식량이 줄지 않아요. 몽골제국 때 칭기즈 칸이 백성들에게 여행객들을 잘 대접하라고 했다는데, 그 전통이 아직 남아 있는 것 같아요."

나는 몽골인이 우리 한민족처럼 정이 많을 거라는 생각을 해 본다. 전쟁터에서는 용맹하지만, 평상시에는 온화하고 다정한 민족.

"한 가지 재미있는 점은, 유목민들끼리 만났을 때 그들이 나누는 인사말입니다. '소닌 유바이나?' 새로운 소식 없습니까? 라는 뜻이죠. 아무래도 대초원에 뿔뿔이 흩어져 사는 그들에게는 새로운 소식이 제일 궁금하겠죠."

나는 진지한 호기심으로 사진 작가에게 말과 안장을 구입하

Photo Credit: Jackmac

는 방법, 몽골 초원 여행에 필요한 필수품 목록, 말을 타고 여행할 때의 유의 사항 등을 세세하게 질문한다. 그리고 그가 친절하게 알려주는 내용을 일기장에 부지런히 받아 적는다. 나는 이미 말을 타고 몽골의 대초원을 여행하는 꿈을 꾸고 있다! 함께 떠날 여자를 찾기는 쉽지 않겠지만, 개라도 한 마리 동행하면 좋을 것 같다. 혹시 몽골 사람들도 보신탕을 먹는 건 아니겠지?

"몽골 유목민들은 우리 스위스 사람들보다도 개를 더 사랑하는 것 같더군요. 우리가 여행을 떠나기 전에 이곳 울란바토르에서 몽골어를 가르쳐준 선생님이 그러셨어요, 몽골에서 개를 때리는 건 주인을 때리는 것과 같으니 조심하라고."

내일 경비행기로 울란바토르를 떠난다는 그에게 행운이 함께하기를 빈다. 다가오는 겨울이 걱정된다고 말하면서도 그의 얼굴은 평화롭고 행복해 보인다.

전통적으로 몽골족은 다른 동북아시아계 민족들과 마찬가지로 하늘과 땅을 숭배하는 샤머니즘이 강했다. 몽골족의 기원과 칭기즈 칸의 업적을 기록한 『몽골 비사』는 "칭기즈 칸의 근원은 위 하늘에서 '이미' 정해진 운명을 가지고"로 시작되며, 고대 몽골인들은 대지를 하늘 다음의 숭배 대상으로 삼았다고 알려진다. 『몽골 비사』에는 칭기즈 칸이 "태양을 향해 허리띠를 목에 걸고 모자를 손에 꿰고 손으로 가슴을 치면서 태양에 아홉 번 무릎을 꿇어 절을 했다"는 기록이 있으며, 몽골인들은 별 중에서 '황금 못'이라고 부르는 북극성을 가장 숭배하고 '일곱 명의 노인'이라 부르는 북두칠성을 가장 두려워한다고 한다. 또한 칭기즈 칸은 몽골 민족의 성산인 보르칸산을 극진히 숭배했으며, 자손들에게 반드시 제사를 지내도록 유시를 내렸다고 전해진다. 대초원을 떠도는 유목민들에게 생명과도 같은 물 또한 고대 몽골인들에겐 숭배의 대상이었고, 소금기를 지닌 몽골고원의 호수를 어머니라고 부른다.

오늘날 몽골의 국교인 라마교가 토속 무속신앙을 밀어내고 정착하게 된 시기는 불분명하지만, 대략 16세기 이후로 보는 학자들이 많다. 일반적으로 몽골과 티베트의 불교를 라마교라는 고유명사로 분류하지만, 정작 이 나라 사람들은 불교라는 단어만 알지 라마교라는 단어를 모른다고 한다. 티베트어로 라마란 '화상和尙, 윗사람, 스승'이란 뜻으로 스님의 존칭에 해당한다. 불교의 여러 종파 중 하나인 라마교가 몽골이나 티베트 등 유목 문화권에서 유달리 강하게 번성할 수 있었던 것은 어떤 이유 때문일까? 일반 불교와는 달리 육식을 인정하는 점, 출가승이라도 가족과 연계를 맺을 수 있어 씨족의 한 구성원으로 남는 점, 색채의 현란함과 독경의 장엄함 때문에 두드러지는 극적이고 신비로운 측면 등이 인적이 드문 대초원에서 고독한 생활을 해야만 하는 이들에게 매력적이기 때문이라는 주장이 설득력이 있다.

라마교 사원 '간단사'를 찾는다. 몽골에는 한때 7백 개가 넘는 사원이 있었다. 그러나 1930년대에 공산주의자들에 의해 대부분이 폐쇄되었으며, 그 과정에서 14,000명이 넘는 라마승이 목숨을 잃었다고 전해진다. '간단사'는 제5대 달라이라마가 머물렀던 유서 깊은 곳이며, 현재 150여 명의 라마승이 활동하고 있다. 따뜻한 오후 햇살이 비치는 주변을 한동안 걷는다. 세계에서 가장 추운 수도로 알려진 울란바토르에서 맞는 햇볕이라 그런지 새삼 소중하게 느껴진다.

시내를 걷다 몽골 국립대학 근처 한 노천카페에 앉아 여유를 즐긴다. 해외여행을 하다 보면 한정된 시간에 많은 걸 구경하고 싶은 욕심이 자연스럽다. 그만큼 몸도 바쁘고 피곤하다. 나는 관광지 한두 군데를 포기하는 대신 카페에 한두 시간 앉아 여유로운 시간 보내기를 선호한다. 주변 테이블에 앉아 대화 나누는 사람들, 길을 걷는 사람들을 유심히 관찰하며 얻는 즐거움을 나는 오래전부터 알고 있다. 그들의 옷차림, 머리 스타일, 표정, 몸동작, 언어와 목소리 톤 등 별것 아닌 것 같지만 그 나라, 그 도시에 대해 의외로 많은 걸 말해준다. '말가이'라는 모자를 쓰고, '고탈' 부츠에 '델'을 두른 사람들이 너무나 자연스럽게 시내를 활보하는 모습을 세계 어느 도시에서 또 볼 수 있겠는가! 핼러윈 파티 코스튬이 아니다!

남한의 16배나 되는 총면적에 고작 330만 명이 사는 나라의 수도라 그런지 시내 어디를 가나 매우 한산하다. 1942년에 세워진 몽골 국립대학도 재학생이 겨우 4천여 명에 불과하단다. 옆테이블에는 대학생으로 보이는 몽골 여성 두 명이 음료수를 마시며 책을 읽고 있다. 지금까지 본 몽골 여성 중에 가장 세련된 옷을 입고 있는 그들에게 나는 호기심을 참지 못하고 먼저 말을 건다.

"혹시 영어 할 줄 아세요?"

"조금요. 외국인이세요? 저는 몽골인인 줄 알았어요. 호호호."

"한국인입니다. 잠시 여행을 왔죠."

"그러세요? 서울이요? 제 친구가 서울에서 유학하거든요."

"그래요? 몽골 학생들도 유학을 많이 가나요?"

"기회가 생기면 한국이나 일본, 미국, 유럽 등지로 유학하려고들 하죠. 물론 일부 부유층 자제들이나 능력이 뛰어나 외국 장학금을 받을 수 있는 학생들에게나 가능한 일이지만요."

"그렇군요. 여기 대학생들은 여가를 보통 어떻게 보내나요?"

"글쎄요, 친구도 만나고 춤추러 가기도 하고. 혹시 할리우드라는 클럽 가보셨어요?"

"아뇨, 유명한 곳인가 봐요?"

"외국인들이 많이 오죠. 우리도 지난 주말 거기 갔었는데. 친구 한 명이 이번 주에 군대에 가거든요. 몽골에서는 모든 남성이 군대에 가야 해요."

"한국과 마찬가지군요. 여긴 군 복무 기간이 몇 년이죠?"

"2년이에요. 군에 입대하기 전에 여자 친구와 많이 헤어지죠. 이번 주에 군대 가는 친구도 여자 친구와 지난주에 헤어졌어요. 너무 안타까워요."

어디서 많이 들어본 얘기 같다. 해외여행 중에 놀라는 경우는 두 종류다. 하나는 너무 다르고 새로운 걸 접할 때이고, 다른 하나는 한국과 너무 비슷해 결국 '사람 사는 곳은 어디나 거기서 거기야'라는 결론에 다다르는 경우다.

삐.삐.삐.삐. 알람 소리가 잠을 깨운다. 7시다. 방 안의 공기가 무척 쌀쌀하다. 해발 1,300미터의 고지대인 만큼, 이곳 울란바토르는 일교차가 매우 크다. 찬 공기를 피해 몸을 이불 속으로 더 깊이 숨기면서 오늘 아침에 할 일들을 머릿속으로 정리한다.

(1) 긴 샤워(언제 다시 더운물이 나오는 독실 목욕탕에서 샤워 할 수 있을지 모르니까)

(2) 아파트 주인아주머니가 7시 30분에 오기로 되어 있으니 3

일 치 숙박비 미리 준비

(3) 남은 투그릭을 계산해서 역까지 택시를 타고 갈 건지 아니
면 시내버스를 타고 갈 건지 결정

(4) 늦어도 8시 45분까지 중앙역에 도착

(5) 9시 30분 베이징행 24번 열차에 승차

정확히 9시 30분, 24번 열차가 울란바토르 중앙역을 서서
히 벗어나 북경을 향해 달린다. 울란바토르에서 베이징까지는
1,551킬로미터. 내일 오후 3시 33분이면 열차의 종착역에 도착
하게 된다. 창 유리 너머로 고비 사막을 느릿느릿 걸어가는 한
무리의 쌍봉낙타를 바라본다. 가끔 양 떼 무리, 유목민의 게르
그리고 광활한 초원이 어우러진 풍경이 스쳐 지나간다. 철로를
지나가는 가축들 때문인지, 기차가 벌써 여러 번 급브레이크를
밟으며 앞뒤로 크게 흔들린다.

식당차는 오랜만에 맡는 중국 음식 냄새로 가득하다. 식탁에
는 깨끗한 테이블보가 덮여 있고, 여기저기 외국인 관광객들의
모습도 보인다. 빈 테이블이 없어서, 한 서양인 노부부와 젊은
여자가 앉아 있는 식탁에 양해를 구하고 합석한다.

"혼자 여행하세요?"

칠순이 넘어 보이는 남자가 묻는다.

"네, 그렇습니다. 가족여행 중인가요?"

"여기는 내 아내고, 여기는 내 손녀 안나벨라. 오는 10월에 대학에 입학합니다."

나는 주문을 받으러 온 웨이터에게 옆 테이블에 놓인 쇠고기 요리를 손가락으로 가리킨다. 칭다오 맥주도 한 병 주문한다.

"학생이세요?"

이번엔 부인이 질문한다.

"네, 그렇습니다."

"어디서 공부하시는데요?"

"미국 보스턴에서 대학원을 다니고 있습니다."

"아, 그렇군요, 우리도 10년 전에 보스턴에 한 번 가본 적이 있지요. 참 아름답던데. 서울에도 한 번 출장간 적이 있죠."

"그러세요? 서울은 어떻던가요?"

"상당히 급속도로 발전한 것 같아요. 그러나 현장 노동자 산업 안전 면에서는 아직 많이 낙후되어 있더군요."

독일 슈투트가르트에서 왔다는 노부부는, 손녀와 함께 식사를 마친 뒤 맥주를 마신다. 이제 막 성인이 된 손녀를 흐뭇한 표정으로 바라보던 남자가 이야기를 이어간다.

"나는 메르세데스 벤츠 회사에서 40년 넘게 엔지니어로 근무하다 정년퇴직했는데, 좀 더 젊었을 때 여행을 많이 하지 못했던 게 아쉽답니다. 퇴직한 뒤로 시간과 돈이 있으니까 여행을 많이 하는 편이지만, 젊었을 때 여행하는 것과는 또 다릅니다. 힘과 의욕이 젊었을 때와는 아주 다르니까요. 요즘은 가끔, 아예 젊었을 때, 그러니까 사회생활을 하기 전에 먼저 여행을 마음껏 한 후에 직장 생활을 시작하면 어떨지 하는 다소 엉뚱한 생각을 해 봅니다. 지금처럼 세계를 여행하면서 배우고 느끼는 게 너무 많은데, 이젠 너무 늙어서 그 경험과 지식을 써먹을 데가 없는 겁니다. 좀 더 젊었을 때 그런 경험과 지식을 얻었더라면, 평생 사회생활을 하면서 많은 도움이 됐을 것 같아요. 정말 아쉽답니다. 그래서 나는 우리 자식들과 손자, 손녀에게 시간만 있으면 여행하라고 권하죠. 아니, 바쁘더라도 시간을 만들어 젊을 때 꼭 많이 돌아다니라고 하죠. 돈은 나중에 벌어도 충분하니까 말입니다. 몽골 격언에도 이런 말이 있다더군요. '어리석은 자는 무엇을 먹었나를 말하고, 현명한 자는 무엇을 보았나를 말한다.'"

남자는 손녀와 눈을 맞추며 건배를 한 뒤, 잔에 든 맥주를 단숨에 들이켠다. 나는 독일인 은퇴자의 발상이 흥미롭다는 생각이 든다. 그의 발상 논리에 공감이 가기도 한다. 여행만이 다양한 경험의 기회를 제공하는 건 아니지만, 인생의 견문을 넓히는 데는 분명 많은 도움이 된다. 자리를 떠나기 직전 그는 내게 따뜻한 조언과 격려를 남긴다.

"지금처럼 계속해서 넓은 세계를 여행하며 견문을 넓혀서, 더욱 풍요로운 사회생활, 인생을 즐기게 되길 바랍니다!"

고비 사막^{Gobi Desert}. '고비'는 몽골어로 '황막 초원'이란 뜻이다. 실제로 내가 바라보고 있는 사막은 사하라^{Sahara Desert} 같은 모래로 뒤덮인 지역이 아니다. 좌우로 지평선의 끝이 보이지 않는 대초원이다. 이런 곳에서 칭기즈 칸이 탄생해 동서양의 여러 제국 중 최대의 영토를 점유, 통치했던 팍스 몽골리카^{Pax Mongolica}를 이룩했다니! 인류 역사상 하나의 거대한 수수께끼가 아닐 수 없다. 심지어는 몽골 제국 당시, 십자군 전쟁에서 이슬람교도에게 계속 시달림을 받고 쫓기던 유럽인들 사이에서 몽골은 구세주가 있는 나라라는 믿음이 유포되기까지 했다고 한다. 이 정도면 칭기즈 칸의 등장과 업적은 과히 신비에 가깝지 않은가. 창밖으로 황막 초원을 내다보고 있자니 그 신비스러움이 더 리얼하다.

후일 칭기즈 칸으로 등극하는 테무친은 1162년과 1167년 사이에 (최근 발행된 몽골 정부의 안내서에는 1162년으로 표기되어 있다) 오른손에 핏덩이를 쥐고 출생했다고 전해진다. 오늘날까지도 몽골인들은 어린아이들을 칭찬할 때 '눈에 불꽃이 있다'고 말하는데, 어린 테무친은 눈에 불이 있고 뺨에 광채가 있었다고 한다. 아버지 예수게이가 타타르 부족에 의해 독살당한 뒤 테

Photo Credit: Vined

무친은 여장부인 어머니 밑에서 자랐다. 그 후 타타르 부족으로부터 지속적인 신변 위험을 느낀 테무친은, 당시 가장 강했던 케레이트 부족에 들어가 복수심을 키워가며 무인으로 성장한다. 1203년 자신의 아버지를 죽인 타타르 부족 그리고 자신을 키워준 케레이트 부족 등을 토벌하면서 몽골 통일을 감행, 1206년 테무친은 드디어 오논강변 평원에서 집회를 열고 유목 민족 사상 가장 막강한 군사력을 지닌 대몽골 제국의 칸 자리에 오른다. 1214년 칭기즈 칸이 이끄는 몽골군은 만리장성을 넘고, 그 후 투르키스탄, 아프가니스탄, 페르시아 등을 차례로 정복한다. 1227년 위대한 정복자 칭기즈 칸은 숨을 거두지만, 그의 친자손들이 승계한 몽골 제국은 1231년 압록강을 건너 고려를 침략하는 것을 비롯해 중동, 러시아, 동유럽 등 계속해서 영토를 넓혀간다. 칭기즈 칸의 장남인 주치의 아들 바투가 총지휘하는 몽골 제국의 유럽 원정군은 1237년 볼가강을 통과하여 모스크바를 점령하며, 제베와 수부데이 두 명장이 오늘날의 상트페테르부르크와 발트 3국 지역을 침공한다. 몽골군은 고삐를 늦추지 않고 1241년부터 2년 동안 계속해서 폴란드 크라쿠프를 굴복시키고 헝가리를 몽골 제국의 서쪽 끝에 병합시킨다. 결국 13세기 초 이곳 대초원에 등장한 몽골 민족은 14세기 후반 팍스 몽골리카의 시대가 끝날 때까지, 인류 역사상 가장 넓은 영토를 점령, 통치하는 대기록을 남기게 되었다.

내가 이번 여행에서 거쳐온 폴란드, 발트 3국(에스토니아, 라트비아, 리투아니아), 러시아의 상트페테르부르크와 모스크바 등지에 몽골 군대가 입성하는 장면을 상상해 보면, 솔직히 실감이 나지 않는다. 그만큼 엄청난 역사적 사건이자 몽골 민족의 대업적이다. 세상은 끊임없이 움직이고 변한다. 국가의 미래도, 개인의 미래도 확실한 건 아무것도 없다. 오늘에 충실하고, 순간을 치열하게 살며, 그 과정을 즐기고 감사하는 것 외에 다른 지혜로운 삶의 자세를 나는 알지 못한다.

중국 국경을 넘은 열차는 종착지인 베이징을 향해 부지런히 달리고 있다. 고비 사막의 풍경은 어느새 사라지고 만리장성이 시야에 들어온다. 2년 반 만에 다시 보는 만리장성.

"이제 밤중에 홀로 만리장성 아래에 섰는데, 달은 기울고 강물은 소리를 내고 흐르며, 바람은 처량하고 반딧불이 날아서 접하는 모든 경치가 놀랍고 두려우며 기이하고 신기하였으나……."

18세기에 만리장성 아래 서서 보고 느낀 연암 박지원의 소감이다. 그의 『열하일기』는 한국 여행문학의 고전이자 보물이다.
지구 밖에서 볼 수 있는 유일한 건축물이라는 만리장성을 바라보며, 오래전 그 아래서 감탄하며 적었던 연암 박지원의 글을 곱씹는 동안, 내 마음은 태어나고 자란 한국을 향한다. 비록 칭기즈 칸과 같이 세계를 떠들썩하게 했던 위대한 영웅도 없고 만리장성과 같이 기적에 가까운 대건축물도 없는 곳이지만, 한국은 소중하고 자랑스러운 나의 고향이다. 집을 떠나 시간이 지나면 지날수록 집이 그리워지는 것은, 인간의 귀소본능인가? 고향이 가까워질수록 고향이 더 그리워진다.

세렌디피티
in
쿠바
V

Cuba

"나는 어디를 가기 위해 여행하지 않는다. 단지 떠나고 싶어 여행할 뿐이다."

"For my part, I travel not to go anywhere, but to go."

– 로버트 루이스 스티븐슨Robert Louis Stevenson

물병자리 남자와 화가 5.1

그녀의 이름은 안냐^{Anya}. 나는 그녀를 쿠바의 지방 도시에 있는 작은 아이스크림 상점 앞에서 우연히 만났다. 시엔푸에고스^{Cienfuegos} 고속버스터미널에 도착한 시각은 오후 2시 30분. 나는 같은 날 자정에 원래의 여행목적지인 트리니다드^{Trinidad}시로 출발하는 장거리 버스에 오르기 전까지, 이 작은 도시를 둘러볼 계획으로 무작정 터미널을 벗어났다. 중앙광장 방향으로 대로변을 걷고 있을 때, 사람의 피부까지 녹일 듯 뜨겁게 이글거리는 열대지방의 여름 태양 밑에서 한 줄로 길게 서 있는 사람들이 눈에 들어왔다. 그곳은 반갑게도 아이스크림 상점! 사탕수수의 나라 쿠바의 달콤한 아이스크림에 이미 맛을 들인 나였다. 미국 배스킨라빈스 아이스크림이 맛있다고? 이탈리아 젤라토 아이스크림이 최고라고? 쿠바 오리지널 아이스크림을 먹어보기 전까지 최종 평가는 보류해야 한다. 나의 개인적 의견이다.

차례가 오기까지 적어도 30분, 아마도 그 이상을 기다려야 한다는 걸 알면서도 줄의 맨 끝에 가서 섰다. 이곳은 "엘 울띠모?"도 소용이 없는 듯 보였다. 주변의 그늘이라고는 손바닥만큼도 없으니, 줄의 맨 마지막 사람을 확인하고 근처에서 태양을 피해 있기가 불가능했다. 서 있기도 힘들 지경이었지만, 오로지 아이스크림을 먹겠다는 집념 하나로 버티면서 아무 말 없이 앞사람을 따라 한 걸음 한 걸음, 테이크아웃만 가능한 상점 카운터로 더디게 다가갔다.

지루함 반 궁금함 반, 어쩌면 기다림의 고통을 잠시 잊을 목적으로 내 바로 앞에 서 있는 여자의 어깨를 톡톡 쳤다. 뒷머리만 쳐다보다가 처음으로 그녀의 얼굴과 마주했는데, 아이스크림만큼 상큼한 미소를 짓고 있었다. 이 더위에 지루한 시간을 보내면서도 저런 표정이 가능하다면, 그녀의 성격이 얼굴만큼 예쁠 수밖에 없다는 가정이 억지는 아니었다. 나는 극히 제한된 스페인어 단어 몇 마디로 그녀와 대화를 시도했다.

"아이스크림 얼마?"

내가 생각하기에도 한심한 질문이었다. 상상을 초월할 정도로 가격이 싼 아이스크림 가격을 묻다니! 그러나 여자는 더 환하게 미소를 지었다. 얼마나 달콤하고 고마운 반응이었던지! 이 한심한 질문 한 마디가 나에게는 오랫동안 기억에 남게 될 만남을 가능하게 했다는 사실은, 지금 와서 돌이켜보면 재미있고 조금은 신기하기까지 하다.

그녀는 유창한 영어로 나에게 아이스크림 종류와 가격을 친절히 설명해 주었다. 곧이어, 여전히 상냥한 미소를 띤 채 나에게 질문 공세를 퍼부었다.

"외국에서 여행 오셨나 봐요?" "어느 나라 사람이죠?" "쿠바는 처음이세요?" "혼자 오셨어요?" "쿠바 아이스크림은 먹어보셨나요?" "맛있죠?"

얼마 후, 드디어 우리 차례가 되었고 고대하던 아이스크림을 손에 쥐었다. 주룩주룩 콘으로, 손등으로 흘러내리는 아이스크림을 핥아먹으면서 함께 길을 걸었다. 길게 내민 혀가 녹아내리는 아이스크림과 경쟁하듯 바쁘게 움직이는 와중에 서로의 눈이 마주칠 때면, 우리는 천진스럽게 웃음을 터뜨렸다. 대화는 끊이지 않고 이어졌다.

"저는 안냐라고 해요. 당신은?"

그녀의 영어 억양과 이목구비, 갈색 머리는 스페인 사람의 전형이었다. 오래전 이베리아반도에서 이주한 조상의 유전자를 물려받았다는 사실은 의심의 여지가 없었다. 의사소통이 편하고 생기발랄한, 거기다가 동양에서 온 낯선 남자에 대해 경계심이 전혀 없어 보이는 안냐. 그런 그녀에게 매력을 느끼지 않았다면, 내가 당시 정상이 아니었다는 걸 의미한다. 호기심 넘치는 표정으로 쉴 새 없이 질문과 대답을 이어가는 그녀에게 나는 이미 푹 빠져있었다. 아이스크림 맛을 잊을 정도로.

"저는 화가예요. 미대 교수이기도 하지만. 그쪽은?"

Photo Credit: ArtTower

"개인 전시회 관계로 유럽과 캐나다를 여러 번 여행한 적이 있죠. 당신은 유럽에 가본 적이 있나요?"

"프랑스 파리와 미국 뉴욕은 꼭 가보고 싶은데, 아직 못 가봤어요. 가보셨나요?"

"좋았어요? 어때요? 저도 언젠가는 가게 될 날이 오겠죠."

"쿠바에는 어떤 일로 오신 거죠? 단순 여행인가요?"

"저도 여행을 무척 좋아하지만, 쿠바인들은 외국 여행하기가 무척 까다로워요. 아시죠?"

"왜 혼자 오셨어요? 가족이나 친구하고 여행 다니면 덜 심심할 텐데."

"맞아요, 여행은 역시 혼자 해야 제맛이죠."

안냐를 만난 지 30분 정도 지났을까, 대화에 집중하느라 어디로 향하는지도 모른 채 그녀를 따라 길을 걷던 나는 대로변 3층 건물 앞에 멈춰 섰다. 물론 그녀가 걸음을 멈췄기 때문이다.

"여기가 저의 집이에요. 잠시 들어오시겠어요? 제 방과 저의 작품을 보여드리고 싶어요."

여기 서른 살 전후로 보이는 매력적인 여성과 비슷한 나이의 여행객 남자가 마주 보고 서 있다. 우연히 만나 함께 아이스크림을 먹으며 들뜬 마음으로 즐거운 대화를 나눈 지 이제 30여 분. 여자가 자기 집 앞에서 남자를 방으로 초대한다. 다음 중 어떤 것이 이 남자에게 자연스러운 반응일까?

1. 이건 하늘이 내려준 기회이자 흔치 않은 행운이다!
2. 쿠바 여자는 개방적이라고 하더니 역시!
3. 쿠바인 여자친구가 생기는 순간인가?
4. 혹시 꽃뱀은 아니겠지?
5. 혹시 조직적으로 나를 납치해 금품을 빼앗고, 최악의 상황에는 살인?

 이성적으로 추측하고 판단할 겨를도 없이 나는 그녀를 따라 집 안으로 들어갔다. 왠지 어색하게 느껴야 할 것 같았지만, 그녀의 편안하고 자연스러운 태도는 나의 어색함이 끼어들 만한 틈을 주지 않았다. 계단을 따라 올라간 2층 거실에는, 한 노인이 소파에 앉아 TV를 보고 있었다. 건강이 안 좋은지, 주름진 얼굴은 힘이 없어 보였다. 내가 스페인어로 인사를 하자, 힐끗 나를 향해 눈길을 주더니 곧 고개를 제자리로 돌려 오래된 TV 브라운관 쪽을 바라보았다.
 "저희 어머니세요. 얼마 전에 큰 수술을 받아 몸이 아직 많이 불편하시죠. 엄마, 한국에서 온 친구. 나, 방으로 올라갈게!"
 3층에 있는 그녀의 방 인테리어는 극히 심플했다. 성인 세 명은 편안하게 잘 수 있을 만큼 넓은 침대 하나와 작은 거울이 달린 화장대 하나가 방안의 유일한 가구였다. 둘러보니 방안에는 그림 한 점 걸려있지 않았고, 미술도구도 전혀 눈에 띄지 않았다. 내게 바닥에 깔린 낡아 퇴색된 카펫에 자리를 권한 뒤, 안냐는 침대 밑에서 사진 앨범과 팸플릿 한 묶음을 꺼냈다.

"그림은 학교 작업실에서 그려요. 여기는 작업을 마치고 밤에 돌아와 심신을 휴식하는 공간이죠."

나는 여전히 어리둥절한 채 말없이 고개만 끄덕였다.

"제 그림들을 찍어놓은 사진들이에요. 이건 제 개인전 할 때 만든 팸플릿. 작년 캐나다 전시 소개 책자가 이거고, 이건 재작년 덴마크에서 했던 개인전 팸플릿, 그리고 이건 4년 전 스웨덴에서 개인전을 열었을 때 현지 신문에 실렸던 기사죠. 사진이 실물보다 좀 못하죠? 어떻게 생각하세요? 호호호."

그녀의 사진이 실린 신문 기사를 보면서 마음 한편에 남아 있던 불안감이 사라졌다. 납치, 협박, 살해당할 가능성은 이제 희박해졌다고 판단됐다.

"사실 올해 봄에 스페인 마드리드에서 개인전이 열렸는데, 어머니 건강이 악화하는 바람에 참석하지 못했어요. 결국 제 그림만 스페인으로 날아갔죠. 꼭 가고 싶었는데……. 쿠바에서는 전 국민이 무료로 의료혜택을 받는다고 알려졌지만, 막상 큰 수술을 할 때는 필요한 의약품이 부족해서 환자의 가족이 달러를 주고 암시장에서 직접 조달해야 해요. 의사들에게는 잘 봐달라고 뇌물도 줘야 하고. 물론 미 달러로요. 하긴 그들이 페소로 받는 월급이 환산하면 고작 60달러 정도니까, 이해는 해요. 제 월급도 그 정도밖에 안 돼요. 소위 대학의 정교수인데도 말이죠. 사실 올봄에 마드리드에 가지 못한 이유도, 비행기표와 체재비를 제가 부담하는 조건이었는데 돈이 없었기 때문이죠. 전에 외국에서 그림을 팔아 저축해 놓았던 달러를 대부분 어머니 수술비용으로 써야 했거든요. 제가 버는 돈에 비하면 매우 큰 액수지만, 어머니가 위독하시고 저는 딸인데 어쩌겠어요. 우리 가족 중에 그나마 달러를 버는 사람은 나 혼자이고……. 돈이야 또 벌면 되죠, 뭐. 저는 예술가이고, 그림을 사랑하는 이상 아무리 경제적으로 힘들어도 돈에 얽매여 살고 싶지는 않거든요."

안냐의 집으로 들어가기 직전에 머릿속을 요란하게 맴돌던 예측은 모두 빗나갔다. 우리는 그녀 집에서 나와 해 질 무렵 시엔푸에고스의 중앙광장으로 갔다. 오후의 더위를 잠시 피해 있던 시민들이 하나둘 광장에 나타나, 우리처럼 벤치에 앉아 지나가는 사람들을 구경하거나 옆 사람과 대화를 나누었다. 벤치 옆 가로수에서는 징그러울 정도로 많은 새들이, 무엇이 그리 신나는지 짹짹 시끄럽게 울어댔다.

"우리 바닷가에 가서 식사하면 어떨까요?"

안냐가 특유의 매혹적인 미소를 지으며 제안했다. 나는 어디든 그녀를 따라갈 준비가 돼 있었다.

"마차를 타고 가면 제일 좋은데 지금, 이 시각엔 만원이라 좀 힘들 거예요. 쿠바에서 혹시 마차 타 보셨나요?"

"재미있지 않나요? 21세기에 마차가 아직도 대중교통수단으로 남아 있다니! 세계를 여행하시면서 쿠바 같은 이런 나라 보셨어요?"

"제가 히치하이크를 할 테니 그냥 아무 말 마시고 조용히 계세요. 외국에서 여행 온 사람이라는 걸 알면 운전자가 돈을 요구할지도 몰라요. 나 같은 내국인은 말만 잘하면 그냥 무료로 태워주거든요."

나는 무엇이든 그녀가 시키는 대로 할 준비가 돼 있었다.

우리는 카리브해의 잔잔한 파도가 내다보이는 야외식당에 앉아, 저녁 식사로 프라이드치킨과 쌀밥을 먹었다. 오후에 먹었던 것보다도 더 맛있는 아이스크림을 후식으로 먹으면서, 짧았던 침묵을 깨고 안냐가 자신에 관한 새로운 이야기를 들려주었다.

그녀는 11개월 전, 자신이 태어나서 가장 사랑했던 남자와 갑자기 헤어지게 됐다. "이별 직후 한동안은, 마치 구름 위를 황홀하게 걷다가 갑자기 땅에 떨어지는 기분이었어요." 안냐의 표현이었다. 그녀가 전시회 관계로 캐나다에 체류하고 있는 동안 남

Aquarius

자친구에게는 새로운 여자가 생겼고, 그는 그 사실을 굳이 숨기려 하지 않았다고 한다. 안냐는 물론 엄청난 충격을 받았고, 눈물과 고통으로 많은 밤을 보냈다며 이야기 도중 울먹였다. 하지만 그와 함께했던 1년 2개월은 그녀에게 꿈만 같은 시간이었고, 지금 와서 후회는 전혀 없다고 당당하게 결론지었다.

잠시 바다를 바라보던 안냐가 문득 나의 별자리를 물었다.

"정말이에요? 전 남자친구도 물병자리였는데……."

"물병자리 남자들은 창의력이 풍부하고 항상 새로움을 추구하죠. 매일 매일 상대에게 해줄 새로운 이야깃거리가 있고, 동시에 항상 새로운 것을 찾아 헤매는 사람들이에요. 이 별자리의 남성은 이성 관계에 있어서 처음에는 한 여자에게 깊이 빠져들어요. 왕성한 호기심으로 그녀에 대해 모든 것을 알려고 노력하죠. 남자 자신도 물론 상대 여자에게 언제든지 새로움을 선사할 준비가 되어있고요. 여자는 그의 끊임없는 새로움에 감탄하고, 자신에 대한 그의 호기심에 감동하게 되죠. 재미있고 사교성 좋은 성격의 소유자로서 남들과 큰 충돌 없이 잘 지내는 능력이 있고, 이상주의를 추구하면서도 두뇌 회전이 빠른 편이에요. 하지만 무엇보다도 가장 큰 문제는, 싫증을 금방 내기 때문에 내 전 남자친구같이 일단 상대에 대해 많은 것을 알게 된 후에는 관계가 식상해지는 경향이 있어요. 더 이싱 새로움을 발견하지 못하게 되니까, 자신의 호기심을 충족시켜 줄 수 있는 새로운 대상을 찾아 떠난다는 거죠. 음, 하지만 나는 이런 성격을 군이 부정적으로 보지만은 않아요. 비록 내 경우와 같이 상대 여자에게 깊은 상처를 안겨줄지언정, 창조적이고 한곳에 정착하려는 안일함 대신 끊임없이 새로움을 추구하려는 태도는 부럽기도 하답니다."

그녀가 물병자리 남자의 특성에 대한 장황한 설명을 마치고 나를 힐끗 쳐다봤다.

"어때요? 당신도 그렇죠? 호호호."

나는 그녀의 주관적 견해에 대해 긍정도 부정도 하지 않고 멋쩍은 미소만 지었다. 이미 노출된 내 곱슬머리에 더해 성이 최씨고 'B형'인 혈액형, 그리고 백말띠라는 사실은 밝히지 않았다.

"그것 봐요. 물병자리 남자들은 다 비슷하다니까요. 나는 그들을 다른 어느 별자리 남자보다도 더 좋아하고 존경하지만, 남자친구로서 다시 사랑에 빠지고 싶지는 않아요. 물병자리 남자와는 말이에요. 그들은 언젠가 떠날 것이 분명하기 때문이죠. 특히 나 같은 처녀자리의 여자는 생활이 잔잔하기 때문에, 그들에게 매일 새로움을 선사할 수가 없어요. 제가 생각하기에는, 이 두 별자리의 남녀는 가장 이상적인 커플이 될 수 있는데도 불구하고, 태생적으로 오래 함께 머물 수 없는 운명을 가졌다고나 할까? 아무튼, 그것이 인생이죠$^{C'est\ la\ vie}$! 좀 비극적이긴 하지만⋯⋯."

안냐의 해석을 전적으로 다 받아들인다면, 글쎄, 비극일까? 영원한 행복을 믿는다면 비극일 테지만, 행복은 순간적일 수밖에 없다고 생각한다면 그런 만남 자체를 행운으로 여길 수 있을 것이다. 같은 상황을 두고 운명을 원망할 수도, 운명에 감사할 수도 있다니 인간은 정말 복잡한 존재란 생각이 들었다.

"혹시 결혼할 생각은 없나요?"

나는 문득 결혼에 관해 안냐의 인생관이 궁금해졌다.

"물론 있지 왜 없겠어요. 행복한 결혼은 모든 여성의 꿈인데. 적어도 제 생각에는 말이에요. 하지만 아직은 아니에요. 제 나이가 올해 서른넷인데 아직 하고 싶은 일도 많고, 결혼하게 되면 당연히 방해받게 되겠지요. 임신도 하겠고⋯⋯."

"쿠바 남자들이 얼마나 마초인 줄 아세요? 집안일은 전적으로 여자들의 몫이라 생각하기 때문에, 가정을 꾸리고 동시에 자기 일을 한다는 것은 '슈퍼우먼'이 아니고서는 무척 힘들어요. 그런 점에서 저는 아직 결혼할 자신이 서지 않아요."

"집에서 걱정하시거나 주위의 간접적인 압력은 없나요? 한국에서는 흔히 있는 상황인데."

"물론 있기는 하지만, 나는 예술가잖아요. 쿠바에서는 예술가들을 열외로 쳐요. 그들은 좀 특이하겠거니 생각하죠. 그래서 미혼으로서의 부담은 그리 크지 않아요."

"외롭지는 않나요?"

"왜요, 가끔 미치도록 외롭기도 하죠. 우리 집은 대가족이라 식구가 나를 포함해서 열한 명이나 돼요. 항상 바글바글하죠. 하지만, 그들이 모두 잠든 시간에 혼자 방에서 촛불을 켜놓고 침대에 누워 있을 때면, 외로움이 엄습해 오죠. 특히 전 남자친구가 생각날 때면 더욱이. 하지만 아직은 새로운 남자를 사귀고 싶다는 절실함 같은 건 못 느껴요. 가끔 이성의 손길이 그립고 필요하다고 느끼지만, 그것을 제외하면 차라리 혼자인 게 편해요. 쿠바 남자들은 대부분 자기중심적이기 때문에, '방 방' 섹스가 끝나면 두 번 다시 여자를 쳐다보지 않는 경우가 많아요. 나는 그 부분이 가장 괴롭고 싫거든요."

"그럼, 남자친구와 헤어진 이후로 다른 남자를 사귄 적이 없나요?"

"네, 아직 한 번도. 11개월 전 그 친구와 한 섹스가 마지막이었어요. 그리고 특별히 섹스 생각은 안 나요. 그냥 믿을 수 있는 남자가 옆에서 나를 가끔 쓰다듬어 주면 행복하겠다는 생각은 들지만……. 아마 그게 남자와 여자의 차이겠죠. 남자는 섹스가 항상 필요하지만, 여자는 대부분 그렇지 않으니까. 조물주는 왜 그렇게 남자와 여자를 다르게 만들었을까요?"

그 질문에 대한 답을 나는 그녀에게 줄 수가 없었다.

"우리의 도시 시엔푸에고스가 올해, 쿠바의 '최고 모범 도시'로 선정됐어요. 그래서 2주 뒤에 피델 카스트로가 직접 방문해 여기 이 광장에서 축하 연설하기로 예정돼 있죠."

중앙광장을 걷고 있을 때 안냐가 귀뜸해 줬다. 광장을 벗어나 우리는 양방향의 차도 사이에 조성된 폭이 약 20미터나 되는 인도 위를 걸었다. 시원한 밤공기를 들이마시며, 많은 사람이 가족 혹은 연인과 함께 산책을 즐기고 있었다. 안냐가 자연스럽게 나의 팔짱을 끼면서 미소 지었다.

"행여나 내가 가르치는 학생 또는 아는 사람이 우리를 보면 어쩌죠? 호호호."

"나는 그런 걱정 없는데요. 이 도시에서 내가 아는 사람은 안냐 한 사람밖에 없으니까요. 하하하."

내 눈에 그녀의 가장 큰 매력은 솔직함과 자연스러움이었다. 남자로서 그녀의 외모가 매력적이었던 것도 사실이다. 하지만, 낯선 외국인인 나를 대하는 그녀의 태도는, 꾸밈이 없고 산들바람이 내 몸을 스쳐 가듯 유쾌하고 자연을 닮아있었다. 문득 이런 의문이 떠올랐다. 왜 자연스러운 것이 인간에게 어려운 일이 돼버린 걸까? 무엇이 우리를 그처럼 부자연스럽게 만든 걸까?

어느덧 우리는 그녀의 집 앞에 와 있었다. 불과 8시간 전, 녹아내리는 아이스크림을 핥아먹으며 얼떨결에 그녀를 따라와 멈춰 섰던 바로 그 건물 앞에 다시 서게 됐다. 나는 그녀의 볼에 작별 키스를 했다. 그 가벼운 키스에는 내가 그녀에게 말해주고 싶었지만, 그 순간 하지 못했던 많은 단어가 포함되어 있었다.

'안냐, 당신은 좋은 사람이에요. 자기 자신에게 정직하고 솔직할 줄 알며, 타인에게 먼저 마음을 열고 다가가는 용기를 가졌어요. 이는 물론 자신감이 없다면 불가능한 일이죠. 당신은 내게 친절만 베푼 게 아니라, 인간에 대한 희망의 불씨를 보여줬어요. 인종, 문화, 종교, 이념, 직업, 그리고 성을 초월해서 인간의 보편성을 바탕으로 낯선 사람 둘이 만나, 서로의 경계를 허물고 얼마든지 친구가 될 수 있다는 걸 입증해 주었죠. 고마워요, 그런 친구가 되어줘서. 우리가 언제 또다시 만날 수 있을지 모르지만, 잘 지내요! 물병자리 남자에 대한 선입견은…….'

안냐는 자기 키의 네 배는 족히 되어 보이는 거대한 현관문을 닫기 전, 문틈으로 나에게 마지막 미소를 보내며 살며시 손을 흔들었다. 나는 자정 출발인 트리니다드행 버스를 놓치지 않으려고 서둘러 고속버스터미널로 향했다.

아바나를 떠나 약 14시간의 기차여행 끝에 도착한 산티아고 데 쿠바^{Santiago de Cuba}. 이 섬나라에서 두 번째로 큰 도시다. 종착역이 가까워져 오면서 승객들의 대화 소리가 커지고 몸동작도 분주해졌다. 장시간의 여행으로 인해 피곤할 법도 한데, 곧 기차에서 내린다는 안도감 때문인지 다들 힘이 나는 듯 보였다. 나 또한 14시간이나 기차의 좁은 공간 안에 갇혀있어 답답했는데, 드디어 해방된다는 기대감에 몸과 마음이 한결 가벼워졌다. 무엇보다도 열차가 잠시 후면 새로운 도시, 내가 생전 처음 밟아보는 땅에 도착한다는 설렘이 피로를 압도했다.

새벽 3시쯤 잠에서 깨어나 6시까지 계속 기차 창밖을 내다보았다. 주위는 죽은 듯이 고요했고, 무작위로 의식 속을 파고드는 상념을 그냥 내버려 두었다. 그 시간만큼은 의식의 카오스를 기꺼이 받아들이고, 그저 멍하니 창밖을 바라보았다. 처음엔 깊이를 알 수 없는 어둠만이 창을 가득 메우더니, 동이 트면서 소들이 한가롭게 풀을 뜯고 있는 초원의 모습이 창틀로 된 액자 안으로 들어왔다. 마치 한 폭의 액자 그림 같이. 그리고 그 액자 속 그림은 끊임없이 새롭게 교체됐다. 기차 창밖으로 내다보이는 풍경은 어쩌면, 세상에서 가장 아름다운 풍경화일지도 모른다는 생각이 들었다. 기차 안에 앉아 있는 여행자는, 자연의 미술관에 걸린 이 풍경화들을 마음껏 즐기는 특권을 누린다. 내가 기차여행을 특별히 좋아하는 이유다.

배낭을 다리 사이에 두고 열차가 멈추기를 기다리고 있을 때, 낯선 물라토^{Mullato}(백인과 흑인 혼혈) 청년이 내게 다가와 영어로 말을 건넸다.

"혹시 산티아고에서 머물 숙소를 정하셨나요?"

"아직은……. 도착해서 찾아보려고요."

"아, 그러시면 저희 고모가 운영하는 민박집을 추천해 드려요."

나는 일단 청년을 경계했다. 진짜 자신의 고모 집인지, 단순 돈벌이를 위해 호객행위를 하는 건지 알 길이 없었기 때문이다. 근거 없이 누군가를 의심하는 건 옳지 않지만, 낯선 나라 낯선 도시에서 방금 마주친 타인을 곧이곧대로 믿기에는 위험이 따른다. 자신으로부터 고개를 돌린 나를 향해 그는 설명을 멈추지 않았다.

"우리 고모 민박집 방은 깨끗하고 안전해요. 가격 또한 저렴합니다. 가보시면 알아요."

그는 나를 설득하려 들지만, 그럴수록 나는 무관심해지려고 애썼다. 청년이 내 어깨를 툭툭 치더니, 돌아보는 나에게 자기 지갑에서 학생증을 꺼내 보여줬다.

'산티아고 데 쿠바 국립대학 학부생. 전공 심리학. 이름은 라울 모랄레스$^{Raul\ Morales}$.'

진짜로 보이는 그의 학생증과 나를 응시하는 그의 크고 맑은 눈망울로 인해 어느 정도 경계심이 사라진 나는, 처음으로 그에게 질문을 던진다.

"그 민박집이 역에서 먼가요?"

"마차로 20분이면 도착하는 거리이고 시내 중심에 자리 잡고 있어요. 마음에 드실 거예요."

어색함이 묻어나던 그의 표정이 해맑은 미소로 바뀌었다. 목소리도 자신감에 차 있었다.

역 앞에서 라울과 함께 마차에 올랐다. 그의 말대로 약 20분 뒤 우리는 그의 고모가 운영하는 민박집 앞에서 내렸다. 그가 열차 안에서 열심히 설명한 내용은 모두 사실이었다. 민박집 방은 깨끗하고 안전해 보였고, 가격 또한 예상했던 것보다 저렴한 수준이었다. 1층에는 방이 세 개, 2층에는 방이 한 개 있었는데 나는 2층 방을 빌렸다. 다섯 평은 족히 되어 보이는 침실에는 화장실이 딸려 있고, 빨래를 내걸 수 있는 발코니까지 붙어있었다. 2층을 단독으로 쓸 수 있는 구조였다. 방안에 가구는 몇 개 없었

다. 큰 침대 하나와 작은 옷장, 흔들의자가 전부였다. 큰 창문이 다섯 개나 되고, 방문과 발코니로 나가는 문을 열어놓으면 시원한 바람과 빛이 충분히 들어왔다. 밖의 무더운 여름 날씨에도 불구하고 실내에서는 큰 더위를 느끼지 못했다. 물론 에어컨이 있는 선선한 방과는 비교할 수 없지만, 지낼만했다. 한 가지 아쉬운 점은, 방안에 책상이 없다는 것. 흔들의자에 앉아 책을 읽거나 일기를 써야 하는 불편함이 있었지만, 그 또한 곧 익숙해졌다. 나는 결국 라울이 소개한 그의 고모 집에서 2주간 머물게 되었다.

오후가 되면 어김없이 한두 시간씩 열대성 소나기가 퍼부었다. 그러고는 거짓말같이 하늘이 맑아지고 뜨거운 태양 빛이 내리쬤다. 이런 변덕스러운 날씨에도 불구하고 산티아고 데 쿠바에서의 시간은, 즐거운 휴가가 그러하듯 금방 지나갔다. 쿠바 제2의 도시지만, 아바나와는 전체적인 분위기가 크게 달랐다. 수도가 갖는 중압감에서 벗어나서인지 아니면 정치권력으로부터 멀리 떨어져 있기 때문인지, 산티아고는 쿠바가 아닌 중남미 여느 중소도시와 다르지 않게 느껴졌다. 사람들은 친절하고 활기가 넘쳤으며, 매사 여유로운 모습이었다. 마치 지구 위에 그들의 도시만 존재하는 것처럼, 산티아고 사람들은 바깥세상은 잊고 순간을 즐기며 사는 듯 보였다. 생존을 위협하는 절대적 빈곤을 벗어나면, 그다음은 상대적 빈곤의 세계가 열린다. 내가 무엇을 소유한다 또는 그렇지 않다의 차이가 중요해지는 건, 남들도 그런지 여부에 따라 달라진다. '사촌이 땅 사면 배가 아프다'는 속담에 담긴 인간의 심리 때문이다. 사촌이 땅을 사지 않고 나와 마찬가지로 땅이 없으면, 배가 아플 일도 없고 스트레스도 안 생긴다. 쿠바인들도 선진국 국민들의 라이프스타일을 모르지는 않겠지만, 먼 나라 사람들 얘기로 치부하는 듯 보였다. 중요한 건 이웃집 사람들이 어떻게 사는지, 눈으로 직접 확인할 수 있는 차이가 아닐까. 쿠바 TV나 언론 매체에 상품광고가 없는 것만으로도 일반 국민들이 물질적 궁핍으로 인한 스트레스를 덜 느끼는 것 같았다.

낮에는 시내를 여기저기 산책하거나 민박집에서 책을 읽고 일기를 쓰며 보냈다. 해가 지면 어김없이 도시의 심장인 세스페데스 공원Parque Cespedes으로 나갔다. 라울의 쿠바인 친구들이 나를 반겨주었고, 여러 나라에서 온 여행자들도 만나 금세 친구가 되었다. 해가 떠 있을 땐 텅 비어있던 공원이, 밤이 되면 시민들의 축제 무대로 변신했다. 여기저기서 라이브 음악이 울려 퍼지고, 처음 보는 남녀가 댄스 파트너가 되어 살사와 메렝게를 췄다. 저렴한 쿠바산 럼주와 시가는 넘쳐났다. 밤새도록 웃고 떠드는 사람들을 바라보면서 나는, 이 나라에서는 역사의 시계만이 아니라 쿠바인들의 시계도 멈춰있는 게 아닌가 하는 생각이 들었다.

1959년 1월 1일은 '혁명'이 쿠바 역사에 큰 마침표를 찍은 날이다. 피델 카스트로, 그의 친동생 라울 그리고 체 게바라가 이끄는 혁명군이 수도 아바나를 접수하면서, 바티스타의 군사독재 정권을 몰아내고 권력을 장악하게 된다. 영화 〈대부Godfather 2〉를 보면 혁명 직전의 쿠바가 잘 묘사돼 나온다. 절대다수의 국민이 반대하는 부패한 독재정권, 그 권력과 결탁해 자원과 노동력을 착취하는 미국의 자본가들, 거기에 더해 거대한 마피아 조직까지 판을 치는 쿠바. 마피아는 미국에서 들고 온 달러로 초호화 호텔과 카지노를 짓고 아바나를 도박과 매춘의 도시로 만들었다. '타락해 가는 쿠바' 그리고 서민들의 가난이 심화하는 조국을 더 이상 옆에서 지켜만 볼 수 없다고 판단한 젊은 변호사가 피델 카스트로였다. 그는 친동생 라울과 함께 이웃 국가인 멕시코에서 망명 중에 우연히, 정의감에 불타는 젊은 체 게바라를 만나게 된다. 당시 체는 남미대륙 끝에 있는 아르헨티나에서 중미 멕시코로 여행 온 평범한 신참 의사였다. 1956년 12월, 이 세 사람을 포함해 총 82명이 12인승 보트 '그랜마Grandma호'를 타고 산티아고에서 그리 멀지 않은 해변에 도착한다. 곧 정부군과 혁명군 사이에 수없이 많은 게릴라전이 이어지고, 3년 뒤 피델 카스트로는 산티아고 시청 발코니에 서서 환호하는 군중에게 쿠바혁명이 성공했음을 천명한다.

내가 차츰 민박집과 시내 지리에 익숙해지면서 단골 식당도 몇 생겼다. 달러를 고집하지 않고 현지 화폐인 페소를 받아 값이 저렴한 식당들이었다. (내가 여행하던 시기는 쿠바가 이중 화폐제도 즉, 현지인이 통용하는 화폐 '모네다(CUP)'와 외국인 여행자들 전용 화폐 '쿡(CUC)'가 도입되기 전이다.) 그중에서도 특히 내가 가장 자주 찾았던 곳은 민박집 근처에 있던 레스토랑 '산티아고^{Santiago} 1900'. 혁명 이후 레스토랑으로 변신하기 전, 이 건물은 럼주의 대명사인 바카르디^{Barcardi} 집안의 저택이었다. 실내 홀의 높은 천장과 천장에 달린 화려한 샹들리에, 벽에 걸린 지 오래된 유화만으로도, 오래전 부유층 가족이 살던 공간이었음을 쉽게 짐작할 수 있었다. 드넓은 홀에서는 매일 그랜드피아노, 베이스 그리고 콩가^{Conga}가 연주되었다. 선택은 거의 없었지만, 주요 메뉴는 전채 요리로 새우 칵테일과 샐러드가, 메인 요리로는 소고기 스테이크가 나왔다. 우아한 라이브 음악에 맥주를 곁들여도 음식값은 상상을 초월할 정도로 저렴했다. 나 같은 가난한 여행자에게도 부담이 안 될 정도였으니 말이다.

'축제의 도시' 산티아고 데 쿠바를 떠나는 날이 왔다. 더 머물고 싶었지만, 아무리 자유롭게 방랑하는 여행객에게도 시간적

제한이 없는 건 아니다. 늦잠을 자고 일어나 떠날 채비를 하는 나를 민박집 주인아주머니가 부엌으로 불렀다. 에스프레소만큼 진한 쿠바식 커피가 담긴 잔을 테이블 위에 올려놓으며 그녀가 서투른 영어로 용건을 말했다.

"내가 부탁이 하나 있어요."

그러면서 두꺼운 그림책 크기의 종이상자 하나를 내밀었다. 박스 앞면에는 어느 일본인 이름과 동경 주소가 적혀있었다.

"지인에게 보내는 작은 선물인데, 쿠바에서 외국으로 소포 보내기가 쉽지 않아서요. 분실될 수도 있고, 어쩔 땐 두세 달이 걸려야 배달이 되더라고요. 혹시 한국에서 이 소포를 보내주실 수 있을까요? 아무래도 한국과 일본은 가까우니까……."

나는 흔쾌히 그렇게 하겠노라고 약속했다. (나는 이 우편물을 쿠바를 떠난 직후 캐나다에서 2주 체류하는 동안 발송했고, 서울 도착 직전 동경에서 하룻밤을 묵게 되었을 때 수신인으로 돼있는 일본인과 직접 전화 통화를 했다. 그녀는 잘 받았다는 말과 함께, 산티아고 민박집 주인아주머니의 안부를 물었다.)

평소에 말을 아끼던 주인아주머니와 테이블에 마주 앉아 대화를 나눈 건 그때가 처음이자 마지막이었다.

"가오리는 작년 이맘때쯤 우리 집에서 약 한 달간 머물렀어요. 30대의 젊은 여성이었는데, 직업이 요가 강사라고 하더군요. 뉴욕에서 2년인가 3년 동안 살면서 요가를 가르쳤는데, 일본으로 돌아가는 길에 쿠바로 여행 왔었죠. 그런데 운이 없게도, 쿠바 남자가 모는 오토바이 뒤에 탔다가 그만 사고가 난 거예요. 오른쪽 다리가 부러졌죠. 우리 집에 온 지 일주일쯤 되었을 때였을 겁니다. 급히 병원에서 수술받고 깁스를 한 채로 지금 손님이 계시는 방에서 3주를 더 머물다 떠났는데, 그때 내가 그녀를 간호했어요. 목욕도 시켜주고 음식도 해주고. 일본으로 떠나던 날 나를 붙들고 얼마나 울던지……. 그 이후로 일본에서 자주 전화도 걸고 가끔 좋은 선물도 보내주고 그래요. 올해에 다시 이곳에 오겠다고 얼마 전에 연락이 왔어요."

가오리라는 일본 여성을 직접 간호했다는 주인아주머니의 얘기를 들으면서 문득, 라울이 얼마 전 나에게 들려준 얘기가 떠올랐다. 민박집 주인아주머니, 그러니까 라울의 고모는 4년 전까지만 해도 쿠바 최고 명문 아바나 의대에서 정교수로 재직했다. 그러나, 교수 월급만으로는 가족을 부양하기가 힘들어 대학을 떠난 뒤, 외국인을 상대로 민박업을 시작하게 되었다. 쿠바 정부가 시민들의 미 달러 소유를 합법화하면서 활성화된 민박은, 쿠바를 찾는 외국인들에게 비교적 비싼 호텔의 대안으로 저렴하고 편리한 숙박 수단이 되어있었다. 매달 세금으로 국가에 일정 금액을 달러로 납부하고 정식으로 정부 허가를 받은 개인은 누구나 외국인을 상대로 민박업을 할 수 있단다.

"가오리라는 일본 여성은 운이 참 좋았네요. 아주머니같이 마음씨 좋고 의사인 분이 마침 민박집 주인이어서. 그런데, 왜 그 좋은 의대 교수직을 그만두신 거예요?"

"내가 대학을 떠난 이유는 물론 돈 때문이죠. 다른 나라와 마찬가지로 쿠바에서도 교수나 의사는 명예로운 직업이에요. 하지만 그 월급 가지고는 도저히 생활하기가 힘든데 어쩌겠어요. 나이가 오십이 넘으니까 더 불안해지더라고요. 그래서 5년 전 아바나를 떠나 고향인 이곳 산티아고에 집을 얻어 민박을 시작했죠. 뭐니 뭐니 해도 달러가 있어야 생활필수품도 구입할 수 있고 인간답게 살 수 있어요. 저기 싱크대 위에 있는 계란마저도 달러가 없으면 살 수 없답니다. 닭고기는 말할 것도 없고."

가벼운 한숨을 내쉰 아주머니가 말을 이었다.

"난 아들이 하나 있고 딸이 둘 있어요. 남편과는 오래전에 이혼했고요. 딸 둘은 결혼해서 지금 아바나에 살고 있고, 막내인 아들은 미국 마이애미에 있지요. 오래전 그곳으로 망명했죠. 그 아이는 당시 아바나 대학에서 러시아어를 전공하고 있었는데, 방학을 이용해 모스크바로 단체연수를 갔었어요. 쿠바로 돌아오는 길에 캐나다 공항에서 비행기를 갈아타야 했는데, 그때 그룹을 이탈해 그곳 경찰서에 정치망명을 신청했어요. 그리고 6개월 뒤에 지금 살고 있는 마이애미로 가게 되었죠. 나에게도 사전에 말하지 않았던 돌발적인 행동이었기 때문에, 캐나다에서 아들로부터 처음 전화를 받았을 때는 무척 놀랐어요. 캐나다에 체류하는 동안 미국 입국허가를 받기 위해 마이애미에 살고 있는 친척들에게 연락해 도움을 받았데요. 내 친정아버지가 결혼을 세 번 하셨는데, 첫 번째 부인 사이에서 낳은 자녀 셋이 모두 오래전부터 미국에서 살고 있거든요. 그러니까 나의 의붓오빠 되는 분이 미국에서 변호사인데, 내 아들이 미국에 입국하는 데 큰 도움을 주었다고 하더군요. 그때 이후로 아직 아들 얼굴을 한 번도 보지 못했어요. 자리가 좀 잡혔는지 몇 년 전부터 내게 용돈을 조금씩 보내줘요. 전화도 자주 하는 편이고. 내가 미국에 갈 수 없으니 그 녀석이 시민권을 따면 나를 만나러 쿠바로 돌아오겠죠. 그게 언제가 될지는 모르겠지만……."

마음대로 떠날 수도, 마음대로 돌아올 수도 없는 나라. 1959년 쿠바혁명을 성공시켰던 주역들은 이런 나라를 꿈꾸지 않았을 텐데, 과연 무엇이 어디서부터 잘못된 걸까? 이 질문에 대해 솔직하고 객관적인 답을 피델 카스트로와 체 게바라는 가지고 있을까?

기차 출발 시각에 맞춰, 2주간 나의 편안한 보금자리가 되어주었던 민박집을 떠나면서 주인아주머니와 작별 인사를 나눴다. 소포는 잊지 않고 꼭 붙이겠다고 다시 한번 약속한 뒤, 어느 덧 친숙해진 민박집 골목을 빠져나왔다. 언제나 해맑은 표정을 유지하는 라울이 옆에서 고맙게도 나의 백팩을 들어준다. 기차 역으로 가는 마차 위에서 라울이, 자기를 내 배낭 속에 숨겨서라 도 쿠바를 벗어나게 해달라고 농담을 던진다. 내게는 씁쓸한, 아 니 슬픈 농담으로 들린다. 나는 다음 목적지인 산타클라라^{Santa Clara}로 향하는 기차에 앉아 '자유'라는 화두와 밀란 쿤데라^{Milan Kundera}의 소설 『농담^{The Joke}』을 떠올리며 시간을 보냈다.

Photo Credit: Hoeldio

미스터 리와 프랑코 5.3

"쿠바혁명 당시 나는 중국인 미스터 리^{Mr. Lee} 밑에서 일하고 있
었답니다. 그는 아바나 시내에 큰 상점을 여러 개 소유하고 'Mr.
Lee & Company'라는 식품회사의 대표였죠. 미스터 리는 부지
런하고 사업 수단이 좋아 그의 사업은 날로 번창했지요. 그는 또
한 직원들을 매우 인간적으로 대했고, 열심히 일한 만큼 월급 외
에 보너스라는 걸 주었지요. 사장인데도 언제나 직원들보다 더
열심히 일했습니다. 매사에 꼼꼼하고 정확한 비즈니스맨이었
죠. 그런 그가 카스트로 혁명군의 승리가 확실시되자, 가족을 데
리고 미국 마이애미로 떠나는 배에 올랐어요. 당시 아바나에 살
던 많은 중국인과 함께요. 회사, 상점, 저택 등 모든 걸 그 자리
에 두고 말이지요. 헤어지기 직전 그가 내게 해준 말이 있어요.
'프랑코, 나는 이미 중국에서 공산주의 혁명을 겪었기 때문에 그
것이 무엇인지 잘 알아요. 후회하기 싫으면 우리하고 같이 떠납
시다.' 나는 그 말을 시간이 한참 지난 후에야 이해할 수 있게 되
었지요. 하지만 당시에는 나뿐만 아니라 내 주변 모든 쿠바인
은, 노동자가 이 나라의 주인이 된다는 소문에 현혹되어 있었어
요. 우리를 착취하고 있던 미국인들과 그들에게 붙어 배를 불리
던 쿠바 자본가들을 이 땅에서 쫓아내고, 부를 평등하게 재분배

한다는 약속은 정말이지 새로운 세상에 다시 태어나게 해주겠다는 약속과도 같았죠. 삶의 질이 지금보다 훨씬 나아질 거라는 기대에 마음이 한창 들떠있는 상황에서, 자본가였던 미스터 리의 말이 곧이곧대로 들렸겠어요? 하지만 세월이 흐르면서, 그때 미스터 리를 따라갔어야 했는데 하는 후회를 셀 수 없이 많이 했죠."

1958년 연말 자신에게 일어났던 일을 생생하게 들려준 프랑코를 나는 아바나 시내 '중앙공원$^{Parque\ Central}$'에서 처음 만났다. 사전에 약속해서 만난 건 아니었다. 아바나 도착 다음 날, 느긋하게 시내를 걷다가 공원을 발견하고 빈 벤치에 앉았다. 그때 그가 벤치 옆자리에 앉더니 말을 걸어왔다. 유창한 영어였다. 나는 긴장을 풀지 않고 그를 무시하려고 애를 썼다. 도시인들은 낯선 사람이 갑자기 말을 걸어오면 일단 경계를 하게 된다. 하물며 낯선 나라를 혼자 여행할 때 이런 상황을 맞닥뜨리면, 어느 정도 긴장감을 느끼는 건 자연스러운 반응이다. 생리학에서 말하는 일종의 '투쟁-도피 반응$^{Fight\ or\ Flight\ Response}$'이다. 하지만 프랑코에 대한 나의 경계심은 쉽게 사라졌다. 희끗희끗한 흑인 머리에 왜소한 몸집, 그리고 무엇보다도 차분한 목소리로 전달되는 그의 말에서 나는 어떠한 위험도 감지할 수 없었다.

"나를 외국인 관광객들을 상대로 바가지를 씌우는 그런 나쁜 쿠바인으로 볼 수도 있겠지만, 나는 그런 사람이 아니니 오해하지 마시오. 정년퇴직한 노인이 집에 있기가 심심해서 이렇게 공원에 나와 있는 거요. 외국인들과 대화도 나누고 또 그들이 원한다면 관광안내도 해주는 것뿐이오. 그러니 나를 이상한 사람으로 보지 말아요. 하루를 함께 보내고 헤어질 때 수고했다고 약간의 팁을 주는 사람도 물론 있지만, 나는 그 돈 때문에 당신 같은 사람에게 말을 거는 건 결코 아닙니다. 그냥 세상 돌아가는 이야기도 듣고 친구도 사귀면서 시간을 때우고 싶은 거죠. 선생은 남한에서 왔다고 했죠? 그 나라 얘기 좀 들려주구려."

놀라울 정도로 유창한 영어 실력으로 자신을 소개하는 프랑코에게 호감이 갔다. 그가 소일거리로 외국인을 도와주고, 그 대가로 약간의 달러를 기대한다는 것도 이해했다. 그리고 그런 기대는 다분히 정당하고 합리적이었다. 나는 솔직히 프랑코 같은 쿠바인을 만나 대화를 나눌 수 있는 것만으로도 반갑고 고마웠다. 누군가에게 고마움을 표시할 땐 선물을 준다. 그리고 그 선물은 약간의 달러 지폐가 될 수도 있다.

프랑코Franco는 60세에 정년퇴직하기 전까지 구소련에서 생산된 냉장고를 전문으로 수리하는 기술자였다고 했다.
"우리 할아버지와 할머니는 오래전 카리브해 섬나라인 자메

이카에서 쿠바로 이주해 왔지요. 당시에는 쿠바의 드넓은 사탕수수밭에서 일할 노동자가 부족해서, 여러 카리브해 국가에서 이 나라로 많이들 들어왔다고 들었어요. 물론 그전에 유럽인들이 노예로 아프리카에서 흑인들을 카리브해 여러 나라로 끌고 왔었죠. 아시겠지만, 자메이카는 영국의 식민 지배를 받은 관계로 영어를 쓰지요. 물론 지금도 영어권으로 분류되지만. 그래서 나는 어릴 적부터 집안에서는 영어를, 밖에서는 스페인어를 썼다오. 이제 왜 쿠바인인 내가 영어를 편하게 구사하는지 이해하겠지요?"

나는 고개를 끄덕였다. 프랑코는 영어와 스페인어가 유창한 전직 냉장고 수리공이었다.

역사적으로 쿠바의 사탕수수 농장 노동자는 전 세계에서 유입됐다. 초기에는 아프리카에서 온 흑인 노예들이었고, 노예제도가 폐지된 이후에는 중국, 인도, 포르투갈 등지에서 계약직 노동자들이 쿠바로 이주했다. 특히 중국인이 많은 숫자를 차지했다는 사실은 놀랍기만 하다. 이미 1837년부터 중국 본토, 홍콩, 마카오, 그리고 대만에서 수십만 명의 계약직 노동자들이 멀리 쿠바로 이주했다는 기록이 있다. 대부분 8년 계약직으로 쿠바 땅을 밟았는데, 그중에 일부는 고국으로 돌아가지 않고 쿠바에 정착했다. 이들이 형성한 아바나의 차이나타운은 중남미에서 가장 오래되고 한때는 규모가 가장 컸다고 한다. 당시 중국인 계약직 노동자들은 모두 남성이어서, 쿠바에 남아 정착한 뒤 백인, 흑인, 또는 혼혈(물라타) 여성과 결혼할 수밖에 없었다. 세대가 거듭될수록 여러 인종의 유전자가 섞이게 되어, 오늘날의 '중국계 쿠바인'의 외모는 그들의 조상과는 전혀 다르게 생겼다. 물론 20세기 이후 다른 목적으로 가족과 함께 이민 온 소수의 중국인도 있다. 중국인보다는 늦게 도착했지만, 한인의 쿠바 이민 역사는 100년이나 됐다. 기록에 의하면, 구한말인 1905년 멕시코로 이민을 떠났던 1,033명의 한인 중 300여 명이 사탕수수 농장 일자리를 찾아 1921년 쿠바에 입국했다. 오늘날 그들의 후손('한국계 쿠바인')은 대략 700여 명으로 추정되는데, 지난 100년 동안 쿠바의 정치, 사회, 경제적 변화에 따라 대부분 다른 인종과 피가 섞이고 문화적으로 동화된 쿠바인으로 살아간다고 한다.

"쿠바 젊은이들은 외국인에게 말을 잘못했다가는 정치범으로 몰려 감옥에 갈 수 있지만, 나 같은 늙은이는 그런 걱정 하지 않아도 돼요. 하고 싶은 말 다 하면서 살죠. 나는 혁명을 일으킨 세대에 속하니까. 참고로, 시내 곳곳에 보이는 경찰관들 외에도 사복경찰들이 많답니다. 옛날 독일 나치보다 더 심할지도 몰라요. 어쨌든, 이곳 학생들은 어릴 적부터 학교에서 세뇌 교육을 받기 때문에 카스트로와 쿠바에 대한 충성심이 대단하죠. 집에 초등학교 3학년인 손자 녀석이 있는데, TV를 보다가 카스트로가 화면에 나오면 벌떡 일어서서 경례를 붙인답니다. '피델^{Fidel}!'하고 외치면서."

초등학생 꼬마가 TV를 향해 경례하는 모습을 잠시 상상해 봤다. 혁명 당시 카스트로와 체 게바라가 목숨을 바쳐 재건하고 싶었던, 인민을 위한 미래 쿠바가 과연 이런 모습이었을까? '권력은 부패한다. 절대권력은 절대적으로 부패한다.$^{Power corrupts. Absolute power corrupts absolutely.}$' 정치학 개론에 나오는 말이다. '고인 물은 썩는다.' 흔히 듣는 우리 속담이다.

우리 두 사람이 앉아 있는 벤치에 침묵이 흘렀다. 문득 시장기를 느껴 손목시계를 보니 오후 2시가 가까워져 오고 있었다. 음식값이 저렴하고 맛있는 중국 식당을 안다면서, 프랭크는 나를 아바나 시내 중심에 있는 차이나타운으로 안내했다. 상파울루, 샌프란시스코, 밴쿠버, 파리, 뉴욕, 암스테르담 등 그때까지 나는 꽤 많은 도시의 차이나타운을 가봤다. 그런데 아바나의 차이나타운은 사뭇 다른 분위기였다. 그 이유를 찾아내는 데는 그리 오랜 시간이 걸리지 않았다. 차이나타운에 정작 중국인의 모습이 흔치 않았다! 여기가 샌프란시스코야 홍콩이야? 할 정도로 상점, 식당, 골목을 중국인들이 차지하고 있어야 하는데, 이곳은 그렇지 못했다. 한자로 된 간판들 아래 보이는 사람 대부분은 다양한 피부색의 쿠바인이었다. 둘러보면 가끔 우리와 비슷하게 생긴 중국인 혹은 동양인이 보였지만, 극히 소수였다. 중국인 없는 차이나타운이라.

"이곳은 내가 외국인 관광객들과 자주 찾는 식당인데, 페소^{Peso} 화를 받기 때문에 음식값이 무척 싸답니다. 물론 외국인 입장에서 볼 때 말이죠. 일반 쿠바인들은 매달 한 번 신문에 공고가 나간 뒤 '바식 카나스타$^{Basik\ Canasta}$'라고 불리는 식량을 배급받아요. 쌀, 설탕, 콩, 빵 등이죠. 노인과 10세 미만의 어린아이들에게는 소량의 고기도 배급되지만, 현재는 벌써 3개월째 소금이 배급되지 않고 있답니다. 쿠바는 섬이고 바다로 둘러싸여 있는데, 소금이 없다는 게 말이나 됩니까? 얼마 전부터 어느 머리 좋은 장사꾼이 바닷물을 가공해 만든 소금을 암시장에서 불법으로 팔고 있죠. 어처구니없는 일이지만 어쩌겠어요. 돈을 주고 사 먹을 수밖에. 정부는 도대체 뭘 하고 있는지……."

식당에서 나온 음식은 중국식이라고 말하기에는 조금 민망할 정도였다. 프랑코는 맛있게 식사하는 듯 보였고, 나는 허기진 배를 채운 것으로 만족했다. 차이나타운을 벗어난 우리는 함께 아바나 구시가지 주요 명소를 둘러보았다. 내가 프랑코를 따라다녔다는 표현이 더 정확하겠지만. 아바나는 1519년에 건설된 유서 깊은 도시이고, '올드 아바나^{Old Havana}'는 유네스코 세계 문화 유산으로 등재될 만큼 볼거리도 많았다. 식민지 시절의 4개 주요 광장(비에하^{Vieja}, 산프란시스코^{San Francisco}, 아르마스^{Armas}, 대성당^{Catedral}, 크리스토^{Cristo})을 중심으로, 화려한 바로크 양식과 신고전주의 건축물이 수백 년의 시간을 되돌려놓는 듯했다. 가장 오래된 광장인 아르마스는 이 도시가 탄생한 곳으로 의미가 있는데, 그 배치와 스타일이 중세 유럽의 요새화된 광장을 연상시켰다.

"저기 케이폭 나무^{Ceiba Tree} 보이죠? 전설에 의하면, 저 나무를 세 번 돌면 소원이 이루어진다고 합니다. 아바나 도시 기념일이 11월 15일인데, 매년 그날이 되면 자정에 많은 시민이 줄을 서서 차례를 기다리지요."

프랑코가 광장 한편에 있는 나무를 가리키며 설명했다.

"근데 나무 수령이 그리 오래돼 보이지 않는데요?"

"나무가 죽으면 그 자리에 새로 심어요. 저 케이폭 나무도 심은 지 그리 오래되지 않았어요."

나무가 아니라 나무가 서 있는 장소에 소원을 비는 건가?

1777년에 완공된 아바나 대성당, 양쪽에 서 있는 두 개의 비대칭 종탑이 특이했다. 성당 건물은 바로크 양식이고, 산호 블

록으로 지어진 외벽에서 화석화된 해양 생물을 볼 수 있다는 게 신기했다. 대성당 안에 1796년부터 1898년 스페인으로 보내지 기까지, 크리스토퍼 콜럼버스의 유해가 보관돼 있었다고 한다!

어느덧 날이 저물어 가고 있었다. 나는 어두워지기 전에 하루를 마무리하고 숙소로 돌아가고 싶다고 프랑코에게 말했다. 그는 친절하게도 아직 이 도시가 낯선 나를 민박집까지 바래다주었다. 오는 길에 프랑코의 안내로, 명실상부 아바나에서 가장 유명한 식당 겸 술집을 잠시 구경하기 위해 발길을 멈췄다. 보데기타 델 메디오^{Bodeguita del Medio}. 음식보다 이곳을 즐겨 찾았던 손님들 때문에 유명해진 장소다. 파블로 네루다, 가브리엘 가르시아 마르케스, 가브리엘라 미스트랄 그리고 어니스트 헤밍웨이(이들은 모두 노벨문학상 수상자)는 여기를 다녀간 유명 인사 중 일부에 불과하다. 특히 이곳은 아바나에서 헤밍웨이가 가장 좋아했던 바 중 하나였는데, 그가 즐겨 마셨던 칵테일이 모히토^{Mojito}였다. 나는 프랑코에게 모히토 한잔을 제안했지만, 그는 술을 못 마신다면서 거절했다.

나를 숙소까지 바래다준 프랑코는, 근처에서 저녁 식사를 함께하자는 나의 초대를 한사코 사양하고는 집으로 돌아갔다. 주름이 많은 그의 검은 얼굴은 여전히 밝은 미소를 띠고 있었지만,

내 마음 한구석은 불편했다. 이방인에게 온종일 친절을 베푼 그에게 감사의 마음을 충분히 전하지 못한 것 같아서다. 그날 우연히 만나게 된 프랑코는 나와 함께 시간을 보내면서 많은 이야기를 들려주었다. 낯선 나라에 도착한 지 이틀밖에 안 된 나에게는, 그에게서 듣는 모든 내용이 신기하고 흥미로웠다. 특히, 그의 개인적 경험과 풍부한 지식은 나의 호기심을 사로잡기에 충분했다. 스페인어를 쓰는 쿠바에서 모국어 수준의 영어를 구사하는 그였기에 가능했던 일이다. 내 스페인어 수준으로는 그와 몇 마디 대화도 나누지 못했을 테니까. 그는 뜻밖에도 쿠바 바깥 세상에 대해서도 박식했고, 그래서 그런지 균형 잡힌 시각으로 쿠바를 평가하는 내용이 특히 인상 깊었다.

다음 날 오전 9시, 프랑코는 약속대로 내가 묵고 있는 민박집에 나타났다. 나는 그날 오후에 아바나를 떠날 계획이었는데, 떠나기 전에 둘러봐야 할 곳이 여러 군데 있다면서 그는 서둘렀다. 전날 나는, 쿠바에 도착하기 전에 이미 정해놓았던 여행계획을 전면 수정했다. 맨 마지막 방문지로 남겨두었던 쿠바 남동부 끝 '음악의 도시' 산티아고 데 쿠바Santiago de Cuba를 먼저 방문하기로 계획을 바꿨다. 대신 4주 뒤, 아바나 국제공항에서 출국하기 전 남은 일주일을 아바나에서 보내기로 했다. 그 일주일이 쿠바의 최대 축제인 카니발Carnival 기간과 겹친다는 새로운 정보도 여행

계획을 전면 수정하는 데 도움이 됐다. 이 모두가 사실은 프랑코의 조언 덕분이었다.

"쿠바인은 모두 정부가 알선해 주는 직업을 갖고 있다고요? 사회주의 국가이기 때문에? 그러면 왜 저렇게 많은 젊은이가 평일 대낮에 길에서 빈둥거리면서 놀고 있겠습니까? 요즘 젊은이들은 일은 안 하고 어떻게 해서든 달러를 모아 고작 나이키, 아디다스 등 유명 메이커의 운동화를 사려고 혈안이 되어 있죠. 그러니 다들 달러를 취급하는 호텔이나 식당, 가게 같은 곳에서 일하려고 하지. 하지만 그런 자리를 얻으려면 연줄이 있거나 뇌물을 줘야 해요. 이 젊은이는 분명 여자 걱정은 없을걸, 그렇지?"

달러를 지불하고 음료를 주문한 카페테리아의 카운터 너머에서, 우리의 대화를 듣고 있던 검은 피부색의 젊은 종업원을 향해 프랑코가 말을 건넸다.

"선망의 대상이 되는 이런 좋은 직장은, 우리 같이 피부색이 검은 사람에게는 백인만큼 쉽지는 않지. 백인 10명에 1명 정도? 그것도 명분을 살리기 위해 끼워주기식으로 채용하지. 그렇지 않아?"

미소를 머금고 우리를 지켜보는 종업원에게 프랑코가 물었다.

"이분 말씀이 정확해요!^{He is exactly right!}"

종업원이 유쾌하게 웃으면서 프랑코 편을 들어주었다.

이른 오후, 열차표를 사기 위해 고풍스러운 아바나 중앙역 건물로 들어갔다. 매표소 앞에는 긴 줄이 있었지만, 프랑코는 나를 'LADIS'라고 적힌 외국인 전용 매표소 사무실로 안내했다. 그날 산티아고 데 쿠바로 출발하는 유일한 열차에 마침 2등 칸 좌석이 딱 한 자리 남아 있었다. 만약 매진됐다면, 전체 계획이 틀어질 수도 있는 상황이었는데 운이 좋았다. 외국인이라는 이유로 쿠바인이 지불하는 요금의 약 15배를 내야 했지만, 서울-부산 왕복 거리 격인 856킬로미터(14시간)의 긴 여행을 감안한다면 그리 비싼 요금이라 할 수 없었다. 기차에 오르기 직전까지 내 곁에 있어 준 프랑코와 작별 인사를 나누었다. 이슬 같은 땀방울이 그의 검은 얼굴을 덮고 있었다. 미리 바지 주머니에 챙겨두었던 달러 지폐를 그의 손에 쥐어주면서, 돈으로는 표현할 수 없는 감사함을 그에게 전하려고 애썼다.

"아바나로 돌아오면 나를 꼭 다시 찾아요."

프랑코가 내 손을 잡고 당부했다.

"어떻게 연락하죠? 이메일 주소나 전화번호를 알려주세요."

"이메일? 인터넷? 쿠바가 사회주의 국가인 걸 잊으셨나 보군. 일반인들은 인터넷 사용이 힘들어요. 비싸기도 하고. 핸드폰은 고사하고 집에 전화도 없어요. 그냥 오전 중에 중앙공원으로 오세요. 어제 우리가 만났던 그 장소로."

교수와 아이스크림 5.4

　쿠바의 중부도시 시엔푸에고스^{Cienfuegos}에서 고속버스를 타고 5시간을 달린 끝에 수도 아바나에 도착했다. 3주 만이었다. 아바나에서 가장 전망 좋은 해변 말레콘^{Malecon} 거리에 있는 2층 민박집 '카사 파티쿨라르^{Casa Particular}'에 짐을 풀었다. 쿠바를 여행하는 내내 만족스러운 숙소에 묵을 수 있어 행운이라는 생각이 들었다. 다음날부터 쿠바 최대의 거리 축제인 카니발^{Carnival}이 아바나에서 시작되고, 나에게 남은 시간은 비자 유효 기간이 끝나는 날 기준으로 정확히 일주일. 쿠바를 떠나는 날까지 하고 싶은 것도, 보고 싶은 것도 아직 많이 남아있었다.

　나는 프랑코를 만나기 위해 다음 날 오전 우리가 처음 만났던 중앙공원에 갔다. 한 시간 넘게 그가 나타나기를 기다렸지만, 재회는 이루어지지 않았다. 아바나를 떠나기 전날까지 두세 차례 더 공원에서 그를 기다려 보았지만, 끝내 그를 다시 만날 수 없었다. 그의 안부가 궁금해졌다.

　언제나 그렇지만, 여행이 끝나 갈수록 시간은 더 빨리 지나가는 듯 느껴진다. 나는 그런 감각을 향해 반항이라도 하듯, 최대한 알차게 하루하루를 보냈다. 그렇다고 마음이 조급했던 건 아니다. 프랑코가 소개해 주었던 차이나타운의 중국 식당에서 식사도 하고, 중앙도서관이 있는 '카피톨Capitol'에 가서 무료 인터넷을 이용하기도 했으며, 올드 아바나를 배회하며 여유로운 시간을 보냈다. 길을 걷다 미용실에 들어가 두 달 만에 머리를 잘랐는데, 단정해진 것만으로도 마음에 들었다.

올드 아바나의 번화가인 오비스포 거리Calle Obispo 모퉁이에는 5층 정사각형 형태의 호텔이 하나 있다. 암보스 문도스 호텔Hotel Ambos Mundos. 작가 어니스트 헤밍웨이가 1932년부터 아바나 인근 핀카 비기아Finca Vigia에 입주한 1939년 중반까지 7년간 장기 투숙하던 곳으로 유명해졌다. 그에게는 쿠바의 '첫 번째 집'이었던 셈이다. 만약 헤밍웨이가 세계적으로 유명해지지 않았다면, 그가 단지 매년 배출되는 베스트셀러 작가 중 한 명이었다면 이곳 또한 아바나의 평범한 호텔 중 하나로 남았을 것이다. 하지만 암보스 문도스 호텔은 헤밍웨이와의 인연으로 운명이 바뀌었다. 헤밍웨이가 미국 플로리다에 있는 키웨스트Key West 집을 떠나 아바나에 머물 때면 항상, 이 호텔 5층 구석방에 묵었다고 한다. 올드 아바나와 그가 자주 낚시하던 항구가 내다보이는 511호실. 그는 이 전망 좋은 방에서 스페인 내전을 소재로 한 소설 〈누구를 위하여 종은 울리나〉를 쓰기 시작했다고 알려졌다. 헤밍웨이는 당시 하룻밤에 1.5달러를 주고 방을 빌렸다는데, 지금은 숙박비가 많이, 아주 많이 올라 나 같은 여행자에게는 부담스러운 수준이 되어있었다.

하루는 아르마스 광장과 아바나 시립 박물관에서 한나절을 보냈다. 전시물은 흥미로웠고 대낮의 더위를 잠시나마 피할 수 있었던 건 큰 보너스였다. 1770년에 바로크 양식으로 지어진 박물관 건물 안뜰에는, 나무와 크리스토퍼 콜럼버스 동상 사이로 여러 마리의 공작새가 노닐고 있었다. 아바나 항구 서쪽에 있는 '왕실의 성^{Castillo de la Real Fuerza}'도 볼만했다. 1577년에 완공된 이 석회암 요새는 아메리카 대륙에서 가장 오래된 석조 요새라는 타이틀이 붙어있다. 바닷바람이 시원하게 부는 요새 꼭대기에 오르면, 올드 아바나의 아름다운 전경이 내려다보였다.

해가 수평선 너머로 모습을 감추기가 무섭게, 수많은 아바나 시민이 말레콘 거리로 밀려들었다. 나는 창밖을 내다보지 않고도, 침대에 누워서 거리의 변신을 충분히 감지할 수 있었다. 대형 스피커에서 흘러나오는 최신 라틴음악 히트곡과 함께 숯불에 통돼지 굽는 냄새가 스멀스멀 방안으로 스며들었다. 남녀의 흥분된 목소리가 점점 더 커지면 나도 그들과 함께 파티를 즐기기 위해 거리로 나갈 준비를 했다. 자동차가 사라진 거리에서 축

제를 즐기는 쿠바인들에게는 국가 지도자 피델 카스트로도, 사회주의도, 가난도, 내일도, 모두 존재하지 않는 듯 보였다. 밤이 깊어 가도 생맥주와 럼주를 사려는 사람들의 줄은 줄어들지 않았다. 춤은 더 야해지고 키스는 더 진해졌다. 나 또한 어제와 내일에 대해 생각할 틈도 없이, 호기심과 놀라움과 또 다른 새로움의 반복 속에서 하루와 작별하고 있었다.

내가 파블로^{Pablo} 교수를 만난 건 출국 삼 일 전이었다. 늦은 오후, 쿠바에서 가장 유명한 아이스크림 상점 '코펠리아^{Coppelia}'에서 그와 합석하게 되면서 처음 인사를 나누었다. 그의 영어는 뜻밖에 유창했고(스페인어를 모국어로 쓰는 쿠바에서 유창한 영어를 구사하는 사람을 만나는 건 그리 흔한 일이 아니다), 자연스럽게 나의 첫 질문은 그의 배경에 관한 것이었다.

"영어가 유창하시네요. 어디서 영어를 배우셨나요?"

"전에 외국 생활을 2년 한 적이 있습니다. 남아프리카 공화국에서요. 그곳 고등학교에서 내 전공인 수학을 가르쳤죠. 쿠바 정부가 주선해서 매년 나 같은 교수나 의사들이 보츠와나, 모잠비크, 남아공, 아이티, 자메이카 등 주로 아프리카나 카리브해 국가들로 외화벌이를 나갑니다. 거기서 달러로 받는 월급을 6대 4로 정부와 당사자가 나눠 갖는 조건이죠. 내가 보기엔 쿠바 정부의 또 다른 착취지만, 어쨌든 달러로 받는 월급을 열심히 저축하

Photo Credit: RitaE

면 그래도 귀국할 때는 목돈이 됩니다. 나도 2년 동안 한푼 두푼 아끼며 객지에서 생활하느라 정말 고생했어요. 다시는 외국에 그런 식으로 나가고 싶은 생각도 없고. 이제 내 나이도 40대 중반이라 견디기 힘들 것 같아요."

그는 남아공에서 고생했던 일을 떠올리는 듯 고개를 절레절레 흔들었다.

내가 주문한 아이스크림이 접시에 담겨 나왔다. 어른 주먹만 한 스쿠프가 무려 다섯 개! 이걸 어떻게 다 먹지 하지만, 매번 조금도 남김없이 깨끗이 먹어 치웠다. 쿠바 아이스크림은 신비한 마력을 가지고 있는 듯했다. 곧이어 종업원이 파블로 교수 앞 테이블 위에 아이스크림 접시를 내려놓는데, 하나도 아니고 둘도 아닌 무려 여덟 개! 나는 순간 어리둥절해 테이블을 가득 메운 아이스크림과 교수를 번갈아 보며 할 말을 잃었다. 이걸 다 주문했다고? 설마 이 많은 아이스크림을 혼자 먹겠다는 건 아니겠지? 교수는 나의 놀란 표정이 민망한지 잠시 망설이다가 발밑에 놓인 가방을 열었다. 그러더니, 그 안에 있는 대형 플라스틱 통에 아이스크림을 한 접시씩 부어 넣기 시작했다. 주변 사람들이 볼 수 없게 테이블 밑에서 하는 걸로 봐서는, 뭔가 떳떳하지 못한 것 같았다. 여덟 개의 접시가 모두 비워지자, 같은 종업원이 아이스크림이 담긴 새 접시들을 테이블 위에 올려놓았다. 하나만 빼고 모든 접시를 비운 뒤 플라스틱 통을 닫고 가방의 지퍼를 채운 그는, 겸연쩍은 미소를 지어 보였다.

"집에 있는 가족들을 위해 그렇게 많이 사 가시는군요?"

그는 가볍게 고개를 끄덕이더니, 작심한 듯 내게 좌초지정을 설명했다.

"쿠바에서 월급만으로 생활하는 사람은 거의 없다고 봐야 해요. 상당수는 미국이나 다른 나라에 거주하는 가족 혹은 친척들이 보내주는 달러를 받아쓰기도 하고, 또 많은 사람이 어떤 방법으로든 부수입을 올리죠. 예를 들면, 소속 직장에서 물건을 훔쳐 암시장에서 판다든지, 여자들이 외국인을 상대로 몸을 판다든지, 아니면 우리 집같이 개인 식당을 운영한다든지. 아무튼, 모두가 장사꾼이 되어야 살아남을 수 있어요. 사실 이 아이스크림도 우리 식당에서 손님들에게 디저트로 되팔기 위해 사 가는 거랍니다."

"식당에서 직접 공급 받을 순 없나요?"

"힘드니까 내가 이 짓을 하지요. 여긴 시장원리가 작동하지 않아요. 수요공급의 균형, 그런 건 없다고 생각하시면 돼요."

"그런데 이 아이스크림 상점에서 한 개인이 그렇게 많이 사가는 건 가능한가요?"

"물론 불법이죠. 여기서는 일반 서민들을 위해 아주 싼값에 아이스크림을 팔잖아요. 저기 저쪽에 서 있는 지배인이 계속 눈총을 주고 있지만, 나를 아니까 묵인해 주는 거예요. 종업원도 내가 잘 아는 사람이고. 이제 당신은 한국으로 돌아가 사람들에게 얘기하겠죠. 내가 쿠바에서 만났던 어느 가난한 대학교수가, 되팔기 위해 많은 아이스크림을 사 가는 모습을 보았다고. 하지만 이건 분명한 현실입니다. 쿠바의 현실.^{Now you are going to tell people in} Korea that you met a poor professor who buys a lot of ice-cream to resell. But it's just the reality. Yes, Cuba's reality.["]

파블로 교수의 씁쓸한 표정에서 나는 상처받은 그의 자존심을 읽을 수 있었다.

"제가 부탁 하나만 해도 될까요?"

혹시 불법적인 걸 부탁하지 않을까 나는 잠시 긴장했다.

"말씀해 보세요."

"저하고 어디 좀 같이 가봐 주실래요? 오늘이 아니라도 괜찮아요. 시간 편하실 때……."

어디로 나를 데려가려는 거지?

"좀 더 구체적으로 설명해 주시겠어요?"

"아, 그게……. 사실은, 내 둘째 아들놈이 열아홉 살인데 요즘 어느 여자아이와 사랑에 빠졌거든요."

아들 얘기는 전혀 뜻밖이었다.

"그 여자아이가 요즘 영어를 열심히 배우고 있다고 들었는데,

선생께서 그녀와 영어로 대화를 나눠봐 주셨으면 해서요. 나하고는 쑥스럽다고 영어로 대화하기를 거부해요. 아무래도 외국인 하고 직접 실전 대화를 나눠보면, 그 아이가 앞으로 영어 배우는 데 도움이 될 것 같아서요."

아들 그리고 아들 여자친구를 위한 부탁이었다. 나는 솔직히 교수의 따뜻한 마음에 감동했다. 결국은 자식을 사랑하는 마음이었다. 그리고 나는 그를 위해 조금이라도 도움이 되는 일을 할 수 있다면 기꺼이 행동할 준비가 돼 있었다.

다음날 우리는 약속한 장소에서 다시 만났다. 그는 대학에서 강의를 막 끝내고 오는 길이라고 했다. 나는 그가 진실하고 성실한 남자라는 인상을 받았다. 또한 그로부터 쿠바에 대해 더 많은 이야기를 듣고 싶었다. 특히, 진실하고 성실한 사람이 쿠바에서는 어떤 현실과 싸우며 살아가야 하는지를. 대화를 나누며 약 30분을 걸어 아들의 여자친구 집에 도착했다. 나무 문을 노크하자 한 노인이 나왔다. 두 사람 사이에 스페인어로 짧은 대화가 오가고, 노인이 문 뒤로 다시 사라졌다. 파블로 교수가 실망스러운 표정을 짓고 있었다.

"뭐가 잘못됐나요?"

"조금 전에 나왔던 노인은 그 여자아이의 할머니인데, 손녀가 캠핑을 가고 없다는군요. 며칠 전 아들 녀석이 평상시보다 더 많은 용돈을 달라고 졸라대서 주었는데, 여자친구랑 캠핑 갈 속셈이었나 봐요. 나한테 얘기라도 하고 가지. 생각해 보면 조금은 괘씸하지만, 그렇다고 실망스럽거나 화가 나지는 않네요. 나는 내 자식들이 진심으로 행복하길 바래요. 그렇게 되기를 매일 마음속으로 기도하죠. 돈을 악착같이 벌어야 한다는 생각도 사실은 자식들 때문이랍니다. 이해하시겠어요? 저 때문에 여기까지 와주셔서 정말 감사합니다."

우리는 가까운 식당으로 저녁을 먹으러 갔다. 생선요리를 전문으로 하는 곳인데, 시각이 일러서 그런지 평상시 일반 식당 앞에서 흔히 목격하는 줄보다 비교적 짧았다. 약 20분을 대기하다 웨이트리스의 안내를 받아 구석 테이블에 앉았다.

"요즘 쿠바 대학생들은 공부를 안 해요. 공부해봤자 미래가 뻔히 보이는데, 무슨 의욕을 갖고 열심히 하겠어요. 희망이 보여야 공부도 하는 거잖아요. 그러니 사제 간의 관계도 형식적인 면이 지배적이죠. 심지어는 불성실한 교수를 제자가 교육부에 신고하는 일까지 벌어져요. 어이가 없는 일이죠. 내가 대학교 다닐 때는 상상도 못 하던 일이니까. 하지만, 그 아이들을 이해하지 못하는 건 아닙니다. 대학을 졸업해서 박봉의 직장생활을 하는 것보다 일찌감치 현장경험을 쌓아 달러벌이로 나서는 게 현명할 수도 있죠. 고생해서 공부하느니, 더 수월하게 많은 돈을 벌

수 있는 관광업 쪽으로 젊은이들이 몰리는 게 어쩌면 당연한 현상일지도 몰라요. 아무리 똑똑하고 좋은 학벌을 갖추어도 인맥 없이는 정부 요직에 가기가 거의 불가능하거든요. 외국에서 근무할 수 있는 외교관이나 부수입이 많은 정부 조직의 자리는 부모가 현 정부와 특별한 관계에 있거나, 아니면 가족 중에 혁명에 크게 기여한 사람이 있지 않는 한 매우 힘들다고 봐야죠."

청년들의 허무주의, 이기주의, 현실도피. 왠지 낯설지가 않다. 이념, 체제, 문화를 초월한 오늘날의 보편적인 현상이라는 생각이 들었다. 한국, 미국, 유럽 등 쿠바와 비교해 물질적으로 월등히 풍요로운 나라의 많은 젊은이가, 미래에 대한 희망을 상실하고 비관에 파묻혀 허덕이고 있지 않은가. 인생의 방향성을 잃고, 사회로부터 스스로를 고립시키면서, 우울한 고독을 견디지 못하고 자포자기하는 여린 영혼들. 그들이 필요한 건 삶의 돌파구일지 모른다. 하지만 그런 기회는, 자기가 원한다고 외부로부터 쉽게 주어지진 않는다. 스스로가 그 돌파구를 찾아야만 한다. 용기가 필요하다. 떠날 수 있는 용기, 막막하게만 느껴지는 현실을 박차고 뛰쳐나갈 수 있는 그런 용기. 나는 그러려고 발버둥 치며 노력하는 전 세계 모든 젊은이에게 응원과 박수를 보내고 싶다.

식사가 끝나고도 오랜 시간 우리는 테이블에 마주 앉아 많은 얘기를 나누었다. 후식으로 아이스크림이 나왔을 때는 말없이 서로를 쳐다보며 웃었다.

"혹시 이 아이스크림 '코펠리아'에서 사 온 것 아닐까요?"

내가 먼저 농담을 던졌다.

"내가 수학 다음으로 아이스크림을 잘 아는데, 그 상점 아이스크림은 아닙니다. 하하하."

그는 웃으면서도 전날과 같은 쓸쓸한 미소를 지었다. 나는 마음에 담아두었던 한마디를 결국 그에게 들려주었다.

"교수님은 진실하고 좋은 분입니다. Professor, you are true to yourself and a good man."

체 게바라 - 혁명가 아닌 여행자 5.5

우리가 여행을 떠나는 이유는 다양하다. 왜 떠나는지 묻는 말에, 사람들은 각자의 기대와 소망, 목적, 성취, 핑계를 말한다. 누구는 아무 이유도 없다고 대답한다. 그냥 떠나고 싶어서 떠난다고. 자신의 의지와는 상관없이 타인에 이끌려 떠나는 사람도 있다. 여행 목적지가 정해지는 과정에서도 여러 가지 요인이 존재한다. 여행을 어디로 갈지 결정하는 일은 때로는, 오랜 고민과 조사가 필요하다. 때에 따라 극히 단순한 결정일 수도 있다.

내가 어느 날 쿠바로 떠나기로 결심한 이유는 단순했다. 어니스트 헤밍웨이와 체 게바라. 나는 쿠바에 가서 이 두 남자를 '만나'고 싶었다. 그들의 흔적이 가장 선명하게 많이 남아있는 장소가 쿠바이고(내가 주관적으로 판단하기에), 나는 그들의 공통 분모인 '모험과 여행'을 동경하고 있었다. 물론 쿠바로 떠나는 여행에는 다른 부차적인 동기도 작용했다. 예를 들면, 파리 셰익스피어 & 컴퍼니 주인 조지 휘트먼이 피델 카스트로의 열성 지지자라는 기억, '부에나 비스타 소셜 클럽Buena Vista Social Club'의 음악을 평소에 자주 듣는 취향, 사회주의 국가라는 독특한 정치체제에 대한 호기심, 럼주와 칵테일 '모히토Mojito' 맛의 추억 등.

새벽 5시가 조금 넘은 시각. 쿠바의 중부 도시 산타클라라^{Santa} _{Clara}의 중앙역 건물을 벗어나, 대기하고 있는 마차에 올랐다. 쿠바에 도착한 지 3주째. 이곳의 대중교통 중 하나인 마차를 타는 일이 서울에서 시내버스를 타는 것만큼 자연스럽게 느껴졌다. 특별히 찾아갈 주소는 없었다. 일단 마부에게 시내 중심에 위치한 비달 공원^{Parque Vidal}으로 가달라고 부탁한다. 약 10분 뒤, 새벽 공기를 타고 명쾌하게 울려 퍼지던 말굽의 메아리가 멈췄다. 마부에게 요금을 지불하고, 가로등 불이 환하게 비추는 공원 안으로 들어섰다. 나 말고는 아무도 없는 텅 빈 공원. 벤치를 찾아 앉았다. 이상하게도 낯선 도시가 그다지 낯설게 느껴지지 않는다. 쿠바라는 나라가 그만큼 친숙해진 걸까? 공원의 고요함 때문인지, 아니면 밤새 기차여행의 피로 때문인지 잠이 엄습해 왔다. 옆에 놓여있는 배낭을 어깨에 다시 짊어지고 공원을 빠져나와, 민박집이 있을 만한 근처 골목길을 걷기 시작했다.

눈을 뜨니 날이 환하게 밝아있었다. 시계를 보기 전까지는 오전인지, 오후인지 감이 오지 않았다. 이른 새벽, 민박집을 찾아 방에 들어서자마자 침대에 뻗어 잠이 들었었다. 샤워를 마치고 거실의 흔들의자에 앉아 있는 나에게, 주인집 할머니가 따뜻한 커피 한 잔을 갖다줬다. 일흔이 훌쩍 넘어 보이는 자상한 인상의 노파. 깊은 잠에서 깨어나 찬물 샤워를 마친 뒤 마시는 따뜻한 커피. 낯선 거실이 순식간에 친숙한 공간처럼 느껴졌다. 거실의 소니^{SONY} 스테레오에서 흘러나오는 영화 〈바그다드의 카페〉의 주제곡 '콜링 유$^{Calling\ You}$'도 한몫했다. 이 노래를 들을 때면 나는 항상, 사막 한 가운데 놓인 텅 빈 아스팔트 도로를 떠올린다. 부드러운 손결이 살결을 쓰다듬듯 스쳐 지나가는 모래바람, 텅 빈 도로의 외로움을 위로라도 해주듯 사르르, 사르르 스쳐 가는 모래 소리.

손가방에서 일기장을 꺼내 페이지 사이에 접어둔 잡지 기사를 펼쳤다.

〈32년 만에 유해로 귀환 〉

'돌아온 혁명 영웅 체 게바라'는 오는 10월17일 쿠바의 산타클라라 기념관에 매장된다. 지난 7월 12일 볼리비아에서 쿠바로 옮겨진 게바라의 유해가 이날 마침내, 이 쿠바혁명 전적지를 안식처로 삼는 것이다. 게바라 군대가 정부군을 크게 물리친 산타클라라 전투 뒤 39년, 콩고혁명을 위해 쿠바를 떠난 지 32년 만의 일이다. 이날은 또 쿠바 정부가 정한 게바라 추모주간의 마지막 날이기도 하다. 쿠바 정부는 게바라의 유해를 우선 수도 아바나의 호세 마르티 기념관에 11일부터 13일까지 전시할 예정이다. 그 뒤 14일에 아바나에서 300km 동쪽에 있는 산타클라라의 묘지로 옮긴다. 아바나에서 산타클라라까지의 행진 루트는 지난 58, 59년 그가 산타클라라에서 아바나로 가던 꼭 그 길이다. 방향만 반대일 뿐이다. 10월 17일 매장행사는 텔레비전을 통해 전국에 방영될 예정이다.

오후 2시가 넘어서야 민박집 현관문을 열고 나왔다. 다시 찾은 비달 공원은, 어둠 속에서 보았던 모습과는 다르게 활기가 넘쳤다. 텅 비어있던 공원이 산타클라라 시민들의 휴식 공간으로 변신해 있었다. 뜨거운 태양을 피해 나무 아래 벤치에 앉아 잡담을 나누는 노인들, 공원을 가로질러 어디론가 분주히 걸어가는 젊은이들, 어린아이들과 산책을 즐기러 나온 엄마들, 벤치에 앉아 나처럼 이런 사람들을 지켜보는 또 다른 쿠바인들. 나는 공원 주변에서 손님을 기다리는 마차에 올라탔다. 같은 방향으로 가려는 승객 둘을 내 옆자리에 태운 마부는, 매어놓았던 고삐를 풀고 쌍두마차를 서서히 움직였다.

"에스따 쁠라자 데 라 레볼루씨온(여기가 혁명 광장이오)!"

마부가 나를 향해 돌아보며, 손가락으로 나의 목적지인 '혁명 광장Plaza de la Revolution'을 가리켰다. 드넓은 광장 중앙에 세워진 체 게바라의 거대한 청동상이 이정표가 되어줬다. 동상과 기념비 뒤로 단층 건물인 박물관과 그의 영묘가 한눈에 들어왔다. 입장권을 내미는 나에게 관리인은 박물관 입구를 가리키며, 그곳을 먼저 방문할 것을 권했다.

'체 게바라 박물관Museo Del Che Guevara' 안에 전시된 그의 유품은 기대했던 것보다 그리 많지 않았다. 사방 벽에 걸려있는 다양한 이미지의 대형 포스터들, 주제와 시기별로 나눠 유리관에 보관된 크고 작은 유품들이 주된 전시품이었다. 제일 먼저 나의 시선을 끈 건, 에르네스토 게바라^{Ernesto Guevara}('체^{Che}'는 그의 애칭이다)의 초등학교 성적표. 어떻게 쿠바 정부가 입수했는지는 모르겠지만, 과목별 성적이 기록된 전 학년 성적표 원본이 거기 있었다. 아는 사람의 옛 학창 시절 성적표를 몰래 엿보는 기분으로 체 게바라의 성적 기록을 하나씩 꼼꼼하게 살펴봤다. 프랑스의 실존주의 철학가 장 폴 사르트르가 '20세기의 가장 완벽한 인간'이라고 칭했던 체 게바라의 어린 시절, 미술과 음악 과목 성적은 낙제점이었다. 10점 만점에 4점! 반면, 성적이 가장 좋았던 과목은 역사, 9점이었다.

성적표에는 반영되지 않았지만, 체 게바라가 어린 시절부터 만능 스포츠맨이었다는 건 널리 알려진 사실이다. 두 살 때부터 앓기 시작한 천식으로 인해 평생 시달렸음에도 불구하고, 그는 럭비, 수영, 체조, 테니스할 것 없이 모든 운동을 즐겼다. 그의 친형은 훗날 "동생은 매우 아픈 소년이었다. 하지만 그의 성격과 의지력 덕분에 극복할 수 있었다."고 회상했다. 어쩌면 천식이 전화위복이 되어, 그를 더 강한 정신력의 소유자로 성장시켰을지도 모른다. 체 게바라는, 모든 삶은 의지의 행위라고 굳게 믿었다.

"아무리 어려운 일이라도 열정, 혁명적 열정, 굽히지 않는 결단력만 있으면 해결할 수 있습니다."

　그는 밖에서 친구들과 운동하며 뛰어놀지 않을 때는 방에 틀어박혀, 조용히 독서에 몰두하는 소년이기도 했다. 후에 그의 혁명 동지들의 증언에 따르면, 체 게바라는 때와 장소를 가리지 않고, 심지어는 언제 총알이 몸에 박힐지 모르는 게릴라전 중에도 책을 손에서 놓지 않았다고 한다. 프로이트에서부터 키플링, 보들레르, 셰익스피어, 볼테르, 헤밍웨이에 이르기까지 다양한 장르와 저자의 책에 몰입하는 게릴라 전사, 혁명가! 그런 그의 모습이 주위 동지들에게 얼마나 생소하게 비쳤을까! 체 게바라는 책 읽기를 좋아했던 것만큼 글 쓰기도 어린 시절부터 몸에 배었던 것 같다. 열일곱 살 때 쓰기 시작한 일기는 그가 죽기 직전까지, 그러니까 그의 모국 아르헨티나에서 시작해 쿠바 혁명의 중심에 섰을 때 그리고 볼리비아에서 생을 마감하는 순간까지, 자기 경험과 생각을 기록하는 평생 습관이었다.

　박물관 안에서 성적표 다음으로 나의 눈길을 끈 것은, 그가 대학 시절 처음으로 떠났던 남미횡단 여행의 지도였다. 체 게바라의 가슴속에 이상주의자의 꿈을 심어주고, 동시에 그를 행동파 리얼리스트로 성장시킨 바로 그 첫 남미 여행. 그때 그가 작성한 일기 내용을 바탕으로 영화 〈모터사이클 다이어리〉(2004)가 제

작되기도 했다.

체 게바라는 1948년 아르헨티나의 최고 명문대 부에노스아이레스 의과대학에 입학한다. 그리고 1951년 12월 29일 대학에 휴학계를 내고, 친구 알베르토 그라나도와 함께 일만 킬로미터에 이르는 남미대륙횡단 여행을 떠난다. 처음에 그들은 구대륙 유럽으로 건너가 프랑스, 이탈리아, 스페인 등을 여행할 계획을 세웠다. 그러나 고심 끝에, 모터사이클을 타고 육로만으로 여행할 수 있는 라틴 아메리카로 목적지를 바꾼다. 스페인어가 통하고 위대한 고대문명이 남아있는 이웃 나라들을 여행지로 선택한 것이다. 다음은 친구 알베르토의 증언이다.

"비록 우리는 아르헨티나인이었지만, 우리 조상들의 문명 터전이랄 수 있는 유럽을 먼저 떠올렸습니다. 그리스와 이탈리아, 혁명의 발상지인 프랑스, 그리고 어떤 의미에선 우리의 모국이랄 수 있는 스페인도 가보고 싶었죠. 그리고 파라오와 피라미드의 나라인 이집트도요. 아마 몇 주일을 꼬박 고민했을 겁니다. 하지만, 에르네스토의 마음 깊숙한 곳에는 우리가 지금 살고 있는 이 대륙이 가장 큰 의미를 차지하고 있었습니다. 라틴 아메리카인으로서 우리의 뿌리를 찾아 떠나자, 대륙 발견 이전 시대의 문명을 발견해 보고, 마추픽추를 기어올라 그 비밀을 손수 풀어

보자. 그리고 잉카 사람들은 어떻게 살았는지도 알아보고⋯⋯.
결국 유럽과 이집트, 그리고 나머지 세계는 나중으로 미루기로
했습니다."

평소에 자전거 여행을 즐겼던 체 게바라는 잠시, 페달을 밟으
며 남미를 누비는 상상을 해본다. 그러나, 주어진 시간에 더 넓
은 세계를 체험하기 위해서는 같은 두 바퀴지만 훨씬 더 빠른 교
통수단을 선택하게 된다. 낡은 노턴 500cc 중고 오토바이 '파워
풀Powerful'에 텐트, 침낭, 취사도구, 지도, 나침반, 카메라 등을 싣
고 집과 가족을 떠나는 체와 그의 친구 알베르토 그라나다Alberto
Granada. 결코 짧지 않은 9개월간의 모험이 시작된다. 8,000킬로
미터의 여정은 아르헨티나에서 칠레, 페루, 콜롬비아를 거쳐 베
네수엘라까지 이어졌다. 친구와 잠시 헤어져 홀로 미국 마이애
미까지 여행한 체 게바라는, 비행기를 타고 아르헨티나로 돌아
오면서 여행을 끝마친다.

그의 들끓는 호기심과 방랑벽 외에 대학생이었던 체 게바라가
이런 장기간의 해외여행을 떠날 수 있었던 배경이 하나 더 있다.
경제적 여유이다. 그는 스페인-아일랜드계 중산층 가정에서 다
섯 자녀 중 장남으로 태어났다. 그리고 1950년대 그의 고국 아
르헨티나는 세계에서 경제적으로 가장 부유한 국가 중 하나였

다. 2차 세계대전 직후 아르헨티나 페소는 미국 달러, 영국 파운드와 더불어 세계 3대 통화로 인정받았고, 인구당 프랑스보다 자동차가 더 많았으며, 1인당 국민소득은 급속도로 경제발전을 이루고 있는 독일보다도 월등히 높았다. 이런 부를 부러워하며 더 높은 임금과 생활 수준을 꿈꾸는 유럽인들, 특히 스페인과 이탈리아 출신 이민자들이 줄을 이어 아르헨티나로 이주하던 시대에 체 게바라는 젊은 시절을 보냈다.

한국의 대학생이 아르바이트해서 번 돈과 부모의 용돈으로 동남아 여행을 떠나듯, 부유한 나라 아르헨티나의 두 젊은이는 어렵지 않게 여행자금을 마련해 같은 대륙에 있는 여러 나라를 여행하면서 다양한 체험을 하게 된다. "우리의 뿌리를 찾아 떠나자, 대륙 발견 이전 시대의 문명을 발견해 보고, 마추픽추를 기어올라 그 비밀을 손수 풀어보자." 두 사람이 여행길에서 기대했던 것은 이런 낭만적인 체험이었다. 그러나, 남아메리카의 광활한 대지와 빈곤한 대중에게 가깝게 다가서면 다가설수록 현실의 비참함이 그들을 괴롭혔다. 특히 남미의 원주민, 노동자 그리고 농민들이 얼마나 가난하고 비참하게 억압받으며 살고 있는지 눈으로 확인하면서 충격을 받는다. 9개월간의 발견과 깨달음, 자기성찰의 여정은 두 사람의, 특히 체 게바라의 세계관을 극적으로 변화시킨다. 그는 불의한 현실을 목격하고 분노에 가득 찼다.

"나는 민중과 함께할 것이다."

그는 '비아헤^Viaje(여정)'라고 이름 붙인 그의 일기장에 썼다.

"나는 내 무기를 피로 적시고 분노에 미쳐서 패배한 적들의 목을 베겠다. (……) 콧구멍에서 화약과 피의 매캐한 냄새, 적의 죽음을 음미하는 것이 느껴진다."

다소 과격한 표현으로 들리지만, 당시 체 게바라는 20대 초반이었고 남다른 정의감에 불타고 있었다. 오늘날 세계 곳곳에서, 불의를 참지 못하고 길거리로 뛰쳐나와 과격한 시위를 벌이는 같은 또래의 대학생들과 크게 다르지 않았을 것이다. 이 여행경험은 결국 체 게바라를 정치참여의 길로 이끄는 데 결정적인 영향을 미치게 된다. 후에 위대한 혁명가가 되는 에르네스토 '체' 게바라의 '부화기'였던 셈이다.

공교롭게도 나 또한 체 게바라가 첫 남미 여행을 떠났던 그 나이에, 대학을 휴학하고 12개월간 배낭여행을 떠난 경험이 있다. 대학 생활 첫 2년 동안 토요일과 일요일 각각 8시간, 일주일에 평균 20시간 교내 도서관에서 아르바이트하며 저축한 돈으로 여행경비를 마련해 떠난 여행이었다. 유럽에서 출발해 아프리카, 인도, 동남아로 이어진 여정 중에 내가 자주 느꼈던 감정은, 측은함과 안타까움이었다. 빈곤 국가들을 여행하면서 슬픔, 분

노와 같은 감정과도 싸워야 했다. 또한 이런 의문이 수시로 떠올랐다. '왜 세상은 공평하지 않은가?' '똑같은 인간인데, 왜 누구는 빈곤과 고통 속에서 살아야 하는가?' '무엇이 그 차이를 만드는 걸까?' '문화일까? 정치체제일까? 국가 지도자의 문제일까? 아니면 세계 질서의 문제일까?' 내가 당시 유학하던 미국 대학의 기숙사 건물은 한겨울에 난방이 너무 더워 학생들이 반바지와 티셔츠를 입고, 한여름엔 춥기까지 했다. 뷔페식 기숙사 식당은 학생들이 먹다 남긴 음식물 쓰레기로 넘쳐났다. 이런 기억들이 내가 여행길에서 목격하는 사람들의 극빈한 생활 모습과 대비되면서, 마음이 몹시 불편했던 경우가 한두 번이 아니었다.

다음은 당시 내가 남겨놓았던 기록이다.

진정한 부끄러움 – 마더 테레사^{Mother Teresa}, 인도 콜카타

인구 천만의 '기쁨의 도시' 인도 콜카타^{Kolkata}의 하우라 중앙역 앞 광경은 실로 충격적이었다. 먼저 내 주위의 공간을 빈틈없이 메우고 있는 어마어마한 인파가 그랬고, 다음으로는 그들 하나하나의 모습이 그랬다. 나와 같은 공기를 들이마시고 있는 인도인들이었지만, 그들의 모습은 단순히 지저분하고 불쌍하다고 표현할 수 없을 정도였다. 길바닥에 앉아 젖을 먹이는 젊은 여인과 그녀의 때 묻은 젖을 빨고 있는 갓난아이 앞에서, 사람들의 다리 사이에서 먹을 것을 찾고 있는 아이들 앞에서 나는, 어떤 표정으로 그들을 바라보아야 할지 도저히 알 수 없었다. 그 순간 생각해 낼 수 있는 가장 덜 고통스러운 방법은, 생명의 활기를 상실한 듯한 그들의 시선으로부터 고개를 돌리는 것이었다.

도착 다음 날 새벽, 마더 테레사의 수녀원을 찾아갔다. 밤새 쥐 소리에 잠을 설쳐야 했던 여인숙을 나와, 소와 개와 인간이 한데 어울려 여기저기에서 죽은 듯이 잠자고 있는 콜카타의 새벽 거리를 걸으면서, 과연 이보다 황량하고 비참한 광경이 또 있을까 하는 생각이 들었다. 까마귀도 잠이 든 그 시각에, 환하게 불이 밝혀진 수녀원에서 나는 새벽 미사를 준비하고 있는 테레사 수녀를 처음 보았다. 키가 초등학생만 하고 허리가 앞으로 조금 굽혀진 살아 있는 성인. 그녀는 미사가 진행되는 동안 어떤 표정의 변화도 없이, 흡사 바로 앞에 서 있는 하느님과 진지하게 대화를 나누고 있는 듯이 보였다. 미사가 끝나고 수녀원을 나왔을 때, 날이 밝아오는 거리에는 소와 개와 인간이 하나둘씩 죽음에서 부활하듯 일어나 하루를 맞이하고 있었다.

아침 식사도 잊은 채 내가 찾아간 곳은 '죽음을 기다리는 집 Home for Dying Destitutes'이었다. 입구에서 손을 내미는 사람들을 지나쳐 마치 집주인이나 되는 양 문을 밀고 안으로 들어가다가, 퀴퀴한 소독약 냄새에 나도 모르게 멈칫했다. 전쟁터의 임시 병실을 연상시키는 작은 건물 안에는 간이침대들이 빽빽하게 놓여 있었고, 그 위에는 앙상하게 뼈와 가죽만 남은 채 고통의 신음도 낼 힘 없이 죽음을 기다리는 사람들이 누워 있었다. 평소에도 병원 특유의 냄새를 싫어하는 나는, 당장에라도 돌아서서 밖으로 뛰쳐나가고 싶었다. 그러나 그때, 얼굴이 아주 곱게 생긴 한 수녀님이 다가와, 무슨 일로 왔냐고 물었다. 얼떨결에 도움을 드리고자 왔다고 대답했더니, 수녀님은 환자들의 아침 식사를 거들어달라고 했다.

콩 국물이 부어진 밥과 바나나가 담긴 양은 접시를 손에 들고 수녀님이 가리키는 환자에게 다가간 나는, 소독약 냄새와 더불어 신경을 극도로 불쾌하게 만드는 어떤 강한 악취에 숨을 멈추었다. 인간의 몸이 썩는 냄새가 이런 걸까. 큰 눈을 깜박이지도 않고 허공만을 초점 없이 바라보는 남자 앞에서, 겁에 질린 나의 심장은 쿵쿵거렸고 얼굴에서는 어느새 식은땀이 흘러내렸다. 불규칙적으로 내쉬는 실낱같은 숨소리를 들으면서 그가 송장이 아니라는 걸 확인한 뒤, 떨리는 손을 그의 등에 갖다 대고 상체를 침대에서 일으켰다. 악취는 더 강하게 코를 자극했고, 눈물인지 아니면 다른 체액인지로 흐릿해져 있는 그의 큰 두 눈을 마주

보게 되었다. 타인의 눈과 마주하며 그처럼 섬뜩함을 느꼈던 건 태어나서 처음이었다.

내 오른손이 떠받치고 있던 그의 등은 살아 있는 인간의 것이 아니었다. 인간의 골격에 얇은 천을 입혀놓았다는 말이 더 정확할 것이다. 왼손에 쥔 숟가락으로 극히 적은 양의 밥과 그보다 더 작은 조각의 바나나를 그의 입에 넣어주면서, 그 생명의 에너지가 식도를 어렵게 넘어가는 모습을 차마 눈 뜨고 볼 수 없었다. 나치 독일인들이 유대인들에게 잔인했다면, 이들은 누가 이렇게 만들어 놓았을까. 왠지 누군가를 원망해야 할 것 같았다. 다른 인간들에게, 우리 모두에게 책임이 있는 게 아니냐고 따져 묻고 싶었다. 그가 더 이상 음식을 넘기지 못하자, 침대에 눕히고 그의 곁을 떠났다. 야자 껍질로 설거지하는 중에도, 양은 접시 위에 그 인도인의 얼굴이 떠올랐다. 나는 다시 눈을 감을 수밖에 없었다.

독일인 자원봉사자가 안내해 주는 영안실에는 밤새 죽은 네 구의 시체가 하얀 천에 덮여 있었다. "오늘은 네 명이군." 태연하게 던진 그 젊은 독일인의 말에서, 죽음의 '가벼움'이 실감 났다. 마주 보는 벽에는, 작은 십자가 아래 이런 팻말이 걸려 있었다. '나는 하늘나라로 가는 중입니다.'

그와 함께 근처 식당에서 점심을 먹고 돌아온 뒤, 식사가 담긴 양은 접시를 들고 아침을 먹였던 그 환자에게로 다시 갔다. 들것처럼 생긴 그의 낮은 침대 곁으로 무거운 발길을 옮기던 나는 뭔가 이상한 걸 느꼈다. 불규칙적으로 어렵게나마 숨을 쉬고 있던 그였는데, 이제는 그 어떤 생명의 기운도 느껴지지 않는 것이었다. 나는 어떤 사고 현장을 처음 목격한 사람처럼 허둥대며 미국인 의사를 불렀다. 그는 태연하게 그를 검사해 보더니 내게, "이 사람 죽었네. 시신을 씻은 다음 영안실로 옮기세요" 했다. '뭐, 죽었다고? 불과 네 시간 전에 내가 주는 밥을 기도로 넘기던 사람이 지금 죽어 있다고?'

나는 그 길로 '죽음을 기다리는 집'을 뛰쳐나왔다. 인간의 육체를 파먹는 듯한 악취, 길거리에서 죽어가는 노인들과 어린아이들의 모습이 두려워서 일주일 동안 여인숙 방에 틀어박혀 지냈다. 그러던 어느 날, 머리를 무질서하게 채우고 있던 상념들 사이를 비집고 한 가지 의문이 나를 도발했다. 지금까지 나는 새로운 것을 위해, 내가 아직 소유하지 못한 체험과 지식을 위해 항상 먼 곳으로 떠났다. 하지만 과연 나는, 다른 사람들을 위해 나 자신을 희생해 본 적이 있는가? 힘들고 어려운 모험을 위해 충분한 용기를 갖추고 있다고 믿었지만, 사실 그 용기는 나 자신만을 위한 일종의 사치는 아니었을까?

길거리에 쓰러져 생쥐에 물어뜯기고 구더기가 들끓는 사람들을 두 손으로 보살피던 마더 테레사의 가냘픈 모습이 문득 내 앞에 나타났다 사라졌다. 그때 처음으로 진정한 부끄러움이란 무엇인지 알 것 같았다. 노벨문학상을 받은 독일 작가 귄터 그라스^{Günter Grass}가 인도를 세 차례 여행한 후의 소감을 왜 '부끄러움^{Scham}'이라고 표현했는지 비로소 이해할 수 있을 것 같았다.

그날 나는 여인숙 방을 나와, 다시는 돌아가지 않으리라 믿었던 '죽음을 기다리는 사람들' 곁으로 돌아갔다. 그리고 두 달 뒤 마더 테레사의 따뜻한 손을 잡는 것을 마지막으로, 잊지 못할 충격을 선사했던 콜카타의 하우라 역을 떠났다. 증기 기관차가 끄는 이등석 기차 칸에서 염소, 닭, 인도인들 사이에 앉아 남쪽을 향해.

1953년 의대를 졸업하고 의사 면허증을 딴 체 게바라는 두 번째 대장정에 오른다. 안정된 의사 생활을 거부하고 또 한 번 모험을 선택한 것이다. 그는 볼리비아, 페루, 에콰도르, 파나마, 코스타리카, 니카라과, 온두라스, 엘살바도르, 과테말라를 여행하고, 볼리비아와 과테말라에서는 각각 5주, 9개월의 시간을 보낸다. 그가 멕시코의 수도 멕시코시티에 도착한 건 1954년 9월

21일. 체 게바라는 나이 스물여섯의 낭만적 방랑자이자 휴머니스트, 몽상가, 이상주의자, 막연한 공산주의자 그리고 실업자였다. 그리고 그는 혼자가 아니었다. 과테말라에서 한 해 전 만난 페루인 여자친구 힐다 가데아[Hilda Gadea]와 함께였다. 그녀는 모국인 페루에서 추방당한 마르크스주의 경제학자였는데, 체 게바라의 첫째 딸을 임신하고 그와 1955년 9월 결혼한다. (4년 뒤인 1959년 5월 이혼.) 체 게바라는 가족의 생계를 위해 한동안 멕시코시티의 종합병원 알레르기 내과에서 근무했다고 알려졌다.

1955년 7월, 그러니까 첫 번째 부인 힐다 가데아와 결혼하기 두 달 전, 그의 인생을 송두리째 바꿔놓은 만남이 이루어진다. 체 게바라는 멕시코로 망명한 29세의 쿠바 반란군 지도자 피델 카스트로와 그의 동지들을 지인을 통해 소개받게 된다. "그날 밤 몇 시간 만에 나는 미래의 모험가 중 한 명이 되었다"라고 체는 후에 회상했다. 카스트로의 열정과 체 게바라의 이상주의는 서로에게 불과 기름이 만난 격이었다. 두 사람이 당시 쿠바의 독재자이자 대통령이었던 바티스타를 몰아내기로 뜻을 모으는 데는 그리 많은 시간이 필요하지 않았다. 그들은 카페 '라 아바나[La Havana]'에서 자주 만났고, 미래 쿠바 혁명을 함께 꿈꾸고 구체적인 계획을 논의했다. (멕시코시티 시내에 있는 이 카페는 여전히 성업 중이고, 카페 입구에 그들의 만남을 기념하는 표지판이 걸려있다.) 드디어 1956년 11월, 12인승으로 개조된 디젤 동력 보트 '그랜마^{Grandma}호'는 카스트로와 체 게바라를 포함해 무려 82명의 반란군을 태우고 멕시코를 떠나, 우여곡절 끝에 쿠바에 상륙하게 된다. 쿠바 역사의 새로운 커튼이 열리는 순간이다.

박물관을 나온 나는, 바로 옆에 있는 체 게바라 영묘^{Mausoleo del Che Guevara} 앞에 섰다. 체와 29명의 동료 전투원의 유해가 안치된 곳이다.

"타협하지 않는 혁명가이자 이타적이고 헌신적이며 부패하지 않고 자신의 신념을 위해 기꺼이 죽을 준비가 되어 있었던 신화적이고 낭만적인 영웅."

그를 칭송하는 수많은 수식어의 일부다.

나는 체 게바라를 '그럼에도 불구하고를 실천한 여행자'로 표현하고 싶다. 혁명가가 아닌 여행자.

새로운 미지의 세계로 떠날 동기보다, 익숙한 이곳에 안주해야 할 이유가 더 많다. 항상 그렇다. 나도 매번 새로운 여행을 떠날 때마다 경험한다. 모든 떠남은 일종의 모험이고, 모험은 불확실성과 그만큼의 위험이 뒤따른다. 그럼에도 불구하고, 여행자만이 누릴 수 있는 특권은 떠나야만 주어진다. 손에 잡히지 않는 '무형無形'의 그 무엇은, 누구에게는 '유형有形'의 가치를 훌쩍 뛰어넘어 삶의 의미를 확고히 해준다. '자아실현'이라고 해도 좋다. '유희遊戲'라고 불러도 되고 '행복'이라는 이름을 붙여도 좋다. 결국은 인간의 멈추지 않는 탐욕 때문에, 이미 가진 것에 만족하지 못하는 불만 때문에, 눈에 보이고 손에 잡히는 유형의 가치에 매달려야 하는 현실 때문에 괴로워하는 모든 이들에게, 체 게바라는 큰 위안을 선물했다고 나는 믿는다. 많은 유형의 가치를 포기하고, 자아가 진심으로 원하는 무형의 가치를 추구했던 체. 그는 혁명가 이전에 여행자였다. 항상 떠나지 말아야 할 이유가 더 많았음에도 불구하고 그는, 손에 잡히지 않는 꿈과 이상과 진정한 자아실현을 위해 떠나고 또 떠났다.

"자연이 나무나 꽃, 들풀 침묵 속에서 어떻게 성장하는지 보라. 별과 달과 태양을 보라. 그것들이 침묵 속에서 어떻게 움직이는지를. 침묵은 창조 이전에 왔다. 한마디 말도 없이 하늘이 널리 퍼졌다. 많은 영혼을 어루만지기 위해서 인간에게는 내적 그리고 외적인 침묵이 필요하다. 그것은 겸손과 자비의 침묵이요, 눈과 귀와 혀의 침묵이다. 침묵은 자비를, 자비는 겸손을 낳는다."

손에 잡히지 않는 무형의 침묵.

마더 테레사의 기도문을 마음속으로 되새기며 나는 체 게바라
와 쿠바를 떠났다.

A photograph taken by Alberto Korda in March 1960 / Public Domain

1960년 3월 어느 날 아침, 사진작가 알베르토 코르다는 체 게바라의 사진을 한 장 찍었다. 이 사진은 묻혀있다가, 7년 후 체가 볼리비아에서 사망하자 전 세계의 주목을 받았다. 세계에서 가장 많이 복제된 사진이자 서양 미술사에서 다빈치의 '모나리자'에 이어 두 번째로 많이 복제된 이미지로 알려져 있다. (사진의 저작권은 없다)

뜨거운 감성의
문학 도시
더블린
VI

Ireland

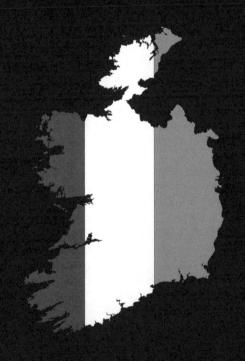

"모든 인생은 하루하루가 쌓여가는 시간이다. 강도, 유령, 거인, 노인, 청년, 아내, 과부, 사랑하는 형제를 만나는 동안, 우리들 사이를 걸으면서 결국은 언제나, 자신을 만나게 된다."

"Every life is many days, day after day. We walk through ourselves, meeting robbers, ghosts, giants, old men, young men, wives, widows, brothers-in-love. But always meeting ourselves."

『율리시스Ulysses』, 제임스 조이스James Joyce

뜨거운 감성의 문학 도시 더블린 VI

우리는 누군가를 처음 만날 때 첫인상을 접한다. 극히 짧은 시간 안에 전달되는, 상대에 대한 전반적인 느낌. 물론 다분히 주관적인 평가다. 사전 지식이나 선입견, 가치관 등이 영향을 미칠 수 있다. 낯선 도시를 방문할 때도 첫인상을 받는다. 왠지 불편하고 마음에 들지 않는 도시가 있는 반면, 꼭 집어 그 이유를 설명할 순 없어도 마음이 편하고 가능한 한 오래 머물고 싶은 도시가 있다. 내게는 아일랜드의 수도 더블린이 그런 도시였다. 익숙해서 편한 게 아니라, 첫 대면부터 그냥 느낌이 좋았다.

꼬박 한 달을 런던에서 보냈다. 회사 출장이었다. 주말도 없이 밤낮으로 일에 매달려야 했다. 출장이 마무리되고 휴식이 절실하게 필요했던 나는, 2주간의 휴가를 얻었다. 그 소중한 시간을 어디서 보낼지 나는 이미 알고 있었다. 아일랜드의 수도 더블린! 곧바로 런던에서 더블린으로 가는 비행기에 올랐다. 그때까지 유럽대륙에서 총 6년을 살았지만, 아일랜드는 첫 방문이었다. 지리적으로 중앙유럽에서 바라볼 때, 아일랜드는 거대한 섬나라 영국 뒤에 숨은 작은 섬나라처럼 비친다. 비유하자면, 육지에서 바라본 제주도 너머 마라도같은 느낌? 이건 단지 아일랜드의 지리적 느낌을 비유한 것이지, 결코 그 나라의 역사와 문화를 변방으로 치부하는 건 아니다. 나는 더블린 공항에 발을 내딛기 훨씬 전부터 아일랜드의 굴곡진 역사와 다채로운 문화적 유산에 대해 알고 있었다.

더블린 국제공항 터미널을 빠져나와 안내받은 버스 정거장으로 걸어가고 있을 때, 저만치서 대기하고 있던 버스가 출발하려고 출입문을 닫았다. 타려던 41번 시내버스였다. 캐리어를 끌고 전력 질주해 다가오는 나를 본 버스 기사는, 출발을 멈추고 기다려 주었다. 닫혔던 출입문이 다시 열리고, 나는 숨을 헐떡이며 버스에 올라탔다. 기사에게 고맙다는 말을 건네고, 요금인 3.5유로를 내기 위해 지갑을 열었다. 그런데 하필 50, 100유로 지폐만 있고, 그보다 작은 단위의 현금이 보이지 않았다. 운전기사는 거스름돈이 없다며 어깨를 으쓱 들어 올렸다. 난감했다. 어렵게 올라탄 버스에서 내려야 할 상황이었다. 그때 누군가 내 어깨를 톡톡 쳤다. 돌아보니, 20대 초반으로 보이는 여성이 고개를 살며시 끄덕이며 버스표를 한 장 내밀었다. 일단 버스표를 받아 버스 기사에서 건넨 뒤 그녀를 따라 자리에 앉았다. 그녀 옆에는 비슷한 또래의 여성 동행인이 있었다.

"정말 고마워요! 다음 버스가 언제 올지 모르지만 한참 동안 기다릴 뻔했네요."

"아마 버스가 3, 40분에 한 대 다닐 거예요. 숨 좀 돌리세요. 호호호."

나는 그녀에게 진 빚을 갚으려고 50유로 지폐를 내밀었다.

"저희도 거스름돈이 없어요. 안 주셔도 괜찮으니 신경 쓰지 마세요."

"그럴 순 없죠! 이따 버스에서 내리실 때 나도 따라 내릴게요. 버스 정거장 근방에 돈 바꿀 곳이 분명히 있겠죠."

그녀의 영어 억양은 스페인어권 사람의 것과 닮아있었다.

"두 분도 더블린에 여행 오셨나요?"

"반반이에요. 저는 여기 일 년 어학연수 와있고, 언니는 멕시코에서 한 달 놀러 왔어요. 오늘 언니가 출국하는 날인데, 늦어서 그만 비행기를 놓쳤어요."

그러고 보니 두 여성은 이목구비가 닮은 얼굴을 하고 있었다.

"이런, 멕시코로 돌아가는 비행기를 놓치셨다고요? 그럼 어떡해요?"

"저렴한 항공권이라 한 번 놓치면 다음 비행기도 못 탄 다나봐요. 멕시코시티에 있는 아빠한테 연락해 놓았으니, 어떻게든 해결해 주시겠죠."

그런 상황이라면 속상해서 표정이 안 좋아 보여야 정상일 것 같은데, 자매는 정반대였다. 서로 마주 보며 아무렇지도 않은 듯 웃음 지었다. 평생 경제적으로나 정신적으로 고생을 안 해본 것 같이 천진했다.

"더블린 생활은 어때요? 마음이 들어요?"

"매우요! 사람들도 친절하고 재밌어요."

동생이 언니를 바라보며 동의를 구하자, 언니는 고개를 과장되게 끄덕였다.

"시내 어디쯤에서 내리시나요?"

"오코넬 거리^{O'Connell st.}요. 더블린에서 가장 유명한 번화가예요. 시내 중심에 있죠."

"잘됐네요. 내릴 때가 되면 알려주세요. 제가 따라 내릴게요."

오코넬 거리에 도착한 뒤 고마운 마음에 나는 자매를 카페에 초대했지만, 두 사람은 쇼핑갈 계획이라면서 정중히 거절했다. 편의점에서 받은 거스름돈으로 자매에게 버스표 금액과 구매한 음료수를 건넸다. 그들과 헤어진 후 예약한 숙소까지 그리 먼 거리가 아니어서 걸어갔다. 런던에서 4주간 묵었던 딱딱하고 사치스러운 분위기의 호텔 생활에 싫증이 난 나는, 시내 중심에 있는 유스호스텔에 독방을 예약했는데 결과적으로 매우 만족스러운 선택이었다. '가디너 하우스 호스텔^{Gardiner House Hostel}'은 스테인드글라스 창문과 아치형 천장이 돋보이는 200년 된 빅토리아 양식의 옛 성당 건물 안에 자리하고 있었다. 예약한 독방도 깨끗하고 조용했다. 공동으로 사용하는 부엌과 당구대가 있는 라운지에는 전 세계에서 여행 온 투숙객들로 활기가 넘쳤다. 더블린과 잘 어울리는, 내가 원했던 바로 그런 분위기의 숙소였다.

9월 초 더블린의 아침 공기는 상큼하고 맑았다. 나에게는 2주간의 시간이 주어졌고, 역사와 문화와 스토리텔링으로 가득 찬 이 도시를 최대한 여유롭게 즐기고 싶었다. '더블린 사람'이 돼 보기는 어렵겠지만, 최대한 주마간산식의 관광 루트는 탈피해 보기로 마음먹었다. 관광객들과 시민들로 북적이는 시내 중심을 잠시 벗어나, 도시를 가로지르는 리피강$^{River Liffey}$ 가를 걸었다. 한적한 노천카페를 발견하고는 전망이 좋은 테이블에 앉았다. 모닝커피를 마시기에 더블린에서 이보다 더 좋은 장소는 없을 거란 생각이 들었다. 잠시 후, 70대로 보이는 노인이 옆 테이블에 앉으며 내게 눈인사했다. 깔끔한 세미 캐주얼 복장에, 평온하고 부드러운 인상의 남자였다.

"좋은 아침입니다."

"그러게요, 오늘은 특별히 좋은 아침입니다."

내가 인사를 건네자, 노인은 반가운지 환한 미소로 답했다.

"여기 더블린에 사시나요?"

내가 물었다.

"더블린 토박이입니다. 여기서 태어났고, 때가 되면 아마도 여기서 죽겠죠. 하하하. 관광안내 책자를 읽고 계신 걸 보니 여행

오셨나 봅니다. 어느 나라에서 오셨는지 물어봐도 될까요?"

"한국에서 왔습니다."

"아, 코리아! 오래전에 가본 적이 있지요."

"그러세요! 우리나라를 다녀가셨다니 반갑네요. 여행을 가셨던가요?"

"아니요, 나는 퇴직한 신부예요. 잠시 성당 관련 일로 방문했었죠."

"아, 신부님이시군요!"

아무리 국민의 93퍼센트가 가톨릭 신자인 나라라고 하지만, 카페에서 신부와 대화를 나누게 된 건 뜻밖이었다.

"서울은 모든 게 새롭겠지만, 여기 더블린은 내가 태어난 74년 전이나 지금이나 크게 변한 게 없어요. 성당 일로 아프리카 잠비아에서 7년, 뉴질랜드에서 11년 지냈는데, 돌아와 보니 그대로더라고요. 아마 서울이라면 그동안 많은 게 몰라보게 변해 있었겠죠."

맞는 말이었다. 다이내믹 코리아. 내가 묵게 된 숙소를 언급하자, 그는(마이클Michael 신부) 반가운 표정을 지었다.

"그 건물이 원래는 성당이었어요. 오래전 내 여동생이 거기서 수녀 생활을 잠시 했었지요. 성당 다니는 신자 수가 계속 줄기 때문에 기존 성당 건물이 다른 용도로 바뀌는 경우가 종종 있습니다. 개신교 교회가 되기도 하고, 심지어 나이트클럽으로 개조

된 곳도 있어요. 어쩔 수 없는 일이지요. 건물을 놀리는 것보다 다른 용도로 활용하는 게 가톨릭교회 입장에서도 재정에 도움이 될 테니까요. 중국의 한 성자가 그랬다지요. 무엇이 필요한가 보다, 무엇이 자신에게 필요 없는지를 아는 자가 지혜로운 사람이라고. 하하하."

내가 주제를 바꿔, 더블린 출신의 문인들을 언급하자 마이클 신부는 반색했다.

"더블린은 제임스 조이스의 도시이기도 하고, 시인 오스카 와일드의 도시이기도 하지요. 오스카 와일드는 정말 위트 넘치는 사람이었어요. 그가 강연차 미국에 갔는데, 입국할 때 세관 직원이 그에게 혹시 신고할 게 없냐고 물었데요. 이 시인이 답하길, '나의 천재성 외에는 없습니다! I have nothing to declare except my genius!' 유머와 자신감이 넘치지 않나요? 하하하. 그가 한 말 중에 이런 것도 있어요. '나는 유혹을 제외하면 모든 걸 견딜 수 있다. I can resist everything except temptations.'"

"하하하. 삶 전체가 유혹의 연속이고 매일 그 유혹을 견디며 살아가야 하는데, 그것만 제외한다면 사는 게 정말 쉽겠죠! 재미있네요."

나와 헤어지기 전 마이클 신부는 내게 몇 가지 여행 정보를 주었다.

"찾아보면 주소가 나오겠지만, '제임스 조이스 센터'라고 있는

데, 거기서 문학에 관심 있는 사람들을 위해 워킹투어를 주관해요. 일정이 맞으면 한번 해보세요. 나쁘지 않을 겁니다. 멀리 여행 오셨으니 아무쪼록 즐겁고 보람 있는 시간 보내시기를 바랍니다."

내가 오래전부터 더블린 여행을 마음에 품었던 가장 큰 이유는 문학적 관심이었다. 우연히 누리게 된 행운으로 파리 셰익스피어 & 컴퍼니 서점에 머물던 시기, 제임스 조이스가 내 삶에 들어왔다. 그 서점의 첫 번째 주인이었던 실비아 비치^{Sylvia Beach} 여사가 영국과 미국 출판사들이 출판을 거부하던 『율리시스』를 사재를 털어 세상에 내놓았다는 사실도 그곳에 머물면서 알게 되었다. 20세기를 대표하는 모더니즘의 소설가 제임스 조이스의 대표작 『더블린 사람들』(1914), 『젊은 예술가의 초상』(1916), 『율리시스』(1922) 모두 서점에 머무는 동안 처음 읽었다. 더블린에서 태어났지만, 제임스 조이스는 성인이 된 이후 프랑스 파리 등 해외를 떠돌며 삶의 대부분을 살았다. 그가 숨을 거두고 묻혀있는 도시도 더블린이 아닌 스위스 취리히다.

"나는 진정한 모험을 경험하고 싶었다. 그러나 진정한 모험은 해외에 있었다. 돌아보건대, 집에 머무는 사람들에게는 그런 일이 일어나지 않는다."

"I wanted real adventures to happen to myself. But real adventures, I reflected, do not happen to people who remain at home: they must be sought abroad."

제임스 조이스의 소설 『더블린 사람들Dubliners』에서 가져온 인용문이다. 그는 또한 자신이 추구하는 코스모폴리타니즘을 이렇게 표현한 적도 있다.

"당신이 국적, 언어, 종교에 관해 내게 말한다면, 나는 그 그물들을 비껴가려고 노력할 것이다.
You talk to me of nationality, language, religion, I shall try to fly by these nets."

그러나 그의 소설을 읽다 보면, 더블린에 깊게 뿌리내린 작가의 성장배경과 정신세계가 짙게 묻어난다.

"내가 만약 더블린의 심장부에 도달할 수 있다면 전 세계 모든 도시의 심장부에 도달할 수 있기 때문에, 나는 항상 더블린에 대해 글을 쓴다. 특수한 것에는 보편적인 것이 담겨 있다."
"For myself, I always write about Dublin, because if I can get to the heart of Dublin I can get to the heart of all the cities of

the world. In the particular is contained the universal."

제임스 조이스의 이런 믿음에 대해 조금이라도 동의하는 독자라면, 더블린이 궁금해지고 그 도시를 언젠가 꼭 한 번 여행해보고 싶은 마음이 자연스럽게 생긴다. 최소한 나는 그랬다.

천 년의 역사를 자랑하는 도시지만, 더블린은 거칠고 굴곡진 세월의 주름을 찾아볼 수 없을 만큼 활기차고 역동적이었다. 눈길을 끄는 현대적 간판은 도시의 젊음을 더했다. 문학적이고 익살스럽기까지 했다. 부티크 호텔이 운영 중인 건물의 외벽은 제임스 조이스, 오스카 와일드, 흡혈귀 소설 『드라큘라』의 작가 브램 스토커의 문장들로 도배되어 있었다.

"밤새 고통을 겪어보기 전까지, 아침이 얼마나 달콤하고 사랑스러울 수 있는지 알 수 없다."
"No one knows until he has suffered from the night, how sweet and dear to his heart and eye the morning can be."
     - 브램 스토커^{Bram Stoker} (1847~1912)

"산다는 것은 세상에서 가장 희귀한 일입니다. 대부분 사람은 그저 존재할 뿐입니다."

"To live is the rarest thing in the world. Most people exist, that is all."

- 오스카 와일드^{Oscar Wilde} (1854~1900)

"인간의 실수는 발견의 문이다."
"A man's errors are his portals of discovery."

- 제임스 조이스^{James Joyce} (1882~1941)

호텔 간판이 문학적이고 교육적일 수 있다니! 물론 이 세 명의 위대한 작가 모두 더블린에서 태어났다.

길을 걷다 우연히 발견한 식당의 이름이 '엄마의 복수^{Mama's Revenge}'였다. 식당의 전문 메뉴는? 매운 부리토^{Burrito}! 매운맛을 보여주려는 엄마의 복수는 멕시코 고추 맛? 나는 이 식당 앞에서 잠시 키득키득 웃으며 서 있었다.

시내 공원을 산책하다 내 눈에 띈 여성 누드 조각 작품 아래 새겨진 글귀는 이랬다.
"나는 몸과 영혼을 분리하기 위해 술을 마신다."
"I drink to keep body and soul apart."

조각 작품을 마주하며 문득 구수한 맛의 기네스 흑맥주로 목을 축이고 싶어졌다.

따뜻한 초가을 햇살이 비치는 오후, 더블린을 대표하는 건축물 '세인트 패트릭 대성당St. Patrick's Cathedral'을 찾았다. 1220년과 1260년 사이에 첫 건물이 지어진 이후 여러 차례의 증축과 복원을 거쳐 현재의 모습에 이르렀다는데, 주변을 압도할 정도의 규모는 아니어도 그 존재감은 충분히 표현하고 있었다. 독특한 고딕 양식의 대성당 건물은, 도시와 조화를 유지하면서 층층이 쌓여있는 더블린 역사의 흔적들을 훌륭히 보존하는 듯 보였다. 우리에게 잘 알려진 동화 『걸리버 여행기』의 작가인 조나단 스위프트Jonathan Swift(1667~1745)는 한때 이 성당의 사제장Dean을 지냈고, 현재는 이 성당 내부에 묻혀있다. 그 또한 더블린 출신이다. 『걸리버 여행기』(1726)는 많은 나라에서 소설 일부를 축약, 각색한 동화로 읽히지만, 원서는 시대의 상황을 신랄하게 풍자한 도발적 소설이다. (원제: 세계 여러 오지 국가 여행 - 네 가지 이야기Travels into Several Remote Nations of the World: In Four Parts) 그는 초판 서문에 이런 말을 남겼다.

"나는 16년 7개월에 걸친 여행의 진실한 기록을 이 책에 담았다. 이 책을 집필하게 된 주요 목적은, 미사여구를 늘어놓는 대신 진실을 전달하기 위함이다."

  숙소인 '가디너 하우스 호스텔'에서 보내는 시간은, 밖에서 보내는 시간만큼이나 만족스러웠다. 언제나 따뜻한 커피를 마실 수 있었고, 공동부엌에서는 간단히 요리도 할 수 있었다. 라운지에서 다른 외국인 투숙객들과 합석해, 시간 가는 줄 모르게 수다를 떠는 재미도 컸다. 밋밋하고 규격화된 호텔에서는 누릴 수 없는 혜택이다. 그렇게 만난 독일인 박사과정 학생, 30대 노르웨이 커플과 함께 금요일 밤을 즐기기 위해 더블린의 빼놓을 수 없는 명소 '템플바Temple Bar'로 나들이를 갔다. 애주가가 아니더라도 아일랜드인의 열정적 국민성을 엿보려면, 만사를 제쳐놓고 달려가야 하는 시내 중심의 아이리시 '펍pub' 밀집 지역이다. 우리 네 명은 마침 노천 테이블 하나가 비어있는 펍에 들어가 자리를 잡았다.

  "이런 명당자리에 우리를 위해 테이블이 비다니, 오늘 일진이 좋은데!"

  내가 운을 뗐다.

  "오늘 밤 우리도 아일랜드 사람들처럼 달려야 하나?"

  독일인 헬무트Helmut가 이미 술기운이 한껏 달아오른 주변 테이블 손님들을 둘러보며 웃었다.

  "우리 노르웨이 사람들도 술이라면 아일랜드 사람들 못지않은데, 하하하."

오슬로에서 여자친구 엠마^Emma와 함께 휴가온 프레드릭^Fredrik
이 한마디 했다. 엠마가 말을 이어 인터넷에서 읽은 얘기를 들려
줬다.

"영국인, 스코틀랜드인, 아일랜드인이 더블린에 있는 작고 오
래된 펍에 들어갔어. 우리가 지금 앉아 있는 이런 곳이었겠지.
그리고 각자 우리들처럼 기네스 파인트를 한 잔씩 주문하지. 잠
시 후 바텐더가 술잔을 가져왔는데, 맥주에 파리가 한 마리씩 빠
져있는 거야. 영국인은 역겹다며 잔을 옆으로 치우고는 새로 주
문하지. 옆에 앉아있던 스코틀랜드 사람은 손가락으로 파리를
건져낸 뒤 바닥에 던지고는, 그냥 마시는 거야. 함께 있던 아일
랜드 남자는 어떻게 했다는 줄 알아? 엄지와 검지로 파리를 집
어 들고 진지하게 째려보면서 이랬다는 거야. '야 이 자식아, 마
신 거 다 뱉어!' 파리한테 아까운 술 내놓으라 이거지."

한바탕 폭소가 터졌다. 나도 머릿속에 떠오른 이야기를 들려
주었다.

"약간 비슷한 한국 얘긴데, 옛날에 지독한 구두쇠 노인 한 명
이, 자기 집 마당에 있는 간장 장독에 빠졌다가 날아가는 파리를
본 거야. 그는 그 파리를 쫓아 멀리 다른 도시까지 가서 기어코
파리를 잡았지. 그러고는 파리 몸뚱이에 붙은 간장을 다 빨아먹
고 나서야 집으로 돌아왔다는군."

"아일랜드 남자의 기네스 맥주 사랑만큼이나 그 한국 노인의 간장 사랑도 대단했나 보군. 하하하."

이번엔 헬무트가 전날 기네스 맥주 공장을 구경하러 갔다가, 재미있는 얘기를 들었다며 입을 열었다.

"기네스 맥주 공장에서 일하던 아일랜드인 남자가 거대한 맥주 통에 빠져 숨졌네. 직장 상사가 그의 부인을 집으로 직접 찾아가 그 소식을 전했고. 부인이 그 소식을 듣고 통곡하면서 물었지. 그이가 설마 고통스럽게 죽지는 않았겠죠? 상사가 잠시 머뭇거리더니, 사실은 남편분이 오줌싸러 네 번이나 죽자 살자, 맥주 통에서 기어 나왔다 들어가기를 반복했습니다."

"그 남자는 천국에 가기도 전에 이미 천국 맛을 실컷 본 거네!"

펍 스피커에서 내가 좋아하는 록그룹 U2의 〈With or Without You〉가 흘러나왔다. 참고로 U2는 1976년 더블린에서 결성된 록밴드다.

시간은 달콤하게 흘러갔다. 열심히 일한 후에 얻은 휴가, 더블린에 오기를 정말 잘했다는 생각이 들었다. 나는 오래전, 여행의 즐거움에 관한 이론을 하나 만들었다. '여행 즐거움의 법칙 5:2:3'. 여행이 주는 즐거움의 합이 10이라면, 그 중 '5'는 여행을 계획하고 상상하며 누리는 즐거움이고, 막상 여행 중에 얻는 즐거움은 '2'(들뜬 마음으로 집을 떠나지만, 낯선 곳에서 몸은 피곤하고 신경은 날카로워지고 시간은 정신없이 지나가고), 여행이 끝나고 집으로 돌아오면 안도감과 안락함 그리고 추억을 주변 사람들과 공유하며 여행의 마지막 '3'을 즐기는 시간. 이 법칙을 적용한다면, 나의 더블린 여행은 여러 면에서 색달랐다. 여행 중에 5+2를 동시에 즐기는 느낌이랄까. 특별한 계획이나 준비 없이 도착한 더블린에서 보내는 나의 하루는 새로움으로 가득 차고, 흐르는 물처럼 자연스럽게 지나갔다. 아일랜드에서 가장 큰 서점, 30년의 역사를 자랑하는 '챕터스Chapters Bookstore'에 들어가 한나절을 보내기도 하고, 노상 카페에 앉아 윌리엄 버틀러 예이츠의 시를 읽었다. 아일랜드에서 가장 오래되고(1592년 설립) 유럽을 대표하는 명문대학 트리니티 대학Trinity College 주변과 영화 〈해리 포터〉에도 등장했던 대학 도서관은 내가 반복적으로 찾아가도 절대 지루하지 않은 장소였다. 오스카 와일드의 말마따나 "자유, 책, 꽃, 달이 있는데, 누가 행복하지 않을 수 있을까?With freedom, books, flowers, and the moon, who could not be happy?"

하루는 더블린 시내를 벗어나 보기로 마음먹고, 공항에서 버스를 탄 이후 처음으로 대중교통을 이용해 교외로 나가봤다. 더블린의 도심과 근교 해안선을 따라 운행하는 도시철도 'DART'는 창밖으로 아름다운 바닷가 풍경을 내다볼 수 있었다. 30분 뒤에 내가 하차한 곳은 더블린 남동쪽에 자리한 부촌 지역이자 해변 휴양지인 달키^{Dalkey}. 제일 먼저 인근 샌디코브^{Sandycove} 해변에 있는 마텔로 탑^{Martello Tower}과 소규모의 '제임스 조이스 타워 & 박물관'을 방문했다. 소설 『율리시스』의 첫 문장은 바로 이 마텔로 탑 위를 배경으로 쓰였다. 탑에서 바라본 바다 풍경은 한 폭의 아름다운 수채화처럼 보였다.

아기자기하고 개성 있는 상점가를 지나, 언덕 위의 조용한 주택가를 산책했다. 도심이 아닌 교외 주택에 사는 아일랜드 사람들의 생활을 잠시 엿보고 싶었다. 영국인 남성 70퍼센트가 가드닝을 취미로 즐긴다는 얘기를 어디선가 읽은 적이 있는데, 아일랜드 사람들도 그에 못지않게 정원과 식물을 사랑하는 듯 보였다. 다양한 모양의 전원주택에 딸린 크고 작은 정원들은 하나같이 예쁘고, 단정하게 가꿔져 있었다. 백발의 여성이 모종삽을 손에 쥐고, 만개한 보라색 국화를 정원 경계에 심고 있었다. 나는 꽃을 감상하려고 가던 길을 잠시 멈췄다. 나를 의식하고 그녀가 미소 띤 얼굴로 먼저 인사를 건넸다.

"여긴 관광객들이 잘 안 오는 동네인데, 어쩐 일로 여기까지 오셨어요?"

"집과 정원들이 예뻐서 구경하며 산책하는 중입니다. 가을 국화가 참 예쁘네요."

"오늘 아침에 화원에서 사 온 거예요. 어느 나라에서 오셨어요?"

"한국이요. 저도 서울에 있는 집 정원에 다양한 국화를 가꿉니다."

"아 그러세요? 가드닝이 취미인가요?"

"뭐 그런 셈이죠."

그녀가 모종삽과 원예 장갑을 땅에 내려놓고 내게로 가까이 다가왔다. 70대 중후반의 나이로 보였다.

"이 집에 산 지가 벌써 40년째지요. 여기서 아들 둘을 키웠는데, 첫째는 지금 미국 코네티컷주에서 살고, 둘째는 이탈리아 피렌체에서 살아요."

"가끔 부모님 뵈러 아일랜드를 방문하죠?"

"일 년에 한두 번이죠. 둘째 아들이 여기 올 때마다 이상하게 비가 많이 오고 날씨가 안 좋아요. 그러니 더 오기 싫겠죠. 호호호. 한국 경제는 요즘 어떤가요? 여기 집값이 2년 전 대비 50퍼센트나 하락했어요. 미국 경제가 좋지 않다는데, 그 여파라네요. 미국이 재채기하면 아일랜드는 감기에 걸린다는 말이 있어요."

"요즘은 세계 경제가 하나의 큰 시스템으로 묶여 있어서 영향을 안 받을 수가 없지요. 아일랜드는 영국 옆에 있어 그쪽 영향도 받겠네요?"

"글쎄요, 전 평범한 주부라 세계 경제는 사실 잘 몰라요. 우리가 이웃인 영국 사람들과는 많이 다르다는 것만 알지. 호호호. 얼마 전 TV에서 어떤 코미디언이 그럽디다. 영국인은 심각하지만 비판적이지 않고^{serious but not critical}, 아일랜드인은 비판적이지만 심각하지 않다고^{critical but not serious}."

"재미있는 표현이네요."

"우리 아일랜드 사람들은 영국인들처럼 이성적이지 못하다는 의미겠죠. 그쪽은 머리, 우린 가슴. 좋든 나쁘든 아일랜드 사람들이 감성적인 건 맞아요. 자존심과 자부심이 강한 민족이죠."

"그래서 뛰어난 작가들을 많이 태어났나 봅니다."

그녀가 눈을 지그시 감으며 동의한다는 표정을 지었다.

"혹시 작가 사뮈엘 베케트 아세요?"

"물론, 알죠."

"저와 먼 친척 관계에요."

"와, 그러시군요!"

그러고 보니 희곡 『고도를 기다리며』(원제 『En attendant Godot』, 영문 『Waiting for Godot』)를 쓴 사뮈엘 베케트^{Samuel Beckett}도 더블린 태생이다. 그는 1969년 노벨문학상을 받았다.

"차 한잔하시겠요?"

"아닙니다. 정원일 하시는데, 그만 방해하고 가보겠습니다. 감사합니다."

전날 참가했던 '제임스 조이스 더블린 워킹 투어'를 끝으로, 나의 더블린 여행도 마무리됐다. 통상 여행이 끝나갈 때 드는 느낌은 크게 두 가지로 나뉜다. 빨리 집으로 돌아가고 싶다 아니면, 가능만 하다면 여기 계속 머물고 싶다. 후자인 경우, 언젠가 다시 돌아올 기회가 있을 거라는 희망이 큰 위안이 된다. 이웃격인 스코틀랜드의 도시 에든버러가 거칠고 우락부락한 인상을 내게 풍겼다면, 더블린은 섬세하고 아기자기하면서 감성적인 인상을 강하게 남겼다. 자상하고 지혜로운 할머니 품에 안긴 듯한 느낌이랄까. 도시의 웅장함과 자부심으로 방문객을 압도하기보다, 그의 존재감을 부추기고 보듬어 주는 듯한 느낌. 응석을 부리고 철없이 굴어도 모든 걸 받아주고 눈감아 줄 것 같은 느낌의 도시가 더블린이었다. 제임스 조이스는 생전에 "내가 죽으면 더블린은 내 마음속에 기록될 것이다.^{When I die, Dublin will be written in my heart.}"라고 했다.

죽어서는 모르겠지만 살아 있는 동안에는, 내 마음속 더블린은 지워지지 않을 것이다.

에필로그
VII

Wanderlust

Serendipity

Epilogue

지도를 버리고 떠나야 한다
치열하게 여행하고
뜻밖의 만남을 즐기고
우연한 인연에 감사하고
삶을 마음껏 사랑하면서
세상을 후회 없이 체험하자
인생은 지도 없이 떠나는 여행이다

에필로그 Ⅶ

나는 왜 떠나는가?

레종 데트르^{raison d'etre}. 존재의 이유다. 삶의 의미다. 나는 자유를 사랑하고, 자아를 찾아 떠난다. 철학자 존 스튜어트 밀의 '자유론' 같은 거대 담론^{metadiscourse}이 아니다. 극히 개인적이고 개성의 문제다. '왜 떠나는가?'는 '왜 사는가?'와 동일한 의미다. 나에게는 그렇다.

'떠난다'는 건 상황에 따라 능동적 선택의 여행과 상대적으로 수동적인 도피 행위로 구분할 수 있다. 그러나 나는 이 두 '떠남'이 크게 다르지 않다고 생각한다. 열심히 일한 당신이 떠나는 이유는, 가슴 설레는 여행을 선택함과 동시에 지친 현실 속의 삶으로부터 일시적으로 도피하고 싶기 때문이다. 인생은 끊임없는 선택의 연속이자 동시에 끝나지 않는 도피의 여정이다.

방랑에 대한 로망, 일상을 훌훌 떨치고 바람처럼 떠돌고 싶은 욕망. 봄에 흙 속에 숨은 튤립 구근에서 아랍인 터번을 닮은 예쁜 꽃이 피어나고, 팝콘처럼 생긴 꽃망울에서 소박한 매화가 만개하는 것만큼 자연스러운 인간의 본능이다. 그것은 곧 자유에 대한 갈망이기도 하다. '자유가 아니면 죽음을 달라!' 이런 극단

적 부르짖음이 아니더라도, 우리는 모두 책임과 의무와 현실적 속박에서 벗어나는 꿈을 꾼다. 가끔 혹은 평생을. 하지만, 낯선 곳으로의 여행은 일종의 모험이다. 여행은 우리가 일상에서 체험하는 것보다 더 큰 불확실성과 불안, 위험 그리고 긴장을 동반한다. 그럼에도 불구하고 미지의 세계로, 어디론가 멀리 여행을 떠나고 싶은 인간의 욕망은 끊이지 않는다. 호모 사피엔스의 뇌에 각인된 '호기심 유전자' 때문에 우리는 끊임없이 새로움을 갈망하고 창의력을 발휘한다. 과학과 예술과 문명, 그리고 여행은 모두 이러한 인간의 본능에서 출발했다..

위대한 과학자이기 이전에 탐험가이자 지구 여행자였던 알렉산더 폰 훔볼트Alexander von Humboldt(1769~1859)는 일찍이 이런 말을 남겼다.

"개인의 번영을 위해 자유는 위대하고 필수 불가결한 조건이지만, (……) 자유와 상황/환경의 다양성이라는 두 가지 조건은 어떤 의미에서 하나의 동일한 것으로 간주할 수 있다."

"Freedom is the grand and indispensable condition, (……) these two conditions, freedom and variety of situation, may be regarded, in a certain sense, as one and the same."

나는 자유, 여행, 상황/환경의 다양성을 동일시한다. 자유를 누리기 위해 여행을 떠나고, 떠나야만 새롭고 다양한 상황/환경과 맞닥뜨릴 수 있다. 그리고 그 자유와 새로움의 과정에서 우리는 가끔 '세렌디피티'를 경험하게 된다. 뜻밖의 만남, 예상치 못한 발견, 기대하지 않았던 행운. 나는 여행길에서 조지 휘트먼을 만나고, 헤밍웨이, 체 게바라, 마더 테레사, 쿠바인 화가도 만났다. 자유가 나를 다양한 국가와 도시, 자연으로 안내했고, 그곳에서 나는 자유로웠다.

무질서하게 펼쳐지는 다양한 장면들 사이에서 새롭게 발견하는 나의 정체성. 지구촌 안에 공존하는 다양한 인간과 문화와 종교와 사회의 보편성과 특수성. 특수하다고 믿었던 것이 보편적임을 깨닫고, 보편적 가치 속에서 나는 특수한 가치를 발견한다. 이미 익숙해져 있는 환경을 벗어나 색다른 삶의 방식을 접할 때, 생소하지만 틀렸다고는 말할 수 없는 많은 것들을 더욱 쉽게 받아들일 수 있다. 한 문화권에서 극히 상식적이라고 생각했던 것이, 다른 문화권에서는 비상식적이거나 생소한 것이 된다. 이런 체험들이 나를 선입견으로부터 자유롭게 해준다. 이렇게 아니면 저렇게 살아야 한다, 이것은 옳고 저것은 그르다는 식의 고정관념과 이분법적 사고에서 벗어나, 다양한 삶의 방식을 좀 더 쉽게 받아들일 수 있게 된다. 결코 강의실이나 책에서 체득하기 쉽지 않은 삶의 풍요로움이다. 시인 오스카 와일드의 위트를 빌리자면,

"교육은 훌륭한 것이지만, 알 만한 가치가 있는 것은 가르칠수 없다는 것을 때때로 기억하는 것이 좋다."

"Education is an admirable thing, but it is well to remember from time to time that nothing that is worth knowing can be taught."

여행이란 또한 '현실 속 나 자신과의 거리 두기'다. 지금까지 보고 배우고 체험한 모든 것으로부터 가끔 의식적으로 거리 두기를 함으로써, 나 자신을 겹겹이 에워싸고 있는 현실의 틀을 좀 더 객관적인 시각으로 바라보게 된다. 현실에 갇힌 채 상처받은 자아와 마음속 깊은 곳에서 갈망하고 있는 것이 무엇인지를 찾아내기 위해, 나는 기꺼이 여행 가방을 꾸려 일상을 벗어난다. 어느덧 낯선 소음과 언어, 평생 처음 대면하는 얼굴들과 잠자리, 후각과 미각을 자극하는 새로운 냄새와 음식들에 둘러싸이게 되면, 낯선 환경 안에서 고립된 나 자신을 발견한다. 마치 하늘에 떠 있는 별들이 태양 빛에 가려 사라졌다가 밤이 되면 그 모습을 드러내듯, 나의 색채가 문득 선명해짐을 느끼고 내가 나라는 사실을 새삼 실감하게 된다.

"사람들은 왜 여행을 하는지 묻는다. 언제나 충만한 힘을 갖지 못한 사람들에게 있어서 여행이란 아마도 일상적 생활 속에서 졸고 있는 감정을 일깨우는 데 필요한 활력소일 것이다. (……) 우리들 속 저 내면적인 노래를 충동하는 그런 감각들 말이다. 그 감각 없이는 우리가 느끼는 그 어느 것도 가치를 갖지 못한다."

『행운의 섬들^{Les Iles Fortunees}』, 장 그르니에^{Jean Grenier}

자유와 여행 그리고 다채로운 만남은, 우리를 일그러진 세계관으로부터 해방해 준다. 그리고 문학으로 안내한다.

"여행은 분명 인간에게 문학의 의미를 부활시켜 준다. (……) 수많은 장소와 사람들 그리고 우연의 만남으로 형성된 무형^{無形}의 세계를 마주하면서 나는, 어떤 형태가 있는 것을, 이미 만들어져 있는 질서를, 활자화된 세계를 갈망하게 된다."

문학의 한 장르인 '여행문학^{travel literature}'의 거장 폴 서루^{Paul Theroux}의 이 말은 우리에게, 여행과 문학의 관계를 함축적으로 보여준다. 여행 중 스쳐 지나가는 수많은 장면 속에서, 우리는 어떤 형태로든 하나의 질서를 갈망하게 된다. 무질서에서 오는 혼란은 심리적으로 우리를 지치게 하고, 편안하게 쉴 수 있는 안식처가 절실해진다. 이것은 마치 사랑에 빠진 연인들이, 감정의 혼란에서 벗어나기 위해 친한 친구에게 고백하는 것과 다르지 않다. 여행에서 막 돌아온 사람들은 할 얘기가 많다. 너무 좋았다, 고생이 많았다, 어디서 무엇을 보았고 누구를 만났으며 어떤 예기치 않았던 일들이 벌어졌는지, 들뜬 목소리로 쉴 새 없이 체험담을 늘어놓는다. 극히 자연스러운 모습이다. 영국인 수필가 찰스 램^{Charles Lamb}은, 우리가 산책하면서 옆에 있는 친구에게 우리의 감정과 생각을 이야기하기 시작하는 순간, 문학이 시작된다고 표현했다. 여행을 끝마치고 집으로 돌아와, 가족들과 친구들에게 자신의 체험담을 풀어놓기 시작하는 순간, 여행문학이 탄생하는 것이다.

현실에 항상 쫓기며 살아야 하는 우리는 현재보다는 미래에, 여기보다는 저기에 더 많은 관심을 둔다. 나 또한 예외일 수 없다. 내가 여행을 떠나는 또 다른 이유는 바로 이런 현실을 잠시만이라도 벗어나, 지금과 여기에 초점을 두고 순간순간을 음미하기 위해서다. 하지만 현실을 벗어난 인간은 외롭다. 자유가 외롭듯이 말이다. 리가 시내 공원에서 만났던 교수는 내게 자신의 지혜를 사심 없이 나눠주었다. "자유는 외로운 거야. 외로움을 이겨낼 수 있는 자만이 자유를 선택해야 해." 필연적으로 자유를 따라다니는 그림자, 고독에 대해 그는 내게 경고하고 있었다. 헤밍웨이는 고독을 극복하기 위해 필요한 용기를 내게 보여주었다.

"어느 날 문득, 나는 긴 여행을 떠나지 않고서는 도무지 견딜 수가 없었다." 무라카미 하루키의 고백은 이어진다. "그것은 어쩌면 병인지 모른다. 지도를 펴놓고 자기가 아직 가본 적 없는 곳을 물끄러미 들여다보고 있노라면, 아드레날린이 굶주린 들개처럼 혈관 속을 뛰어다니는 걸 느낄 수 있다. 일단 그곳에 가면 인생을 마구 뒤흔들어 놓을 것 같은 중대한 일과 마주칠 듯한 느낌이 든다."

하루키가 말하는 '중대한 일'은 '세렌디피티'를 의미하는 것은 아닐까?

우리는 어쩌면 각자의 영혼을 위로하기 위해 여행을 떠나는지도 모르겠다. 질서 있는 일상에서 무질서를 갈망하고, 무질서한 세계에서 새로운 질서를 찾으려고 노력하면서, 우리 영혼이 조금은 더 성숙해지기를 바란다. 삶의 테두리 안에서 자신이 너무 비대해져 있다고 느낄 때, 우리는 과감히 떠날 필요가 있다. 길을 따라 혹은 여행문학을 따라 먼 미지의 세계로 떠나보자. 인간 모두에게 존재하는 생명의 신비, 영혼의 갈증에 조금이라도 관심을 갖자. 그 소리에 귀를 기울이자. 그러면 우리는 가끔, 우리 안에서 꿈틀거리는 반더루스트^{Wanderlust}를 발견하게 될 것이다. 어디론가 떠나고 싶은 욕망, 여행 혹은 방황하고 싶은 욕구를. 또한 세렌디피티^{Serendipity}를 경험하게 될 것이다. 우연한 발견, 뜻밖의 행운, 특별한 기쁨을.

지은이 **최범석**

여행문학 작가.
자유, 여행, 자연, 코스모폴리타니즘, 자아와 세계, 우연과 인연 등을
모티브로 글을 쓴다. 저서로는 여행소설 『국제탐정 K, 달의 두 얼굴』,
에세이집 『서울에 있는 나의 섬, 학소도』, 여행문학집 『반더루스트,
영원한 자유의 이름』 등이 있다.
미국 버클리대학(UC Berkeley)에서 국제정치학, 경제학, 독문학을
공부하고, 서울대학교 정치학과와 미국 하버드대학(Harvard)에서 각각
석사 학위를 받았다.

왜 떠나는지 묻는다면

2023년 11월 22일 초판 1쇄 인쇄
2023년 12월 02일 초판 1쇄 발행

지은이 | 최범석
펴낸이 | 김윤이
펴낸곳 | 지도없는여행

편집 | 지도없는여행
디자인 | 지도없는여행 디자인

신고 | 2023년 3월 16일 (제2023-000020호)
주소 | 서울특별시 서대문구 세무서10길 31-19 (우 03625)
전화 | 010-7200-1537

이메일 | jwmapspub@gmail.com
카카오채널 | '지도없는여행 도서출판'

ISBN: 979-11-984035-3-7 03810